「焼跡世代」の文学

——高橋和巳　小田実　真継伸彦　開高健——

黒古一夫
Kazuo Kuroko

アーツアンドクラフツ

序　何故、今「焼跡世代」の文学なのか

一昨年、私は懸案だった一九七〇年前後の「政治の季節」に青春を送った世代の作家たち、具体的には私と同世代と言っていい池澤夏樹、津島佑子、立松和平、中上健次、桐山襲、干刈あがた、増田みず子、宮内勝典について、それらの作家が戦後文学史においてどのような位置を占めるかを考究した『「団塊世代」の文学』（二〇二〇年六月　アーツアンドクラフツ刊）という作家論集を上梓した。一九八五年九月に自らの体験と重ね合わせながら「全共闘文学論」の副題を持つ『祝祭と修羅』（彩流社刊）を上梓した時に決定的に欠けていた文学史的視点、言い方を換えればこの拙著が戦後文学史における第一次戦後派から第二次戦後派を経て第三の新人、内向の世代へと続く戦後文学の流れをほとんど考慮することなく、闇雲に一九六〇年代の後半から始まった「政治の季節」（学園紛争―全共闘運動）の「体験」にこだわった作家論になっていたことへの反省を踏まえて、『「団塊世代」の文学』は書き下ろされた。この拙著を執筆している時、私が「団塊世代」の作家たちに先行する文学世代として想定していたのは、一般的な戦後文学史において認知されてきた黒井千次や古井由吉、後藤明生、大庭みな子

といった「内向の世代」ではなく、中上健次や立松和平の作品に色濃くその影響を及ぼしていたと思える大江健三郎や開高健ら「焼跡世代」と言われる一群の作家たちであった。

言い方を換えれば、『「団塊世代」の文学』の執筆中に去来した定番化した戦後文学史観への「疑念」が、書き終わって拙著への批評がいくつか出た時点で、確信に変わったということである。この「疑念」及び「確信」は時間を経るに従い徐々に増殖し、特に『「団塊世代」の文学』の執筆中に依頼された「高橋和巳」に関する二つの原稿のために『高橋和巳作品集』（全九巻・別巻一　一九六九年十月～七二年四月　河出書房新社刊）や関連書籍を読み直すうちに、それは極限に達することになった。そして得た結論は、「団塊世代」の作家たちに先行する文学世代は、やはり「内向の世代」ではなく、高橋和巳や小田実、開高健ら主に文学同人誌であると同時に商業誌でもあった「人間として」（季刊　全十二冊　一九七〇年二月～一九七二年十二月　筑摩書房刊）に参集した作家たちだったのではないか、俗に言う「焼跡世代」の作家たちの後継者は、まさに「団塊世代」の作家たちだったという「確信」は揺るぎないものになっていったというわけである。因みに、「焼跡世代」の作家たちは挙って一九三〇年代前半生まれ――一番の年長が開高健で一九三〇（昭和五）年生まれで、高橋和巳は一九三一（昭和六）年生まれ、一番若い柴田翔が一九三五（昭和十）年――で、皆が小学校高学年か中学生で先のアジア太平洋戦争下における「空襲」を経験している。

つまり、「焼跡世代」の作家たちは、共通する体験として「空襲」があり、そこで「死」とその裏返しとしての「生き抜く」ことを強烈に意識した世代だったということである。さらに言えば、「団塊世代」の作家たちが拙著の「あとがき」で明らかにしたように、アジア太平洋戦争から「帰還」した将兵や外地で働いていた人の子女たちを中心に形成された文学潮流であったのに対して、「焼跡世代」の文学者たちは高橋和巳や小田実、開高健らの作品が明らかにしていることだが、太平洋戦争の末期に日本全土を襲った「空襲」から生き残った者たちで、共に先の「世界戦争」を深く意識したところから文学的出発をなしていたということである。また、別な言い方をすれば、「団塊世代」の作家たちが皆一九七〇年前後の「政治の季節」（学園紛争―全共闘運動）に何らかの形でインスパイヤーされたことを「創作＝発語」の根拠としていたのに対して、「焼跡世代」の作家たちは一九五〇年代の朝鮮戦争反対やレッド・パージ反対闘争、等々の「政治運動」（革命運動）と深い関わりを持っていて、「団塊世代」の作家も「焼跡世代」の文学者たちも、共に精神形成の根っこに「政治」が存在していたということがあり、その意味でも「団塊世代」の作家たちに先行する文学世代は、「焼跡世代」の作家たちにほかならなかったということがある。

そして、そのような文学史観は『高橋和巳作品集』収録の小説類を読み直すうちに、より強固なものになっていった――加えて、私は既に二〇〇二年一月勉誠出版より『小田実――「タダの人」の文学と思想』を上梓した際に、年齢も生育地も似通っていた小田実が高橋和巳と相似な戦時下体験を持っていることを知っていたということもあった――。

高橋和巳に関する二つの依頼原稿のうち、一つは『高橋和巳の文学と思想』（二〇一八年十一月　コールサック社刊）を出すので、全共闘世代として高橋和巳について作品論でも作家論でも何でもいいから書いてほしいというもので、もう一つは小学館が準備している電子版『高橋和巳・高橋たか子全集』（全二十四巻）の「高橋和巳三　憂鬱なる党派」に解説を書いてほしい、というものであった。「団塊世代」の文学に関わって前記したような文学史観を抱くようになっていた私は、渡りに船とばかりに、前者の依頼に関しては「体験としての高橋和巳」と題して、後者は「『戦後』の総括、そして『暗黒への出発』」という表題で、それぞれ五十枚余と十三枚の文章を書いた――しかし、「一九六九年四月、バリケード封鎖され事務局が市内の古刹に移っていた大学から「単位修得」を理由に「自動的」に卒業した私は、全学闘争委員会(全闘委、全共闘組織)の一員として活動しながら、仕送りゼロのため大学入学時から余儀なくされていた生活費稼ぎのアルバイトを続け、過労で倒れた母と自分の「行く末」を考え続けるという毎日を過ごしていた。この年の正月、下宿先に訪ねてきたある党派の幹部から、来るべき「東大安田講堂攻防戦」の戦闘員(籠城要員)になることを勧められ、熟慮の末「自分の大学のバリケードを守る・バリケード闘争に専念する」と言明し断った時から、私の混乱(錯綜)は始まっていたのだが、それは同時に駅弁大学でいっぱしの「文学青年」を気取っていた人間の「限界=弱さ」を露呈するものでもあった」、という私的事情から書き始めた前者の「体験としても高橋和巳」は、筆者である私に十分な説明がないままに、件の『高橋和巳の文学と思想』には何故か収録されなかった――。私としては、この文章で地方大学の全共闘に加わった学生がいかに高橋和巳という全共闘運動に伴走した稀代の「清官」教員の生命を削るようにして著した『わが解体』(一九七一年河出書房新社刊)によって勇気づけられ励まされてきたか、を「体験」に即して書いたつもりだったのだが……。おそらく、以下に抜き書きするような高橋和巳に関する先達(批評家・研究者)を批判するような部分が、「権威」や「既成概念」に振り回されてきた(と思われる)編者たちの忖度を呼び込んだのだろう。私に原稿執筆を依頼してきた編者の一人は、その後沈黙を守ったままで、私には何も言ってきていない。

「体験としての高橋和巳」（未発表論考）

〈一〉「政治の季節」の只中で（省略）／〈二〉『祝祭と修羅——全共闘文学論』（省略）／〈三〉一つの衝撃（件の個所を含む部分を以下の引用で示す）／〈四〉『邪宗門』論（これは、私が高橋和巳の文学をどのように捉えていたかを明らかにするために、以前「大法論」誌の二〇〇二年十二月号に執筆した「政治と宗教——高橋和巳『邪宗門』」、後『魂の救済を求めて——文学と宗教との共振』二〇〇六年十一月佼成出版社刊に収録したものである）

「〈三〉一つの衝撃」より

そんなこと（一九八〇年代初めの「文学者の反核運動」に際して、すでに一九八三年八月に刊行した『原爆とことば——原民喜から林京子まで』〈三一書房刊〉収録の論考を発表していた私は、『日本の原爆文学』〈全十五巻　一九八三年　ほるぷ出版刊〉の編集などに携わっていたが、当時「反・反核論」を展開していた吉本隆明に「科学を知らない原始主義者」として名指しで批判されていた——黒古注）があっても、幸いなことに批評家としては細々ではあったが一年に短長併せて三十〜四十本余りの原稿を書くようになった。そんな矢先、河出書房新社の編集者として『高橋和巳作品集』の刊行に尽力し、河出書房新社を退職後も『高橋和巳全集』（全二十巻　一九七七年〜八〇年　河出書房新社刊）の編集に携わりながら高橋和巳についての評論を書き、また『文芸読本　高橋和巳』（一九八〇年　同）に「年譜」やら「参考文献一覧」を執筆してきた川西政明の「転向声明」（正式には「追悼・磯田光一　磯田光一氏の死ののちに」「すばる」一九八七年四月号）に接したのである。川西政明は、この磯田光一の「追悼文」の中で、磯田光一が三島由紀夫の自死によって「確実に〝戦後以後〟に入った」と言い、『ノルウェイの森』（一九八七年）で村上春樹ブームを呼び起こす前の村上春樹が、デビュー作『風の歌を聴け』（一九七九年）をはじめとする初期作品（私は、「鼠三部作」と名付けている）の時代である「一九七〇年」について「寒い、とても寒いんだ」と呟くことを取り上げ、次のような文章を書きつけた。

磯田光一氏と村上春樹氏のほぼ中間の年齢の私の感覚は、両者とはちがった。それは何かが確実に変化する。その変化を生きるためには、何かを棄てなければならない。たとえそれで何かを拾えなくも。そこで全部を棄てることにした。自分の身に沁みこんだ、セカイとか、ジダイとか、セイジとか、シソウとか、シャカイとか、ニンゲンとかの像を払い棄てるのに、三年かかった。破却したつもりのものが、破却できたのかどうかおぼつかないけれども。ことわっておくが、そこでなにかを断念したり、挫折したのではない。断念とか、挫折とかといった言葉の領域を破却したのだった。〈言葉〉は、その場所からしか、出てこなかった。そして、〈言葉〉が出てくる場所でしか生きないと決めたとき、磯田光一氏の言語空間が見えてきたのだった。

自己主張の死だった三島由紀夫の死も、沈黙の死だった磯田光一氏の死も、死の重みは同じであり、平等である。

川西政明がどこに発語の根拠を置こうが、それはそれで私としてはどうでもいいことであったが、「世界」とか「時代」とか「政治」とか「思想」とか「社会」とか「人間」とかの言葉（思想）や、それらの言葉が醸し出す「感覚」に殊の外こだわっていたのが高橋和巳であったことを思うと、川西政明が高橋和巳に関わって残した批評や書誌的事項の調査は、どのような意味・位置を持つのか。それらをもまた「廃棄」するということなのか。さらに言えば、この自己合理化臭のする「転向声明」に決定的に欠けていると思われるのは、「言葉」が社会との関係抜きでは成立しないという原理に対する認識である。

時は、高度経済成長期からバブル経済期へと移行する八〇年代後半であった。私がこの川西政明の「転向声明」を読んで即座に思ったのは、吉本隆明が当時しきりと「高度資本主義」なる言葉を発し、その現状認識から現代文学を論じるようになっていたことであった。六〇年安保闘争時から「新左翼」（とりわけ共産主義者同盟〈ブント〉との関係は長く続いた）や学生運動（新左翼系全学連）と共闘してきた吉本は、自らを育んできた戦後派文学との決別を図るべく、八〇年代半ばに盟友関係にあった埴谷雄高（と大岡昇平）との間で論争を起こしたが、その中で次のような資本主義の現状認識を行っており、川西政明の「転向声明」はこの吉本の資本主義に対する現状認識を密輸入した結果だったのではないか、と思ったのである。

貴方はスターリン主義の誤った教義を脱しきれずに、高度成長して西欧型の先進資本制に突入している日本の資本制を、単色に悪魔の貌に仕立てようとしていますが、それはまやかしの擬装倫理以外の何ものでもありません。日本の先進資本主義が賃労働者の週休二日制の完全実施を容認する傾向にあることは、百年まえのマルクスが見聞したら、驚喜して祝福したにちがいないほどの賃労働者の解放にほかならないのです。そして日本の賃労働者が週休三日制の獲得にむかうことは時間の問題であると思います。潜在的には「現在」でもそのことは自明なのですが、ただ貴方や理念的同類には、思考の変革が困難になっているだけです。(「重層的な非決定へ――埴谷雄高の「苦言」への批判」一九八五年五月)

吉本のこの日本資本主義認識が「幻想＝まやかし」で「誤り」でしかなかったことは、三十年以上が経った今日、財界からの要請で労働者の残業代をカットする目的の「裁量労働制」なるものが国会で論議され、もう十年以上前から非正規労働者が全労働者の四十パーセントを超え、両者の賃金格差は拡大するばかりになっている現状を知れば、直ぐに理解できる。

一部で「文壇の太鼓持ち」と陰口をたたかれたこともある川西政明は、戦後派作家を代表する論客の埴谷雄高を論難した吉本の「戦後派批判」に悪乗りして、高橋和巳の文学がその根源において必須とした「世界」や「時代」、「思想」、「社会」、「人間」という言葉(思想)を放棄してしまったのである。私は、この川西政明の「転向声明」を目にした時の驚愕と落胆を今でもよく覚えている。権力(教授会や国家)の「強制」を最期まで拒否して全共闘学生の側から大学制度や「政治と文学」の関係について真摯に考え続けた泉下の高橋和巳は、この川西政明の「転向」をどのように思ったのか。

ついでに言っておけば、川西政明の「転向」との関係で私が思い出すのは、ある大学に出かけたときの光景である。校舎前の広場で、若手の教員（と思しき人間）が中核と書かれた白ヘルメットをかぶった学生たちに囲まれて、何やら具体的にはわからなかったが、「糾弾」されていたのである。その蒼白の顔は、直ちに十数年前の「教授会団交」時における大学教授たちの顔を思い出させた。迎えに来てくれたその大学の関係者に事情を聞くと、糾弾されていた若手の教員は学部時代から大学院にかけて関わっていた学生運動（全共闘運動）の経験を買われて学生部長に就任したのはよかったのだが、今は学生運動を取り締まる側に立っていることの「自己批判」を求められて、連日このような「醜態」を曝しているのだという。名前を聞けば、糾弾されていた教員は「戦後文学」や「埴谷雄高」、「高橋和巳」に関する論考を多数持っている若手の評論家としてとしてよく知られていた人であった。

ああ、ここにも「転向者」がいた、というのがその時の正直な気持ちであったが、その光景を目撃してから十数年経ち、予備校の教師と批評家という二足の草鞋生活から脱け出て、生活を立て直すために小さな国立大学の教員になった時、私が決意したのはどんなことがあっても「学生弾圧」には絶対手を貸さない、あの某大学で目撃したような光景の当事者にはならない、ということであった。私のこの「ささやかな決意」は、自分では退職の日まで守られたと思っているが、果たして学生の側はどう思っていたか、そのことについては分からない。しかし、あの何十年か前の某大学での光景は、高橋和巳との関係からも今でも忘れられない「衝撃」の一つであった。

（「体験としての高橋和巳」未発表）

私が以上のような「体験としての高橋和巳」で言いたかったのは、「転向」＝悪といったステレオタイプの転向論を振りかざして川西政明や某大学教員の「転向」を論《あげつら》うことではなかった。私自身も先が見えないままバリケードを追われた時に抱いた「敗北」や「挫折」の思いをいつまでも忘れることができず、それでもいかにしたら「自己救抜」＝「延命」が可能かを模索し、何時かは訪れるかもしれない「解放の時」を遠望する生き方を選んだという経緯があり、他者の「転向」を云々できる立場にはない、と思っていたからである。ただ、「転向」したという自意識に苛まれながらも、「敵＝権力」に身を売るようなことはできるだけ避けようという「最低綱領」は自らに課していた。この「体験としての高橋和巳」に、批評家として駆け出しだったころに書いた「共苦——千年王国への道・高橋和巳と真継伸彦』（「批評精神」四号「特集一九六〇年代論」一九八三年二月）の、次のような個所を引用しているのも、高橋和巳も真継伸彦も全共闘運動への伴走からも判るように、学生時代の「挫折＝敗北」をかみしめながら「見果てぬ夢＝革命」を生涯手放すことがなかったと思っていたからであった。

だが、高橋や真継の〈解体〉は、決して否定的にだけ捉えるべきではないだろう。高橋と真継が見せた全共闘運動に対する誠実かつ真摯な対応は、あくまでも運動に加担した学生たちとの〈共生〉を希求したもので、この人間として作家としての姿勢は、当時の文壇が〈内向の世代〉とよばれる自閉的文学傾向によって中心が形成されつつあったことを考えると、特筆に値する。高橋も真継もおのれの〈文学〉として、他者＝全共闘との〈共生〉に賭けていたのである。たとえ、それが若い世代に乗り越えられる限界性を持つものであったとしても、共におのれの核を突き合わせて問題の根源を探ろうとした態度は、当時も現在も美しく輝くものであった。真継も高橋も《まず自分の底を掘れ、そこに泉がある》（真継）を、他者との関係性において忠実に実践していたのであるから。

さらに言えば、私が川西政明と某大学教員の言説と在り様に対して違和感と嫌悪感を持ったのは、特に川西の場合に顕著だったのだが、高橋和巳の文学について埴谷雄高に引きずられ過ぎたためか、どぎつい言い方になるが根本的な「読み間違い」をしているのではないかとの思いを消し去ることができなかったからである。具体的に言えば、先の引用文中の川西の「転向声明」にも明らかになっているが、例えば労働組合運動の指導者が自らの「過信」と「油断」から「挫折」していく様を息詰まるような争議場面の推移と共に展開する『高橋和巳全小説7　我が心は石にあらず』（一九七五年　河出書房新社刊）の「解題（解説）」で、主人公の唱える「自由連合」の理念に対して、「ここには私が憤怒の哲学と名づけるところの高橋和巳の思想の核が語られている」、等といった高橋和巳が抱いた「戦後革命の可能性」を完全に無視した見当違いの見解を衒学的に述べて自己満足に陥っているのではないか、と私には思えたのである。

また、同じく『高橋和巳全小説9　日本の悪霊』（一九七五年　同）の「解題」でも、「高橋和巳が常にその文学の主題としたのは人間と存在の論理学であり形而上学であった。そしてそれをつき動かすのは憤怒の哲学であった」などと言って、高橋和巳が「焼跡＝荒廃」の戦後風景を目の前にして確認した「生き抜く」意思と、京都大学の学生時代に経験した「レッド・パージ反対闘争」や「朝鮮戦争反対闘争」といった学生運動に関わることで確信するに至った「変革への夢」を無化するような言説を振りまいていたということもある。

後に本書で明らかにするが、同解題で明らかに『死霊』の埴谷雄高に引きずられたと思われる「（高橋和巳は）妄想型の作家である」という評言は、川西が高橋和巳や小田実、真継伸彦、開高健ら「焼跡世代」の文学者たちの「原点」が、「戦争（戦時下）」体験と戦後の「革命運動」（学生運動）体験にあることをことさら無視したものであったと言わねばならない。この川西の「誤った認識」を読者に与えることになった高橋和巳文学の「読み違い」についてさらに言えば、高橋和巳が斃れた後の座談会「高橋和巳・文学と思想」（出席者：大江健三郎、小田実、中村真一郎、野間宏、埴谷雄高「文藝」一九七一年七月臨時増刊号「高橋和巳追悼特集号」）の中で、小田実が高橋和巳が自費出版した最初の長編『捨子物語』について「（高橋和巳は）自己救済のために書いていたと言っていた」と証言しているのに、先の『高橋和巳全小説1　捨子物語』（一九七五年　同）の「解題」で、次のように書いたところによく現れている。

この「歴史は一たびは死なねばならぬ。我が道もまた――」というはっきりした意志が彼の内部に定着してきた時、はじめて『捨子物語』の世界が自己の世界として開示されてきたのだといえよう。すべてが灰燼に帰してゆく中で「人々の内なる荒廃を見てしま」ったその上へ、学生時代、「人間の交わりへの不信」を見てしまったとき、高橋和巳の内部に、荒廃にはすばやく目をつむり、隠蔽し、偽りの苟安のなかへ身を埋めたがる人間への憤怒が湧く。彼は偽りの平安の中に逃げ込もうとする人間の臓腑をえぐり出そうとする。

この川西の言葉が自身の体験や内面を顧みない文字通り「苟安《こうあん》」（一時の安楽を貪る）でしかないことは、自身が作成した『高橋和巳年譜』に〈昭和二十五年　一九五〇年　十九歳　学制改革により旧制高校廃止が決定。七月、新制京都大学文学部第一期生として入学。小松実（左京）、北川荘平、三浦浩、石倉明、豊田善次、宮川裕行らの友人ができる。（中略）十月十九日、石倉明、太田昭和、北川荘平、豊田善次、舛田早苗、三浦浩、三上和夫らと「京大文芸同人会」を発足（第三号より京大作家集団と名称を変える）、ガリ版刷りの作品集を第五号まで出す。〉、あるいは〈昭和二十五年　一九五〇年十九歳　五月、「作家集団作品集」第三号に「片隅から」（後に加筆訂正して「あの花この花」と改題発表）を発表。作家集団の仲間と『反戦詩集』を出す。当時、公開面の行動だけでなく、非公開の討議に加わるなどパルタイ（共産主義者――引用者注）で活動しており、六月、入党を決意、入党届を書くが、正式に届を出し受理するという行為がなされないまま時が経ち、意識的に離れるにいたる。〉と記したことの意味を少しでも考慮すれば、ここに明らかな「青春時代の体験」が、いかに高橋和巳という一人の作家の内部に錘鉛を下ろしていたことが理解できると思うのだが……。

なお、川西政明が「憤怒の哲学」なる言葉に拘泥するあまり高橋和巳の文学について根源的なところで「読み違い」しているのではないかという私の「疑念」は、先に私が高橋和巳文学の根っこには「戦争（戦時下）―戦後の焼跡」体験及び京都大学時代の学生運動（革命運動）体験がある、という認識から発せられたものであるが、一九七〇年前後の「政治の季節」を背景とした未完（中絶）作品を含む『高橋和巳全小説10 白く塗りたる墓、黄昏の橋』(一九七五年 同)の「解題」で、小田実によると「くらしということになると、どうしても、生きつづけるということが出て来る。たとえば、人間はザセツをする。しかし、そのザセツをこえて、人間は生きる。生き続ける。そのヘイボンなことに高橋は眼をむけようとしている」という『白く塗りたる墓』評を受けて、次のように言っている川西の言動は見事に裏切っているのではないかと思わざるを得なかったということがある。

高橋和巳が表現の方法として文学を志したとき、たぶん二つの道がそこにあったと思える。一つは、反吐が出ると感ずる存在感覚の中でザセツした、そのザセツをこえて、生きる、生きつづけることの意味を問うこと。そしてもう一つは、「人間には歴史を覆い、さらにそれを超える理論があるのかないのか」を問いながら、「この地上の国を超える世界のイメージと、そこでの再生の観念」を求めることであった。そこでは、人間は人間以上の存在となりうるか否かという命題と、人間は人間である(にすぎない)、とする現実世界の定立とが激しくせめぎあって追求されねばならなかった。そして、高橋和巳は一たび後者の道を選んだのである。

「後者の道」とは、「人間は人間は人間以上の存在となりうるか否かという命題と、人間は人間である(にすぎない)、とする現実世界の定立とが激しくせめぎあって追求されねばならなかった」というものであるが、高橋和巳の実作を読めば、高橋和巳は「人間は人間以上の存在になりうるか」、つまり人間は「神」になりうるか、などという形而上学(神学)的な問いとは真逆な、最期までおのれの「ザセツ」をとことんまで追求する道を歩んだ、としか私には思われない。まさに川西は最後まで高橋和巳の文学を「読み違え」ていたのである。川西が「転向」を宣言せざるを得なかったのは、必然であった。もちろん、「読み違え」は誰にもある。批評行為というものが「対象を借りておのれを語る」ものであるという原理に縛られる宿命を避けられない以上、「読み違え」はいつでも起こり得る。しかし、川西の場合、おのれの「転向」(意識)を明らかにしないまま、「革命運動のザセツ」と真摯に向き合うことから「表現(創作)」を始めた高橋和巳の文学を、「憤怒の哲学」で塗り固めて位置づけようとするのは、「尊敬」していたであろう高橋和巳に対して冒瀆することになるのではないか。

更に、最晩年に全共闘運動に伴走し、その体験を基に『白く塗りたる墓』や『黄昏の橋』を書き残し、それと同時に小田実や開高健ら同世代の文学者たちと文芸同人誌「人間として」を発刊したことの事実を、川西はどのように考えるのか。このことは川西が高橋和巳の文学を埴谷雄高の「直系」として特化し、「焼跡世代」の文学者の一人として考えてこなかったということを意味しており、高橋和巳のみならず「人間として」に集った「焼跡世代」の文学的原点と言っていい「戦争(戦時下)体験」を蔑ろにすることになるのではないか。

その意味で、如上のような川西政明の高橋和巳文学の史的位置付け(読み違え)に対する「異論」を展開すること、それはまた「焼跡世代」の文学を従来の戦後派文学—第三の新人—内向の世代という戦後文学史の「常識」とは違った存在なのではないか。そのことを確かめるために本書は準備された。とは言え、「焼跡世代」の作家として取り上げたのは、高橋和巳、小田実、真継伸彦、開高健の四人だけで、スペースの関係もあったが、「人間として」の同人であった柴田翔や『火垂るの墓』(一九六七年）や『アメリカひじき』（同）の野坂昭如などには残念ながら触れることができなかった。そのことだけは、予めお断りしておきたいと思う。

目次

装丁◉林二朗

「焼跡世代」の文学

——高橋和巳　小田実　真継伸彦　開高健——

第1章 「見果てぬ夢」を抱き続け──高橋和巳論

〈1〉「捨子」から始まる

一九七一年五月三日、奇しくもこの国の戦後思想──それは「平和と民主主義」に彩られたものであった──を象徴する日本国憲法の施行記念日に三十九歳の若さで亡くなった高橋和巳を追悼する「文藝」一九七一年七月臨時増刊号（高橋和巳追悼特集号）に、「最後の長編」として構想されたと思われる次のような一節を持つ遺稿（草稿・断片）『遥かなる美の国』が載っている。

私がいまこうした拙い文章をつづりはじめたのは、消失した憧憬への恨みと、いまなお絶ち切ることのできぬ我が身への愛惜の念のためである。私の経験した不運と流氓と、渇望と飢餓、憧憬と失意、そして果たさざりし夢を全き虚妄におわらせぬ手段は、いま失意の病床にある私にとって、かつて懸命にならいおぼえたこの国の国語で私の幻滅の過程を可能なかぎり厳密に記述することだけである。私にとっては、いま表現は唯一の行為であるから、この行為の意味を照し出す他の次元のいとなみはなく、それゆえに、このいとなみに意味や価値が仮にあるとしても、それは私自身には裁定できない。すべてそれは他者の手にゆだねねばならないのである。それにしても、しかし私はなぜかくも弱々しく、涙もろくなり果てたのであろうか。

この『遥かなる美の国』は、夫人の高橋たか子による「ついに書かれなかった『幻の国』」（「人間として」第六号「高橋和巳を弔う特集号」一九七一年六月）によれば、「原案」あるいは「構想（案）」として「昭和二十九年前後」に『幻の国』と題して書き始められたもので、その頃の事情について高橋たか子は次のように書いている。

前述したように私たちはよく話をした。特に結婚した頃、話はじめるときりがなく、深夜を過ぎてもながながとつづき、空が白みかけたのに気がついて就寝するという日さえしばしばあった。その頃の話題の一つとして、主人はこれから書きたいと思う小説の構想をよく私に語ってきかせた。私という聴き手をそばにおいて喋っていると、構想がはっきりしてくるのだと言っていた。それらの小説の多くはすでに活字になっていると思われるが、ただ一つ、主人がいちばん書きたいものだと言いながら、うれしそうに構想を私に語ってきかせたユートピア小説は、書かれないままに、あわただしく年月がたっていった。それが深遠なテーマのものであり膨大な長編小説になるものとして構想されたからだろうが、主人は目先のものばかり先に片づけていき、それを後々へとのばして

いったらしい。その小説は『幻の国』という題であった。『幻を追う人』から思いついた題かもしれない。（傍点引用者）

高橋和巳文学の全貌に接することができる今となっては、引用の最後で高橋たか子が言う「『幻を追う人』から思いついた題かもしれない」というのは、それこそ当時の二人の読書環境から導かれたものと思われる。『幻の国』というのは、引用中にもある「ユートピア小説」として構想されたもの、と考える方が妥当だろう。何故なら、高橋和巳は京都大学時代の同人雑誌や京都で出されていた同人雑誌「バイキング」などに発表した「習作」――今では、その多くが梅原猛の「序にかえて」――高橋和巳の小説」を附した『高橋和巳短編集』（太田代志朗編　一九九一年五月　阿部出版刊）に収録されている――に始まり、死によって「中絶」や「未完」を余儀なくされた『黄昏の橋』（「現代の眼」一九六八年十月号～一九七〇年二月号、ただし一九六九年二月号、四月号、八月号、十二月号は休載）や『白く塗りたる墓』（「人間として」創刊号　一九七〇年三月）等までを通読して感受されるのは、『遥かなる美の国』（原題『幻の国』）がアメリカ・フランスの現代作家ジュリアン・グリーンの現代人の不安と苦悩を描いた『幻を追う人』から影響を受けて構想された長編ではなく、亡くなるまで追求し続けた「見果てぬ夢＝変革・革命」が実現する「ユートピア小説」として構想され続けたものと考える方が自然だからである。

もちろん、高橋和巳が最期まで「表現＝小説・言葉」にこだわり、小説世界においてではあるが「見果てぬ夢＝変革・革命」の可能性を手放さなかった作家であったという見方には、「政治的」過ぎるといった異論もあるだろう。現に、先の「ついに書かれなかった『幻の国』」の中で高橋たか子は、高橋和巳の「本質」は以下のように「政治的」なものから遠いものだったと言っていた。

ところが『憂鬱なる党派』を公表した時から、現代という政治的状況のなかで生きている読者の多くは、この小説の政治的側面だけに反応した。『邪宗門』のような、架空の宗教世界をひらいてみせた、きわめて内面的な小説にたいしても、そこにえがかれている政治的側面だけに、読者の多くは反応した。主人は、本質的に、内面性の小説家、宗教性の小説家なのである。多くの読者の勝手な思い込みによって、この頃から主人は道を踏み迷わせられてしまった。なにか余計なもの雑駁なものが、主人の世界にはいりこむようになった。主人はもともと自分が何者であるかを明晰に意識することのない人であり、その詩の題にもあるように「生ける朦朧」そのものの人なのだ。知らず知らずのうちに読者に踊らされてしまった。しかも、それまで眼に見えぬものであった読者が、大学紛争において全共闘学生やお祭り騒ぎの若者という姿をあらわし、さらに主人の道を非本質的なほうへと踏み迷わせてしまった。主人は、本質的に、政治的な小説家ではないのである。

十七年間一緒に生活してきた者の言い分としては十分に理解できるが、高橋和巳を「内面性の小説家・宗教性の小説家」と決めつけるのは、『悲の器』によって文藝賞を受賞して以来高橋和巳の小説を全て読み、なおかつ晩年において高橋和巳が全共闘運動と伴走してきたことに感銘してきた者にしてみれば、後にカソリックに改宗した高橋たか子らしい決めつけなのではないかと思わざるを得ない。

つまり、引用のように高橋たか子が「主人＝高橋和巳」を「非政治的な小説家」であったと決めつけることには違和感を覚えざるを得ないということである。というのも、『遥かなる美の国』は「ユートピア小説」として構想されていたと言う高橋たか子は、果たして「ユートピア」という言葉がその時代の「現実政治」を反映したところに生まれる思想であり、そこに生きる人間の生活（生）を踏みにじるような「現実政治」に対する厳しい認識抜きには生まれないということを、承知していたのかと思うからである。さらに言えば、高橋和巳が病に倒れたことを知って何年か前から滞在していたフランスから帰国し、高橋和巳が亡くなった後、一九七五年に遠藤周作を介添え人としてカトリックの洗礼を受けるほどキリスト教文化への関心を高めていた高橋たか子は、高橋和巳が伴走した一九六〇年代後半から激しさを増した全共闘運動（学生運動）――それは日本社会及び世界構造を根源的に「変革・革命」する志向を胚胎していた――をどれほどに理解していたか、ということがあるからにほかならない。

如上のような高橋和巳の晩年における「創作」に関わる必死の思いを知り、なおその上で何故高橋和巳は自費出版してまで最初の長編『捨子物語』（一九五八年六月刊）を世に問おうとしたのかということを考える時、処女作に創作モチーフのほとんどが集約されているという近代文学の黎明期以来ずっと言われ続けてきたことを思いださないわけにはいかない。このことを『捨子物語』の内容に即して言えば、高橋和巳は「戦争（戦時下）体験」を相対化することこそを作家活動の出発点にしようと思い込み、それを実践したということになる。「習作」時代の作品を集めた『高橋和巳短編集』の冒頭に置かれた戦時中の学徒動員体験を素材とした『片隅から』（「京大作家集団作品集」第三号　一九五〇年五月）――知られている限り、高橋和巳の一番古い作品――に、次のような描写がある。

仕事のほかにもう一つの重労働が加わった。作業がおわってから二時間、毎日、特攻訓練がはじまったのだ。しばらく姿を見せなかった配属将校があらわれ、彼らを広場に集めて訓示した。（中略）「いいか。戦車が向うから接近してくる。お前たちは草むらの蔭、畦の蔭、あるいは溝に身を伏せている。カタピラの音が接近してくる。突如、お前たちは立ちあがり、戦車めがけて突進する。近すぎて敵の機関銃は用をなさない。火焔放射器を君たちに向けるその直前に、火焔瓶を投げるのだ。戦車は炎上しながらも、お前たちのほうに驀進してくるだろう。逃げてはならぬ。斜めに突進していって、戦車の眼前を宙返りして横ぎり身をかわす……。いいな。失敗すれば命はない……。戦車は鉄だが、カタピラには脂がべったりと塗られてあり、一ぱつの火焔瓶でも戦車は破壊できるのだ……」

「君たち」がいつの間にか「お前たち」に変わっていた。配属将校は全員を整列させ、一人一人に「お前はやるか」と訊ねていった。

「はい、やります」

彼らは右から左へ、順番に、番号をかけるように、返事をしていった。

この引用を見ればわかるように、「焼跡世代」の作家たちは中学、高校時代に「学徒動員」に駆り出された世代と言ってよく、別な言い方をすれば国家によって死を強いられた人たち、あるいは「特攻死」を従容として受け入れざるを得なかった世代ということになる。その証拠に、高橋和巳の処女作（習作）であるこの『片隅から』には、「特攻訓練そのものに彼らが批判的だったのでもなかった」とか、「死は生より自然でもあるかのようだった」、「戦争には勝たねばならぬ、なぜなら、敗戦は……それは気にくわぬ馬鹿げたことだからだ」とかの自分たちの「死」を当たり前のように受け入れていたことを示す言葉がちりばめられていた。また、「彼らは戦争をしていた。彼らはそれに専念していたために、彼らは戦争を口にしなかった」といった、「戦争」を「非日常＝異常事」とみることのできない当時の自分たちの在り様が、淡々と記されていた。

その揚句に手に入れた思念（心の風景）は、以下のようなものであった。

国家間の戦争に関しては、彼らにもほぼその成行きは想像できた。それはあくまで予感の域を出なかったが、すべての者にはほぼ一致する確実な予感だった。（中略）

確実な滅亡の予感、しかもそれに向って歩いて行く者の、そこはかとない悲哀が、彼らの行動の一こま一こまをはかないものにする。最初、現実の事態の進展に追いつけなかった彼らの意識は、その頃になってはじめて現実に追いつき、追いこしはじめていた。

そして彼ら動員学徒たちを待っていたのは、アメリカ軍による「空襲」によって大阪の街に出現した「廃墟」であった。『捨子物語』が以上のような戦時下体験を下敷きにして書かれていることは、この長編の「昭和四十三年一月一日」の日付のある「あとがき」の次のような言葉を見れば、誰もが認めざるを得ないのではないだろうか。

考えてみれば、もうひと昔も以前になる。いつ書きはじめたのだったかは、日記をつけぬ怠惰な性質ゆえに、正確には思いおこせないが、初稿の原稿用紙が恐ろしく粗末な黄色っぽい再生紙であり、鉛筆書きであることから見てまだ戦後の物資不足の癒えぬ、そして人々の心も荒廃していた時期だった。捨子という設定の下でありながら、主人公の経歴の叙述のうちに、おのずと時代は投影されていて、いまは悪夢からも解放された空襲の叙述が、現在の視点からでは抽象化され、捨象されてしまうだろう具体性をもってしるされているのを見る。

そもそも高橋和巳は、どのような意味で戦時下の自分の在り様を「捨子という設定」で語ろうとしたのか。「年譜」や『捨子物語』の執筆動機を書いた文章などで明らかにされていることだが、高橋和巳が誕生した時、高橋家では「捨子は丈夫に育つ」、あるいは「捨子は逆境にも負けず、たくましく育ち、出世する」といった古来から日本社会に伝わる風習に従い、すぐに「捨子」としての扱いが行われたという。しかし、そのような「履歴（事実）」とは別に、先の引用で「主人公の経緯の叙述のうち、おのずと時代は投影されていて」という言葉に注目するならば、大阪の下町（浪速区貝柄町）の小さな町工場の次男として生まれ、その後は大阪府立今宮中学から旧制松江高校を経て、一九四九（昭和二十四）年七月には新制京都大学文学部の一期生として比較的恵まれた環境で育ってきた高橋和巳が、おのれの分身と言っていい『捨子物語』の主人公の戦時下の生を「捨子」から始めざるを得なかったのは、いかに高橋が自らを「見捨てられた存在＝捨子」として自認していたかを物語っていた。この高橋和巳における「捨子」意識は、雑誌「人間として」の盟友でもあった高史明が「その文学の原点にあるものであり、想像力の底に横たわるものではないか」（「国家」と「捨子」「人間として」六号〈高橋和巳を弔う特集号〉）と喝破したもの、あるいは「座談会　高橋和巳・文学と思想」（大江健三郎、小田実、中村真一郎、野間宏、埴谷雄高「文藝」一九七一年七月臨時増刊号）の中で、小田実が「『捨子物語』は自己救済の作品として書かれた」と言明したことに通じるものであったという見方もできる。

あるいは、高橋和巳の主要な作品、とりわけ『邪宗門』（上下　一九六六年）の中心人物の一人「千葉潔」が「孤児」として登場することや、「国家主義者（ナショナリスト）」の戦中から戦後の生き方を問うた『堕落』（一九六九年）の「満州帰り」の主人公が、戦後「戦争孤児（混血児）」を預かる施設の経営者として登場していることもまた、高橋和巳が「捨子」にこだわり続けていたことの一つの証左、と考えていいのではないか。

このことを『捨子物語』の展開に即して言えば、父親は出奔したまま何年も家に帰って来ず、母親は時折「怪しげな男」の元で何時間か過ごし、姉は家族に依存することなく最終的には「家出」同然に姿を消し、まだ幼い妹だけが主人公に「変わらぬ親しみ」を見せ続ける、という『捨子物語』における「家族の解体」現象は、確かに多くの論者が言うように高橋和巳の戦時下における生がいかに「孤独」であったかを示唆するものだとも言えるが、高橋和巳にそのような「孤独」を強いたものの正体は何であるかを考えた時、その因を高橋和巳の「思惟」的性格や高橋自身が「あとがき」で書いた「ビルドゥングス・ロマン（成長小説）」的性格に還元するのではなく、やはり戦時下という時代（状況）

が一個の「柔らかい心」を持った少年に強いたものという見方の方が自然なのではないかということである。高橋和巳は、『捨子物語』の「序章　神話」の最後に以下のような言葉を書きつけている。

しかし、なお、得られなかった救いや繰りかえされた蹉跌の歴史を、はっきり識ってみたいと私は思う。かつて脊髄カリエスでその生涯の大半を病床ですごした一人の青年が、辞世のときに言ったという。善や悪や正義や虚偽は問題ではない。もっともっといろいろなことを識って死にたい、と。私はこの世においていささかの経験を積んだ。経験の異常さやその幅に関して、私には悔やむことはない。ただ、私は私の為したことの意味を知りたい。私の成しとげ得なかった志の価値を知りたい。

誰かが欠伸をしたようだった。夜がすべてのもののうえに君臨しつつあった。冷静に帰ったその時ふたたびあの〈無関係〉ということを思った。関係、無関係。

私と関係あるものは、いったいなんであるか。私が触れ、あるいは触れずに終ったことどものうちで、もっとも本質的なものはなにだったのか。（傍点原文）

ここで高橋和巳が言う「私と関係あるもの」とは何であり、また「私の為したこと」とは何であったのか。それは、繰り返すことになるが、戦時下において心身ともに「飢餓」状況を余儀なくされた経験から手に入れた「捨子」意識に他ならなかった、と言っていいだろう。ここで言う「捨子」意識とは、自分が「社会」からも「家庭」からも見捨てられた状態（孤独）を強いられているという意識にほかならない。例えば、「私」が「家庭」をどのように感じていたか、「第二章　三」に以下のような記述がある。

私は畳のうえに身を横たえた。食後の満腹感に気惰るくなった身を横たえながら、そのとき私はなにを愁えたのだろう。私は満足してしかるべきであった。事実、私にとっては〈家庭〉というものは、憧憬の的でこそあれ、批判の対象となったことなど一度もなかったのだ。なにか不満があっても、「これは本当の家ではないのだから」と思えば万事解決だったのだ。しかし、本当の、真実の、ああ、なんという愚かしい想念であることだろう。これは本当の家庭ではない。今こうして、無為に蠢き、人にはしられず他者を支配し導く力もない自分は、これは真実の自己ではない。自分の希望をみずからが裏切ったときにも、やはり本当のものは他にあるのだと、人は何百回くり返せば気がすむのだろう。

小さな町工場経営者の次男として生まれ、そして旧制中学（大阪府立今宮中学）から旧制松江高校文化乙類を経て新制京都大学文学部第一期生として入学という、その意味では絵に描いたような「中流家庭」に育った高橋和巳が、「孤独」な反抗期にあった小説の主人公に自分の育った家庭を「これは本当の家ではないのだ」と言わせるというのは、一体どのような心理がそこに働いていたと考えればいいのか。また、この長編には主人公＝語り手が病院に入院した小学校時代の早熟な友人――親は長い歴史を持つ古書肆の経営者――を見舞った帰り際に、友人が病室にいた父親に向かって「贋教師、藪医者、生臭坊主。みんな香具師ばかりだよ。みんな偽物ばかりだよ、父さん」と言ったことに対して、主人公が次のような考えを得たことが記されていた。

そのとき不意に季節外れの落雷の音が遠くに響いた。小雨が降りだしたのだった。私は帰ろうと思った。すこしのあいだ、ちがった環境で過し、わずかなあいだ彼と会わなかった私は、もはや彼と親密な話ができず、手紙の時候の挨拶文を考えあぐねるときのような一種のもどかしさが残っただけであった。

……贋物の師、贋物の朋友、いつわり深き己が意識。帰るきっかけを探しながら私は無意識に彼の言葉を敷衍して、暗い思いに沈んでいった。おお、そして、偽りの父母、神々しき聖者たちの偽りの微笑。

人間不信などと一般化できない「離人症」的な主人公の友人や「家族」に対する心的対応、それは「偽物ばかり」の社会に対する「異議申し立て」ということになるが、少年がこのような心理を吐露しなければならなかった社会がまさに「戦争」の真っ最中にあったこと、この状況設定は高橋和巳の「捨子」意識を考える際に重要な意味を持つはずである。前引用部分の直前に戦時下の「不自由」な修学旅行について詳しく書いていることからも、そのことは容易に知れる。

なお、高橋和巳の京大時代の「作家集団」や「対話」等の同人誌仲間であった宮川裕行が「『捨子物語』の世界」（「対話」八号「高橋和巳追悼号」一九七二年一月）の中で、高橋和巳の「捨子」意識について次のように書いていることは、同時代に「少年―青年期」を過ごした者の貴重な「評言」と言えるだろう。

ところで、「捨子」の中で、作者の知性的な働き、つまり思想を担って現れるのは、綾子と美乃の姉妹であろう。己れに加えられる外的諸条件を宿命と観じたい誘惑にかられていたこの時期の高橋が、その圧倒的な宿命の力に抗して、人間の、否、己れのあるべき姿としての二つの態度を、この二姉妹の姿の中に描こうとしたのだ。人間の運命を支配する宿命の暗い影に対して、綾子は幼い身体を張って、激しく闘いをいどむ。（中略）生みの母に、育った家に反抗し続けた綾子は、遂に家出して読者の視野から消える。そしてわれわれは、家出の後も社会に反抗し続けて、永久に静謐な幸福を見出すことの出来ぬ綾子の未来を予見することが出来る。

そして、美乃の姿の中に、他人の不幸を全て自分の不幸として引受け、小さな生命を他人の不幸の代償として次第に削り落として行く、贖罪者の原形を見出すのである。自分と自分の回りの人々に降りかかる悲しい運命を、黙って忍耐する原初以来の女性的なもの、の象徴とも見える美乃の生き方に、綾子とは正反対でありながら、或いは綾子と同じ位、いや綾子以上に、宿命に対する人間の強い反抗が、人間主権恢復のための激しい闘いがひそんでいると感じられるのである。

つまり、宮川は高橋和巳が『捨子物語』において戦時下を潜り抜けてきた自分自身の生き様を、「自立」を目指して家出した姉の綾子と過酷な状況を「忍耐強く」受け入れて生きる妹美乃に託して描き出しているというのである。言い方を換えれば、高橋和巳は「捨子」意識を強いられた戦時下の総括をしない限り自分の作家としての出発はないとの強い思いから『捨子物語』を書き、自費出版したのではないかということである。

『捨子物語』の後に、「戦後」を総括する『憂鬱なる党派《グルーム・パーティ》』（同人となった「VIKING」の一九五九年八月号から一九六〇年十月号まで『憂鬱なる党派』として十四回連載）が書かれなければならなかったのも、高橋和巳の『悲の器』（一九六二年 第一回河出書房新社「文藝賞」長編部門入選作）で文壇デビューする前の作家を目指す意識（心境）を考えれば当然であった。

〈2〉「戦後」の総括へ――『憂鬱なる党派』の位置

高橋和巳は、『憂鬱なる党派』の刊行直後に行われた「日本読書新聞」（一九六五年十一月二十九日号）のインタビュー「憂鬱を語る世代」において、記者が「題名の『憂鬱なる党派』について高橋氏は、河出書房のパンフレットで「作者のことば」として、「太陽の季節を謳歌した青年たちだけが戦後いたのではない。……敗戦の苦痛はまだ癒えずしかも新しい理念は形成されないままにお互いに角逐し、分裂しやがて諸共についえ去った憂鬱な青春……」と書いているが……」、と芥川賞受賞に際して選者の間で物議を醸し、また「太陽族」などという流行語を生んだ石原慎太郎の「裕福な青年たちの湘南を舞台にした無軌道な生活」をハードボイルドなタッチで描いた『太陽の季節』（一九五五年）に触れながらの問いに対して、次のように答えている。長くなるが、高橋和巳の思想と文学の「原点」の一つを明らかにしているとも言えるこの長編のモチーフを、過不足なく吐露していると思われるので、以下に引く。

——題名にある党派は、もちろん政治的党派と言う意味ではなく、世代といってもいい。

ぼくらのあの時代は、たしかに奇妙な時代だった。忠実なる臣民になるための教育を受けて、それを疑うこともなく、国家に対する行為のみによる価値判断の中で育って、それが突然崩れてしまったのです。そして二、三年パッと明るい期間があり、けれどもなにもわからないままでいると、だんだん日が陰ってゆくように再び時代が変わっていった。それはちょうど進駐軍の方針が変わったのと一致しています。

ぼくらは、一度ならず二度もドンデン返しを、わずか十四、五歳から二十数歳までの間に経験し、それが深い懐疑をうえつけたのだと思います。若かったから、現実に対して批判的になることができないで、時代の屈折の流れにドップリつかっていたから、「また変わりやがったな」と軽やかに身をよけることができなかった。

そして、そのような自分たちの世代が「その後＝戦後」をどのように過ごしていったかについて、自分のように時代や歴史が強いる「憂鬱」と取り組んでいる者以外に、次のような「タイプ」が存在していたとした。

そのぼくらの世代にはいくつかのタイプがあった。放蕩していっさいをあきらめるもの、あるいは冷笑的になってなにもかもヘラヘラ笑いとばすもの、そしてまた、他の世代にくっついてゆくタイプ、これは比較的理解できる戦中派の人に身を寄せていって、そうでない人を批判するものと、もうひとつ、それとは逆に、大江健三郎氏や石原慎太郎氏など、後の世代に身を寄せてオートバイをとばしたりするものとがあった。

ここで注意しなければならないのは、高橋和巳が自分たち世代の中心（大多数）は「憂鬱を語る世代」であって、「放蕩」や「冷笑」を仮象しながら「ニヒリズム＝虚無的」に身を任せたり、他の世代に「身を寄せ」たりする者たちではなかった、と言い切っていることである。このことを理解しないと、戦後批評をリードした批評家の一人本多秋五の「憂鬱な作家の憂鬱」（『高橋和巳作品集3　憂鬱なる党派』巻末解説　一九六九年十一月）のように、「この小説には、よくわからぬところが随分と多い」と言わねばならなくなるのである。本多は、「よくわからぬところ」の例として①「挫折したなどとは死んでも呟くまい」と豪語していた村瀬が、かつて自分もかかわっていた「吹田事件」の裁判で無罪判決の見通しがついてきた時に、突然自殺してしまったこと、②主人公（語り手）の西村恆一が『褐色の憤怒』に駆られて高校の教員を辞めたところまでは理解できるが、その後に「自分は何故教員を辞めたのか」と悲観的に考えたりするのが、わけがわからない。③西村恆一が書き綴った原爆被災者の記録を持って家出したまま、妻に一度も手紙を書かないのは何故か、理解できない。④また、その西村の妻が生後二ヵ月の赤子と長女を西成（ドヤ街）に住む西村に託して姿を消したのは、一番理解し難いとして、その理由を以下のように述べる。

西村がまるで膝までの浅瀬で溺死するように、打開の道はいくらもありそうな状態のなかで窮死するのは、彼が元来破滅好きの人間であり、作者が破滅好きの作家だからなのだろう。西村の旧友たちのほとんど悉くが、短期間に相ついで死んだり、敗残者への道へ堕ちていったりするのも、作者が破滅好き、挫折好きの人間だからであろう。私がこの小説を読んで、あちこち理解しにくいところが多いと思うのは、私が作者のように破滅好きでないからであろう。

高橋和巳が「破滅好き・挫折好き」な作家だから『憂鬱なる党派』には理解し難い部分が数多く存在するというのは、志賀直哉や宮本百合子に対しては「言葉＝表現」の裏の裏まで読み込んで独自な作家・作品像を見せてきた本多にしては、余りにも浅薄な「読み」なのではないかと思わざるを得ない。何故「読み巧者」の本多にこのようなことが起こったか。それは、本多が『憂鬱なる党派』のテーマ（モチーフ）を読み間違ったからにほかならない。つまり、高橋和巳が『憂鬱なる党派』において「戦後」の総括、具体的に言えば、自分たちが己の生き方をかけて関わった「戦後革命」の可能性について問おうとしたことに対して、「戦後派」の批評家である本多はその高橋和巳の創作意図を十分に理解できなかったのではないか、と思われるということである。さらに言えば、高橋和巳が京大の学生時代に遠望したと思われる「戦後革命」の可能性について、己の体験に即して「挫折＝自滅」の相において追求しようとしたのがこの長編小説だったのに、オールドマルクスボーイの本多はそのことを読み切れなかったのではないか、ということである。

言い方を換えれば、高橋和巳が『憂鬱なる党派』で試みた「戦後」あるいは実現しなかった「戦後革命」の総括は、この長編に登場する主要な人物の言動が体現していると考えていいが、戦時下の青春を「小林多喜二の生き方＝革命党員として権力によって虐殺された生」とは別な道を模索することで生き延びてきた本多秋五には、『憂鬱なる党派』の西村恒一らが「中学生のころ敗戦にあってから、彼は自分の感覚を越えた理論体系や膨大な仮説を、そして権威ありげなものの一切を信じなくなっていた」と言いながら、それでも「戦後」の革命運動＝学生運動に身を挺して没入していった心情・哲学を理解できなかったのではないか。つまり、十五年戦争下に青春（大学生）時代を送り、密かに「共産主義」や「社会主義革命」、「人民戦線」の可能性を信じて「嵐＝戦争」が過ぎ去るのを待ち続けた本多や盟友の平野謙、あるいは戦後批評をリードした埴谷雄高や小田切秀雄ら「近代文学」の論客たちには、戦後世代である高橋和巳らが自分たちの実存をかけてその実現を目指した革命運動＝「変革」への想いについて理解できなかったのではないか、ということである。

このことは、『憂鬱なる党派』において明らかにされる西村恆一とその仲間たちの「その後の生き様」を見れば理解できるだろう。広島の原爆被災者の記録を出版しようとしている西村が訪ねた順にかつての仲間たちの現在を記せば、関西の名門国立大学（京大）を卒業しながら敢えて小さな業界新聞社に勤め、いつかは「同志の再結集」が可能なのではないかと思い続けている古在秀光、かつての輝きを失ってすでに古参教師（小学校教師）の雰囲気さえ漂わせている元共産主義者同盟員の日浦朝子、特攻隊（予科練）帰りで心底に「虚無」を抱えながら自堕落な生活の末に勤め先の保険会社で会社の金を使い込んで（横領して）馘首された藤堂要、結核を患い鬱々としながら自宅の病床に臥せる生活を強いられているかつては最も果敢な革命党員として最後まで戦い続けた岡屋敷恒造、大学卒業後大学院生となって研究室に残り今は渡米を目前にしている少壮の心理学者青戸俊輔、大学卒業後放送局の報道部に就職した他者を思いやる「優しい」気持を未だに持ち続けている蒔田、大学卒業後は関西電力の嘱託職員（社員でなく雇員）として山奥の現場で働き、そこを辞した後小さな町工場の工員としての日々を送っている村瀬、ということになる。この西村、古在、日浦朝子、藤堂、岡屋敷、青戸、蒔田、村瀬、それに大学在学中に首を括って自殺した古志原直也を加えれば、高橋和巳が先のインタビュー「憂鬱を語る世代」の中で、『憂鬱なる党派』のいく人かの人物たちは、それぞれぼくの分身だといえる」と言った「ぼくの分身」が揃ったことになる。

確かに、日本の「近代」を根底からひっくり返すような「変革」が現前した「戦後」、あるいはその変革をさらに強力に推し進めようとした「戦後革命」、その「総括」を一人の登場人物の視点から行おうとするには、物語として無理が生じる。その意味で、高橋和巳が西村や古在たちにそれぞれ自分の立場から「戦後」ないしは「戦後革命」を多角的に総括させたのは、「正解」であったと言わねばならない。中でも、古志原の七回忌法要に際してかつての仲間に披露された古在執筆の「檄文」には、高橋和巳の「本音」が込められていたのではないか、と考えられる。「もはや激しい不幸や絶望すら起こりそうにない疲れはてた現実の中で、ただ諦めて無規定な憂愁の中に沈みこもうとしている友人たちよ」で始まる古在の檄文は、以下のようにかつての仲間に「再結集」を呼びかけるものであった。

　みずからの孤立と無気力を噛みしめ、日々の無目的な多忙さの中に辛うじて生の実感を自虐的に味わうにすぎない朋友たちよ。腐敗の感覚すら麻痺して全き自暴自棄の泥沼に沈みこむ以前に、いま一度みずからを振り返れ。それぞれ大学を卒業してから、数年間、各自の経験を通じて確かめえた真実の一かけら、苦悩の一かけらなりともあるならば、いや、ただ現実に押し流されただけであっても、その押し流された地点をなりともいま明るみに出せ。何がわれわれを押し流し、何がわれわれの叫びを封じ、そして、われわれの内部の何がそれを容認したのだったか。明らかにされた経緯と地点とに、もし同窓会意識や動物的な世代の共通性以上の重なりが一点なりとも思いだせるならば、さらにまた君たちの変革の意識がいまだ全く滅び去っていないのならば、今ひとたび力を戮《あわ》せ。明らかにされた地点がどんなに卑近で賤しくみじめなものであってもいい。声がどんなに小さくてもよい。また重なる部分以外の志向がどんなに齟齬するものでもよい。それは重ね合わせれば、われわれの共通の志向の基盤となり、われわれの本質的なステートとなるであろう。意志なき光すら重畳すれば、おのずから一定の方向性をもつ波束となる。われわれが討議して一つの党派を再建しえないはずがない。そしてその時、国家と個人、組織と人間、革命と青春等々の総ての問題が、われわれ自身の問題として問い且つ答えうるはずだ。われわれはこの社会の成員である以上、この社会に対して何ごとかを成す権利をもつ。またわれわれが単なる存在一般ではなく、自覚的な人間存在であることを、この社会に対して証しつづける義務がある。なるほど、われわれにはもはや特定の党派はない。党歴もなければ権威もない。一切の既成の党派や権威とのつながりもない。しかしそれ故にこそ、われわれの呟きがわれわれの党派であり、われわれの怒りがわれわれの綱領でありうる。その出発において、その運動がどんなに小さく微力なものであろうとも、それがわれわれ自身のものである以上は、われわれ自身の中にまたその指針と理性があるはずだ。古今東西、いかなる党派も、発案するものと賛同するものとによって生れた。われわれは今大衆に還元されているゆえに、発案する者と賛同する者とのあいだに格差はない。一人一人が指導者であり、一人一人が大衆である。しかもなお思え。どのような大発明も最初はおよそありうべからざることと思われた夢想より生れ、どのような芸術運動も、小さな同人雑誌や町の片隅の展示会場から端を発し、どのような政治革命も、若き覚醒せる青年、数人、十数人、数十人の男気と理性から生れたものであることを。諸友よ、いつまでも己れ自らを憐れむな。自己を汚し、自己を憐憫すること、それはいかなる悪徳にもましてなお甚だしき悪徳であることを今こそ悟れ……たった一人でもいい。旧き友よ。はるかなる友よ。この呼びかけに答えよ。

長々と引用したのは、繰り返すが、この古在が書いた「檄文」こそ『憂鬱なる党派』で高橋和巳が言いたかったことなのではないか、と思うからである。また、多くの論者、それは例えば先の本多秋五であり、「人間として」第六号『高橋和巳を弔う特集号』に「永遠の罪と罰――『憂鬱なる党派』論」を寄せた竹内泰宏、『高橋和巳の文学と思想』（太田与志朗、田中寛、鈴木比佐雄編　二〇一八年十一月　コールサック社刊）に力作「高橋和巳の変革思想――二一世紀から照射する」を寄せた綾目広治ということになるが、彼らは何故か『憂鬱なる党派』のこの「檄文」に触れていない、という不思議な現象があるからにほかならない。さらに言えば、『高橋和巳全小説4　憂鬱なる党派』の「解題」で川西政明は、上記の引用部分のうち「われわれの呟きがわれわれの党派であり、われわれの怒りがわれわれの綱領でありうる」の一文に傍点を振り、この傍点部こそ後の『わが解体』に示された全共闘の思想と運動への共鳴につながるものだと正しく指摘しながら、古在の「檄文」が高橋和巳の実現しなかった「戦後革命」の総括であり、「見果てぬ夢＝革命」への途絶えることのない希求であったことを捨象し、最後に聖書（マタイ伝）の黙示録世界の「予言」に結び付けて解釈するという、およそ高橋和巳の意図と懸け離れた世界を提示していることの不可解さに通じるものである。

つまり、高橋和巳が一九七〇年前後の「政治の季節」を領導した全共闘運動（とその思想）に何故共振し、共に歩き苦しんだのは何故か。それは、旧左翼を代表する共産党ともまた「中核派」や「ブント」「社青同解放派」といった新左翼各派とも一線を画していた全共闘運動（京大全共闘）は、川西政明が先の「檄文」に傍点を振った個所が如実に表していたように「自立」した「闘う組織」であり「思想集団」であった。このことの意味を、全共闘世代と高橋和巳世代（五〇年世代）との中間である「六〇年安保世代」よりさらに若い「安中世代」――六〇年安保闘争の後に学生時代を送り、また七〇年安保闘争（学生叛乱）にも関わりをもたなかった世代――である川西政明（一九四一年生まれ）には読みとれなかったのではないか、ということである。物語に即して別な言い方をすれば、古志原の七回忌法要に集まった西村たちの誰一人たりとも古在の「檄文（呼びかけ）」に応じて「再結集」に同意しなかったのは、それだけ『憂鬱なる党派』を書こうとした時の高橋和巳の「絶望」が深かったことを意味していたのではないか、またそのような「絶望」を懐胎したままの「戦後」あるいは「戦後革命」

の総括がいかに困難を伴うものであるか、高橋和巳は京大時代の学生運動（革命運動）体験と作家として生きてゆこうと決意した「その後」の生を通して思い知った、ということになるのではないか。主人公である西村恆一が、定宿にしていた釜ヶ崎のドヤ街で起こった「暴動」に巻き込まれて重傷を負い、「悩める者は来たれ、心貧しき者は来たれ！」と書かれた救霊会の門前で斃れた時に去来した「思い」、そこでの思念にこそ、「戦後革命」から遥か遠くへ来てしまったと自覚せざるを得なかった高橋和巳の『憂鬱なる党派』に込めた「絶望＝断念」が具現されていたと言えるだろう。

おれは一体なにをしているんだろう、と西村は思った。目的を失い、理想を失い、見知らぬ街の他人の禍に昂奮して何を走り回っているのか？　こちらに叫びがすればそこへ駆けり、あちらに石が飛べばここへ首をつっこむ。……かつてはそういう生き方を拒絶しようとして、約束された栄達や幸福をすら諦めたのではなかったか？　この世の人々の悲しい右顧左眄、哀れな東奔西走は、すべてみずからの原点、自己の絶対性の喪失からくるものと認め、己れひとりなりとも、時流の変化、洞窟の壁に映る影のうつろいに動ずることなき価値体系を築こうとしたのではなかったのか。そのためにこそ、移りかわる時間の流れの中から、移りかわり得ない体験の核を掘りおこし定着しようとしたのではなかったか。その核が荘厳な神の観念ではなく、惨めな大量死の事実にすぎなくとも、その事実を一つの設問にまで昇華すれば……人が何によって生き、何に殉じて死ぬことができるのか、きっぱりと証明されるはずではなかったのか？　政治の思弁や行動のようには人の耳目をそばだたせず、宗教や呪術のようには人人の熱狂的崇拝や雷同は得られなくとも、知識人が知識人であることの存在理由《レゾンデートル》がそこにかかっているはずだった。地位の獲得、位階の昇進はなくとも、「我れ為し遂げたり」という無形の報酬を置く場にかみしめることができるはずだった。

西村恆一が妻子を「捨て」てまでして「為し遂げ」ようとしたヒロシマの被爆者に関する記録の出版は、努力の甲斐もなく今は虚しく娘君子が折る紙飛行機となってドヤ街の路地で通行人に踏みにじられてしまう。何とも悲しい結末であるが、この結末にこそ高橋和巳の「戦後」あるいは「戦後革命」への無念の思いが集約されている、と言っていいのではないだろうか。それはまた、最下層労働者が集まって暮らしている釜ヶ崎のドヤ街で起こった暴動に巻き込まれて「知識人」である西村恆一が死ぬ、という物語の終わり方にも関係していると言っていいだろう。高橋和巳は結腸癌の手術後に行った宮城県角田市での四時間にも及ぶ講演「文学の根本に忘れ去られたもの」（一九七〇年十月十八日）における質疑応答で、質問者の「自分と大衆との関わり合いにおいて、大衆に関わりながら、のめりこまないでこれを掬い上げるというような方法はあるか」という問いに対して、『憂鬱なる党派』を例に挙げ以下のように答えていた。

『憂鬱なる党派』というものの中で、ああいう極貧層の生活を、インテリ同士の対話と対照させるようにいわれておりながら、けっきょくは、背景的な意味しかもっていないじゃないかというのは、確かにあの小説がその面では大きく破綻している証拠ですけど、（中略）気持としては、要するに、あれをなぜはじめからしまいまで、八年前に学生運動やっていたものの八年後の生活だけに限らずに、その一章ごとに、その間に釜ヶ崎の人びとの生活をいれていったかというと、そういうインテリが要するにいろいろな立場に分かれて大激論していましてもね、その激論している立場自体を、ジロッとどこかから別の光で照らす光があるはずなんですよ。それは現在の日本の社会構造を見て見ればそうなんで、非常に立派なことをいいあっていても、そのいいあっていること自体を、ジロッとみている人びとがいると思うんですね。そういうものを、ああいう釜ヶ崎の生活を叙述することによって、だしたかったんですけど。

これは、高橋和巳の文学（言説）が一九六〇年代の後半から七〇年代初めにかけて全国の学園で吹き荒れた全共闘運動（学生叛乱）に参加した「学生大衆」――それはこの学生叛乱が「知」の最高峰を形成していると言われていた東大と、学力的には底辺層の学生が集まっていたと言われた日大を両極にして全国的に展開したことがよく物語っていた――にいかに支持されたかのの一端を明らかにしているが、それとは別に埴谷雄高や川西政明によって「苦悩教の教祖」とか「妄想実験の作家」等と言われていた高橋和巳が、実は自分が育った大阪市西成区（釜ヶ崎に隣接）の人々の暮らしや在り様を物語（『憂鬱なる党派』）の内部に取り組んでいたこと、このことの意味は決して軽くない。というのも、高橋和巳における「戦後革命」の総括の要は、権力の横暴に対して「暴動」という形でしか叛逆できなかった最下層労働者（釜ヶ崎の住民・ルンペンプロレタリアート）を取り込むことができなかった五〇年代の学生運動（革命運動）に「敗北」の因を求めている点にあった、と思われるからである。

なお、『憂鬱なる党派』を論じる際に忘れてならないのは、主人公の西村恆一の「携えている古い黒カバンの中に」入っていたのが、「突然、褐色の憤怒にかられて職を退き、日常的な平静さや幸福の一切を犠牲に仕上げた、その後の五年間の努力の結晶がつまっ」たもので、「それは学問的な研究でも彼の思想の開陳でもなく、ある一時期の過去を彼と共にし、そして同一時刻に惨死した三十数人の平凡な庶民の伝記」、つまり一九四五年八月六日に広島で被爆死した「庶民の伝記にすぎなかった」ということである。要するに、西村恆一は大学卒業後に得た高校教師という「安定した生活」を棄て、「名も無き被爆者の伝記」を刊行することに全精力を傾けたということになるが、ここで考えなければならないのは高橋和巳にとって「ヒロシマ・ナガサキ」の出来事（惨劇）はどのような意味を持つものであったのか、ということである。先の『高橋和巳全小説4　憂鬱なる党派』の「解題」で、川西政明は高橋和巳と「原爆」との関係について、「事実・資料」に関して淡々と次のように書いていた。

さて、最後は、原爆展のことである。

いま、私の手元には、昭和二十九年、京都大学原水爆問題協議会が開催した「原水爆展」の資料がそのままの形で残ったものがあるが、そのうち原爆に関する部分は、昭和二十六年五月の京大春季文化祭の一行事として開かれた京大原爆展をそのままベースとして受け継いでいるもののようだ。当時としては相当詳細な資料である。この原爆展とあわせて、原爆の物理学的な面、原爆症の病理学的な面からの報告講演、そして被爆者である作家大田洋子さんの講演などが行われ大反響をひきおこした。そして、七月、京都のデパートで総合原爆展が開かれるにいたった。また、被爆者から募集した「原爆体験論文集」「原爆歌集」「原爆詩集」などが刊行された。西村恆一が持ち歩く黒い鞄の中身、その原型は、高橋和巳も関係したこれらの文集にあるだろう。高橋和巳が京大で過ごした学生時代の時間の中で、原爆展の持つ意味合いは深く強いものがあったのである。

「ヒロシマ・ナガサキ」の出来事に関する資料については、『原爆文学史年表』（『日本の原爆文学 第十五巻 評論・エッセイ篇』ほるぷ出版 巻末所収 筆者作成）を繙くと、「原爆文学体験集」に関しては川西政明が既述した通り「一九五一（昭和二十六）年七月 『原爆体験記』（原爆体験記編集委員会編・京大原爆体験記編集委員会編）」の記述がみられるが、「原爆歌集」と「原爆詩集」については、当時峠三吉の『原爆詩集』（一九五二年）や『歌集広島』（一九五三年）など似たような題名の詩集や歌集が被爆地広島を中心に各地で刊行されているので、京大の春季文化祭でどのようなものが刊行されたのか定かではない。とは言え、『憂鬱なる党派』の中心人物西村恆一が何故「被爆者の伝記」刊行にこだわったのか、この西村の行為が意味することは、この長編及び高橋和巳文学の文学史的位置を考える時、それは決して軽いものではない。何故なら、「ヒロシマ・ナガサキ」の惨事はまさに「戦争」の負の局面、具体的には戦後の都市空間に出現した「焼跡＝廃墟」を象徴するものだったからにほかならない。ヒロシマの惨劇の後「今後七〇年間は広島に草木は生えない」と被爆者たちが囁き合ったというエピソードは、被爆によって焼け野原となった広島市街や長崎市街の写真を見れば、納得できる。

また、この国の保守権力が第二次世界大戦後の「冷戦構造」を反映したアメリカの世界戦略（核戦略）に加担するようになったことによって、「ヒロシマ・ナガサキ」の惨劇に対して正対せず、結果的に未曾有の核被害を受けた広島・長崎の被害者（ヒバクシャ）を放置し、「ヒロシマ・ナガサキ」の出来事を「隠蔽」「過少視」するようになったことに繋がっていったことも記憶しておかなければならない。つまり、西村恆一の「被爆者の伝記」出版というのは、そのような歴史を背景にしたものだったということである。その意味で、高橋和巳が「人間として」第五号（一九七一年三月刊）の「特集　戦後文学を考える」に「現代における想像力の問題」と題する講演録で、戦後自分が目撃した「焼跡＝廃墟」について次のように語っていたことも、この長編を論じる際には欠かすことのできない認識と言っていいのではないだろうか。

　たとえば吉本隆明さんという評論家がいらっしゃいますね。あの方の論理の立て方の原点というのは、いったいどういうことかと申しますと、（中略）自分の敗戦体験を固執するわけです。つまり敗戦のときの一つの自分のありようというものを頑固に固執する。（中略）文学者というのは、しばしばそういう一つの体験を固執します。たとえば私なんかでも、吉本さんほど極端ではありませんが、体験固執型みたいなところがあって、いつまでも廃墟のイメージみたいなものをもっております。東京だって、二十数年前は完全な廃墟だったわけです。（中略）みんなボロボロの格好をしていて、闇市をうろうろと動き回りながら、体中にしらみをわかして、かろうじて生きていたわけです。二十数年たってみると、その焼跡なんてぜんぜんありはしない。東京のどこを歩いていたって、かつて日本の首都は完全に廃墟だったというようなことを示すものはどこにも残っておりません、しかし私の頭脳の中には残っているわけです。私がよく知っているのは大阪ですけれど、残っている。その焼跡のイメージを固執することによって、この現在の日本の繁栄を——繁栄そのものは民衆の力によって築かれたものですから、それを根本から否定しようと思いませんが――それを正当づける繁栄論というのは、はったりじゃないかというふうな立場が、そこから、体験固執ということから築かれるのです。（傍点引用者）

なお、これまで私は「戦後革命」とか「革命運動」とかという言葉について何の注釈もなく（定義なしで）使ってきたが、今後の論の展開を考え簡単に高橋和巳の考えていた「革命」とはどのようなものであったと考えているのか、ここで記しておきたい。それは、後に詳論する『我が心は石にあらず』（一九六七年十月刊）で試みられた既成の前衛党やマルクス・レーニン主義思想による「共産主義革命」とは違った、「自由連合」型労働運動を基底とする「無政府主義的地域連合体」による政治体制の確立、ということになるのではないか。さらに、晩年に至ると抽象度を高めて「直接民主主義」に基づく共同体（コミューン）の形成こそ「革命」という名に値する政治形態と考えるようになった、と言えばいいか。高橋和巳は最後のエッセイと言ってもいい「内ゲバの論理はこえられるか」（「エコノミスト」一九七〇年十月二十日、二十七日、十一月三日号）の最後で、「革命」について次のように書いていた。高橋和巳の「革命」論を考える際に参考になるだろう。

現権力者は、あらん限りの悪を、合法性の名のもとに敢えてしている。フェアプレイだけをやっていては、実際の活動は出来ないし、道義的人気だけでは、権力をくつがえすことはできない。にもかかわらず、未来を担う階級は、やはり、現体制の維持者以上の道徳性をもっていなければならない。

革命を、単なる易姓革命、王朝交替におわらせないために、ある場合には自らを呪縛するように働く、新しい道義性を、運動の過程それ自体のなかで築いていっていなければならないのである。なぜなら、今後のありうべき革命は単に政治次元、社会次元にとどまらず、人間それ自体の変革が含まれていなければならず、しかも大衆的規模での意識変革、人間関係変革は、変革の運動自体のなかでしかなしえないからである。（傍点引用者）

〈3〉「戦争」へのこだわりと「強権（天皇制国家）」への抵抗

高橋和巳が生涯を通じて「戦争」と「戦後（革命）」にこだわり続けたことは、自らの戦時下体験を対象化した『捨子物語』を自費出版し、更にはその後一九五〇年代初めの「戦後革命」の可能性を検証した『憂鬱なる党派』を書き、更には一九六二年に「文藝」長編部門賞を受賞した『悲の器』において、戦前（戦時下）から戦後にかけて一貫して「学問（法学）」の衣を身に纏いつつ、「権威」に縋り付き「権力」の側に身を置き続けた主人公正木典膳を、最後には「破滅」させたその造形力（想像力）について考えれば、歴然とすると言っていいだろう。

では、高橋和巳が創り出した「正木典膳」とはどのような人物であるのか。大いなるヒントは、「第一章」の前に置かれた作品のタイトルに関わる、次のような天台宗の僧源信（恵心僧都）が「浄土教」の基礎となる「厭離穢土・欣求浄土」や「地獄極楽の観念」を説いた『往生要集』（巻上　一九八五年）

から引用した文章（言葉）にある。

罪人偈を説き閻魔《えんま》王を恨みて云えらく、何とて悲の心ましまさずや、我は悲の器《うつわ》なり、我に於いて何ぞ御慈悲ましまさずやと。閻魔王答えて曰く、おのれと愛の羂《あみ》に誑《たぶら》かされ、悪行を作りて、いま悪行の報《むく》いを受くるなり。

——源信「往生要集」——

（「往生要集」原文）罪人説偈、傷恨閻魔人言、汝何無悲心、復何不寂静、我是悲心器、於我何無悲、時閻魔人答罪人曰、已為愛羂誑、作悪不善業、今受悪業報、

（現代語訳）罪人は偈を唱え、閻魔王に仕える鬼を怨み悲しんで言う。〈あなたは何と慈悲の心がないことよ、また何と寂静（しずかさ）のないことか、わたくしは慈悲の心の持ち主であるのに、わたくしにどうして慈悲を掛けぬのか〉すると、閻魔王に仕える鬼は、罪人に答えて言う。〈みずから愛欲の羂（わな）に欺かれて、善（よ）からぬ業（わざ）を作り、いま悪業の報いを受けたのに、どうして我を怒り恨むのか〉（『往生要集』巻上「第一　地獄」）

要するに、高橋和巳が『往生要集』を用いて言おうとしたことは、『悲の器』の主人公正木典膳のように、どんなに「近代社会」を支えてきた憲法や民法といった近代法の「権威」となり「法学界」の頂点を極めた人間と言われるようになったとしても、自分の「正しさ」や「権力（権威）」に対する飽くなき欲求、更には「性欲」のおもむくままに行動すれば、その結果人間が本来備えているべき

「慈悲の心」を失い、挙句の果てに「破滅」への道を歩むことになる、ということであった。さらに深読みすれば、世間的にはどんなに「立派な法学者」であったとしても、正木典膳（五十五歳）は妻亡き後家政婦の米山みきを性欲処理の対象としたことに加えて、英文学博士栗谷文蔵の娘栗谷清子（二十七歳）と婚約したことで、米山みきから損害賠償請求（慰謝料六十五万円）の訴えを起こされるほど、「慈悲心＝他者に対して優しさや慈しみ、憐憫の心を持つこと」の欠如した人間であったとすることによって、「地獄」を支配する「閻魔」の部下（鬼・獄卒）から「お前には慈悲の心がなかった」と糾弾されるような存在に過ぎなかったということである。

では何故高橋和巳は、このような「慈悲心」のない正木典膳を主人公とする『悲の器』を書いたのか。それはおそらく、『捨子物語』で明らかにされたアジア太平洋戦争の「戦時下」に育った自分へのこだわりと、『憂鬱なる党派』で明らかになった「戦後革命」の可能性の追求及び京大生時代に経験した「学生運動」の検証、と深く関係していると言っていいのではないか。つまり、高橋和巳は戦争が終わって復学した中学生時代に手にした「近代文学」（一九四五年十二月創刊）や「新日本文学」（一九四六年一月創刊）、「総合文化」（一九四七年七月創刊）等の総合雑誌、文芸雑誌が喧伝していた「戦後」を象徴する「平和と民主主義」思想に期待しつつ、では「戦前＝戦時下」と「戦後」で自分を含めた人々の暮らしはどれほど「変化」したのか、といった青年特有の感受性から発せられた根源的な「懐疑」を消すことができず、その「懐疑」の拠って来るところを解明したいという欲求が『悲の器』を書かせることになった、ということである。言い方を換えれば、「疎開」とか「学徒動員＝小学校高学年から中学、高校に学校教育の停止」といった苛烈な体験を強いた戦争が終わった後の「日本国憲法」に象徴される「平和」と「民主主義」に彩られた社会は、本当に「変革」の結果だったのか、そのようなことに対する「検証」の意図をもって『悲の器』は書かれたのではないかということである。

つまり、例えば『憂鬱なる党派』に登場する「京大天皇事件」――関西地方を行幸中の昭和天皇が京大に来学した折に、多数の学生が正門前に集まり、先のアジア太平洋戦争に関わる「責任」を問う「公開質問状」を京大同学会（自治会）が提出したり、集まった群衆が反戦歌を合唱して天皇の来学に抗議した事件。京大はこの抗議行動に参加した学生を停学処分などにした――などが如実に物語るように、戦後になって「絶対主義天皇制」から「象徴天皇制」に変わったように見えながら、実は「天皇制国家」の本質は変わらなかったのではないか、といった「懐疑」を消すことができないことを高橋和巳はこの『悲の器』で明らかにしようとしたということである。日本の「近代」は前時代までの「身分制＝封建制」社会にあって、形式的であれ「天皇」が社会の頂点に君臨する「天皇制」を補強することで生き延びることができたが、そのことを身体性において刻印されていた高橋和巳は、「戦前」から「戦後」にかけてこの社会の本質的な部分は全く変わっていないのではないか、といった「懐疑」を胸に抱きながらこの『悲の器』などで戦後社会を相対化する作業を続けてきたのである。

さらに言えば、高橋和巳の戦後社会への「懐疑」は、正木典膳がスキャンダルの責任を取って法学部の部長を辞める（退職する）時の「退任挨拶」で展開した「インテリゲンチャ論」によく現れている、と言っていいだろう。

諸君が、あるいは学部の、あるいは研究科の所定の学業をおえ、今日より、独立せる社会人として、学窓より社会に巣立ってゆくにあたり、諸君の先輩として、また老える友として二三の所感を述べると共に、老婆心よりいささかの注意を喚起してはなむけの言葉としたく思います。……敗戦後すでに十数年をへて、社会は一応の相対的安定をとりもどしたものの、若い諸君の理想が、この国の政治、社会の動向と背反するだろう多くの矛盾は消えさってておりません。いや、インテリゲンチャの生き方の困難さは、以前にもまして複雑化している。身に一物も帯びず、ひたすら理念と知識によって、みずからの生活を開拓されようとする大部分の諸君の前に立ちはだかるものは、おおむね、策略と打算、派閥争いと階級闘争の、そしてまた諦念と無気力の泥沼であろうと思われる。インテリゲンチャは、その本来の性格からして、善がわにも悪のがわにも、組することができ、またどのような組織のなかでも参謀的位置と力とを獲得すべき可能性をもっている。身につけた知識を、隣人・社会・国家の前途に捧げることもでき、私利私欲の追求、裏切りや陰謀にも資することができる。また社会・国家の否定や破壊にも用いることができる。むかし、中国の哲人が岐路を見て泣き、素絹《しらぎぬ》を見て哭いたように、諸君はどのようにも染め得、どちらへでも進めるゆえに、いま去られる送別の感傷ではなく、教授者たるわれわれもひそかに涙をのむのであります。（第二十九章）

これらの言葉に続けて、更に正木典膳は次のように言う。

ただ諸君は法の専門家として教育をうけた。あるいは国家公務員に、あるいは司法畑に、あるいは弁護士に、あるいは政党活動や外交の分野に、そしてまた民間の鋭兵として進まれる諸君の仕事がなんであれ、諸君が語のもっとも正しき意味において法律家であることをつねに自覚されてあられたい。諸君は、華々しい予言者でも煽動家でも宗教家でも、芸術的反逆者でもない。……法はその本質においてある種の現状是認性をもっており、一見それが、誤れる保守主義、頑迷な条文主義と見あやまれることがあっても、諸君は、それが進歩の桎梏でも、退嬰的態度でもないことを知っている。その現実密着性ゆえにまた政治との接触も必然に生じ、みずから求めてうまれるのでない利害打算の場にも身を置かねばならないだろう。解決すべき問題が紛糾して長びくとき、ひとは単一なスローガンがもつ力強さや、大衆動員力、はてはまた野蛮な暴力に一瞬魅力を感ずることがないとはいえないであろう。だが、また法の本質は、永遠のようにつづく弁論、公開の弁論にこそあることを忘れないでいただきたい。

究極の一語、矛盾なき天国、それら魅惑的な諸観念は、その初源からして法とは無縁なものであることを、いまふたたび肝に銘じておいて出発していただきたい。（同）

長年法学界に君臨してきた者の一見もっとももらしい考え（理想）の吐露のように見えるが、この正木典膳の「大演説」が行われたのが、妻を亡くした後「再婚」をほのめかしながら家政婦と「肉体関係」を続けてきながら若い女性と婚約したことに対して、その家政婦から「損害賠償（慰謝料請求）」で訴えられる「スキャンダル」の最中であったという点に、作者高橋和巳の深謀遠慮があった、と言えるだろう。つまり、高橋和巳は戦前から戦後にかけて長い間法学界の頂点に君臨してきた正木典膳に、いかにも「真っ当」らしく見える「インテリゲンチャ論」を展開させることで、この国の法学界が明治以来「学問の中立性」を建前に、一貫して「権力」の維持装置としての役割を果たすためにいかなる「癒着」も辞せず、権力の不備や補完物として機能してきたことを明らかにした、と言っていいかも知れない。

そのような正木典膳の在り方、言い換えれば東京大学の法学部を頂点とするこの国の「法学界」が象徴する「インテリゲンチャ（知識人）」の存在は、戦前に多感な思春期を送り、戦後になると一九四九（昭和二十四）年七月に東京大学と並ぶ「知」の集まりである京都大学に入学し、一九五一（昭和二十六）年には文学科中国語学中国文学に進学し、卒業後はその能力を認められて中国文学研究者の第一人者と知られていた吉川幸次郎の門下生（大学院生）となって「知＝学問」の世界を歩み始めていた高橋和巳にしてみれば、「自己検証」の結果でもあったと言っていいだろう。つまり、自分の「体験」に照らして、戦前から戦後に至る過程における「社会」総体の在り様はもちろん、「知＝学問」やそれに支えられた「権力＝支配機構」の構造もまた、戦後民主主義者が多言を要して強調してきたような「非連続」的ものではなく、「連続」するものとして捉えるしかできない質のものにほかならないということの主張でもあった。

では何故、『悲の器』において戦前—戦後を「知の領袖」として権勢を縦《ほしいまま》にしてきた主人公の正木典膳を、最後には「絶望」の果てに「破滅」させなければならなかったのだろうか。作者の高橋和巳自身は、一人の「知識人」として「戦後（革命）」の可能性を最期まで信じていたと思われるのにもかかわらず、である。そこでヒントになるのが、『高橋和巳全小説３　悲の器』に「解題」を書いている川西政明も、また高橋和巳が亡くなって直ぐに『高橋和巳の世界』（一九七二年四月　講談社刊）を上梓した立石伯をはじめとする多くの論者がなおざりにしてきた『悲の器』の単行本化に伴って「一九六二・一〇・一六」の日付が付された「あとがき」の以下のような部分である。

　長い制作の過程で、私もまた単純な原理に気づかないわけではなかった。それは文章表現なるものは、本来、表現しようとする対象を肯定するための操作であるらしいということだった。私も文章を業とする以上は、すべての青年がひとしくかくあらんことを欲し、そこに描かれた真実によって、また照りかえして内なる真善を自覚するにいたるような、大肯定文学を構築しうればと夢想する。しかし残念ながら、この作品がそうであるように、さらに一層、重く暗い物語を書き続けてしまいそうな予感がする。それはあたかも、少年期に、都市全体が焼けつくした廃墟に立ち、同時に人びとの内なる荒廃もみてしまったために、のちに華麗な街々の装飾をみても、背後にはなお廃墟が広がっているのだと思い込んでしまう不幸な意識ににている。そうである。どうやら私たちはなお廃墟に面して立っている。

　そう、私たちに神はない。私たちにはなお完全な自由と平等はない。また文学的にも私たちには本格的近代小説の伝統はない。それゆえにこそ、いま私たちはこう呟こう。なるほど眼前に横たわるのは、なお一面の荒蕪地であるにしても、そこには、つみあげるべき石ころがあり、加工さるべき木片がある。そして何よりも、私たち自身の手と足が、さらに意欲し、思念し、想像し、実験しうる頭脳がある、と。それで充分なのだ。（傍点引用者）

創作＝表現の「原点」として存在し続けてきた「廃墟・荒廃（焼跡）」、そして『悲の器』が「文藝」の長編小説部門で受賞したことによって得られたであろう「自負心」が綯い交ぜになって初めて成立した「そう、私たちに神はない」から始まる引用の後半部、特に「私たちにはなお完全な自由と平等はない」という時代（状況）認識は、高橋和巳の文学的主題が「戦争・戦後」体験の対象化、より具体的には正木典膳が政府から任命されてメンバーになっている「憲法改正問題懇談会」において展開した「憲法（護憲）」論や「反天皇制論」に関する発言は、明らかに高橋和巳が追求してきた「戦後革命」の可能性を色濃く反映したものと言っていいだろう。しかし、正木典膳が展開する「護憲論」も「反天皇制論」も結論的には「机上の空論」としか思えず、その意味で高橋和巳の「絶望」はそれだけ深かったということだったのではないか、とも思える。

たしかに、日本の近代の社会構造は、その不徹底な近代化と、反面のあせりすぎた近代化の混淆によって、二重三重の重層的矛盾構造をもつ。法の理念は現実とくいちがい、現実の重層的矛盾が法にも喰いこんでいる。だが、私は純粋法学者の名誉にかけて、それがいかに観念的と映ろうとも、法の理念を固執する。戦争放棄の理念は、理念として正しい。それゆえに、そのかぎりにおいて私は護憲の側に立つ。また天皇制は、現代の民衆の意識がなおそれに依拠することによって国民的統一を保つことに役立っている部分があるにせよ、それは近代刑法の理念において正しくない。過去において、天皇の名においてなされた多量の犠牲からする感情論、あるいは、おなじ制度が今なおもちうる全体主義的志向へのおそれよりも、すべて法は万人に対等であるべき理念において正しくない。もちろん、改正の場合にはその手段について私は現実主義の立場に立つ。（中略）天皇の議会開催に関する権限を削除し、別に各地方教育委員会が任命すべき、式部局、国宝・重要文化財管理委員会を文部省内になかば独立させ、その初代式部局長官に天皇の立候補をうながし、以後は――。（第九章）

一九六〇年初めという時代にあって、この正木典膳（高橋和巳）の「天皇論」「憲法論」がどれほどの「新しさ」を持っていたかは定かではないが、「憲法（護憲）論」はともかくとして、法学者正木典膳の「天皇論」は、戦後すぐに浮上した「天皇の戦争責任論」に通じる論理であり、「天皇を式部局長官云々」は昭和天皇による「人間宣言」（一九四六年一月一日に発せられた詔書）を意識した中野重治の『五勺の酒』（一九四七年）に潜流している「人間天皇」論に通じるものがあり、国民の八十パーセント以上が皇室（象徴天皇制）に「親しみ」をもっているという現代とは隔世の感があるが、そのような観点からも『悲の器』は考察されなければならない。さらに言えば、引用部分で語られている「護憲論」「（反）天皇制論」は、先に引用した『悲の器』の「あとがき」に明らかにされているように、高橋和巳が戦時下（敗戦間際）に出現した大阪大空襲による「廃墟（焼跡）」（とそのことによってもたらされた心＝精神の「荒廃」）を目の当たりにしたことによって発せられたものであることを、改めて銘記する必要があるのではないだろうか。

なお、以上のような『悲の器』の高橋和巳文学及び戦後文学史における位置（意義）を踏まえれば、『高橋和巳全小説3　悲の器』の「解題」の結語として大江健三郎の『悲の器』論とも言うべき「想像力の枷――高橋和巳の想像力、その一面――」（「人間として」第六号「高橋和巳を弔う特集号」一九七一年六月）を援用しつつ、次のような言葉を連ねた十数年後に自らの「転向」を宣言するというような醜態を、川西政明は曝け出すことはなかったのではないか。

たとえその勃興する端緒期だけだったにしても、全共闘運動に参加した人間一人ひとりの「私」の内部で、これと同質の想像力がいだかれていたといえるのである。ただ現実の告発の方を優先したこれら一人ひとりの人間たちは、高橋和巳が『悲の器』で示したようなもう一つの劇を内部の劇として十全に認識する精神の鍛錬がなされていなかったといえるであろう。しかしこれはそうでしかありえなかった人間にとって何ら恥辱となることではないだろう。われわれが想像力のダイナミズムを失わぬかぎり、一つの挫折が、一つの挫折として消滅することはけしてないだろうからである。たやすく救いを求めることなき孤絶な論理の世界に混然一体となって展開される、不可視、不果志な思想の角逐の中にこそ、あいまいと両義性を持ち、すべてを相対化させずにはおかない現代の狂気を撃ち、自己権力＝自己の絶対化を志向する葛藤的人間の栄光も悲惨もあるといえるのである。

今ある現実が、ありうべき存在の仮の姿であるとする思考の停止が始まったとき、その人間の思想は死ぬ。

一九六〇年代の後半から激しさを増した学生叛乱＝全共闘運動に参加した学生の「内部で起こった

劇」に関して、「想像力のダイナミズムを失わぬかぎり、一つの挫折が、一つの挫折として消滅することはけしてないだろう」と書いた川西政明が、よりによって十数年後に自らの「転向」を告白する。これは、まさに「戦後革命」の可能性を追究し続け、思い半ばに仆れた高橋和巳の精神と生の在り様を冒瀆するもの以外の何ものでもなかった。「序」でも指摘したが、川西政明は次のような「転向」声明を発したのである。

磯田光一氏と村上春樹氏のほぼ中間の年齢の私の感覚は、両者とはちがった。それは何かが確実に変化する。その変化を生きるためには、何かを棄てなければならない。たとえそれで何かを拾えなくとも。そこで全部を棄てることにした。自分の身に沁みこんだ、セカイとか、ジダイとか、セイジとか、シソウとか、シャカイとか、ニンゲンとかの像を払い棄てるのに、三年かかった。破却したつもりのものが、破却できたのかどうかおぼつかないけれども。ことわっておくが、そこでなにかを断念したり、挫折したのではない。断念とか、挫折とかといった言葉の領域を破却したのだった。〈言葉〉は、その場所からしか、出てこなかった。そして、〈言葉〉が出てくる場所でしか生きないと決めたとき、磯田光一氏の言語空間が見えてきたのだった。(「追悼・磯田光一　磯田光一氏の死ののちに」「すばる」一九八七年四月号)

〈4〉「ユートピア」を求めて――『邪宗門』論

高橋和巳は、大阪の街を覆った「廃墟（荒廃）」を胸に刻みつけることで戦後を出発したが、入学した京都大学で一九五一年十一月十二日に起こった「京大天皇事件」――京大学生会（自治会）の学生を中心に「神様だったあなたの手で我々の先輩は戦場に殺されました。もう絶対に神様になるのはやめて下さい。『わだつみの声』を叫ばせないでください」の看板を正門に掲げて昭和天皇の京大構内立入りに抗議したが、この学生の抗議行動に対して大学当局は指導的な役割を果たした学生に対して停学処分などを課した――が象徴するように、近代（明治）以来の「知＝法」が天皇制を核とする支配権力を支える要の一つであり続けてきたことの現実を思い知らされることになる。『悲の器』はその体験（現実）を下敷きにして書かれた作品と言ってよかったが、このとき同時に高橋和巳は戦前から戦後までこの国の「権力」（天皇制）が何故ほとんど無傷のまま生き続けてきたのか、という疑念も抱くようになったと思われる。このことは、『散華』（「文藝」一九六三年七月号）や『堕落――あるいは、内なる曠野』（「文藝」一九六五年六月号）で、日本の国粋主義（ナショナリズム・右翼思想）の在り様を追究したのと同じメンタリティからの発想であったと言っていいだろう。高橋和巳は、『悲の器』が世に認められた勢いをかって、仏教思想がその基底としてきた「衆生済度」の考えを梃子に、「楽園＝ユートピア」建設を夢見て天皇制権力に「異」を唱えて壊滅的な打撃を受けた「大本教」事件を素材とした二千枚を超える大長編『邪宗門』（「朝日ジャーナル」一九六五年一月三日号～一九六六年五月二

十九日号　一九六六年十月「上」、十一月「下」河出書房新社刊）に挑んだのである。

二千枚を超える長編『邪宗門』は、繰り返すが、直接的には戦前に大弾圧を受けて壊滅的な打撃を受けた新興宗教団体「大本教」事件を素材に、明治以来の近代文学の歴史において初めて「宗教と政治」の根源的関係に、大胆かつ想像的に切り込んだ作品であった。物語は、京都府の郊外神部に本部を置く「ひのもと救霊会」（大本教のこと）に一人の少年（千葉潔）が訪れることから始まる。「ひのもと救霊会」は、三十年ほど前（明治末頃）に今は故人となった開祖行徳まさが開いた新興宗教で、その「世直し」を中軸とした教義によって瞬く間に百万人を超える信者を獲得するが、現在は開祖による「お筆先」の解説において「大〇〇トイエドモ、コノ世ノ一分子タルコト他ノ庶人ニ同ジ」（〇〇に入る言葉は、「元帥」すなわち「大元帥」＝「天皇」ということになる）と書いたことから、二代目教主行徳仁二郎以下主だった幹部が官憲から「不敬罪」に問われ囚われの身となっており、そのこともあって信者数は減り、九州と東京の支部が「独立＝分派」するという事態をも引き起こしている。

その意味では明らかに教団は後退期＝凋落《ちょうらく》への道を歩んでいるということになるのだが、物語はその後退期における信者たちの「内外の敵」との悪戦苦闘を描いて精彩を放つ。そこで問題になるのが、なぜ高橋和巳は一新興宗教団体の勃興期・最盛期ではなく、凋落期を事細かく描いたか、ということである。元々、「赤茶けた瓦礫の山」を目撃した戦時下―敗戦体験から出発した高橋和巳には、「変革」への思いと「虚無」とが綯い交ぜになった、「敗北」もまた致し方ないというような「美学＝哲学」に惹かれる傾向があったと言われてきた。『悲の器』の主人公正木典膳が権勢を恣《ほしいまま》にしながら、本能の趣くままに妻亡き後家政婦を「性の処理器」のように扱ったことから「転落」の一途を辿ったのも、高橋和巳に「敗北」もまた甘んじて受けるといった類の諦念を認めるような志向があったからではなかったか。そのような高橋和巳の在り方は、例えば、一九四五年八月十四日の大阪大空襲による死者を「理不尽・無意味」と位置付け、そのような死者をもたらした戦争に対して「個人の尊重」を盾に徹底的な「否」を突き出した小田実の『難死の思想』（「展望」一九六五年一月号）について論じた『戦後民主主義の立脚点』（「文藝」一九六五年八月号）において、高橋和巳は小田実が自分の短編『散華』（散華の思想）を「弁証の否定的媒介」として「難死の思想」を書いたのではないかとして、次のように書いた。

私はつねづね『狂人日記』を書いた魯迅の態度をみずからの態度としたいと思っている。人も知る通り、『狂人日記』の主人公は、自分が人に食われるのではないかという恐怖に気がふれていくのだが、その恐怖の中にあって、なお、彼は自分自身も、人食いの子孫であり、兄弟であり、その罪はまぬがれぬと感ずる。〈食人〉は魯迅によって極端化された支配の象徴であり、それは政治の延長である戦争の場における、〈殺人〉であってもいいわけだが、私はこの狂人の感じ方が、文学にとっては不可欠のものだと思う。

散華は単なる殉教ではなく、「一機一艦」なる言葉が示すように、大量の殺人を意図したものだったことを想起せよ、という指摘は正しい。だが同時に、日本の難死者はひょっとすると、中国の民衆を難死させた人間と、同じ人間なのではあるまいか、と感ずるべきである。こういう感じ方からは、華々しい〈正義〉は何も生まれてこない。むしろ人をはなはだしい苦渋の中に追いこむにすぎないのだが、互いに正義を呼号しあって血を流す政治に対する文学の独自性の逆証明にはなる。私たちは、正当化しえない情念、復活させえない死というものの姿を、戦争と敗戦を通じて知った。それは正当化しえないものであるゆえに、公認の思想として主張すべき手だてではない。

ここには、例えどのような酷い支配者（権力）であろうが、それを単に糾弾するだけでは不十分で、自らもその支配構造の一端を担うものであり、その「罪」から逃れられないとする自意識こそ文学を生み出す原動力だとする、高橋和巳の厳然たる認識がある。

だからこそ、『邪宗門』に底流する「ユートピア」思想には高橋和巳の「反権力・反日本」の思いが込められている、と考えられるのである。「ユートピア」への思いが高ければ高いほど、現時の体制内ではそれはあくまでも実験的にしか試行できず、ついには「敗北」して終わる。そして、そうであるが故に「敗北」の過程においてこそ人間の真価が問われる。これは、八〇年代以降大江健三郎が自分の文学を「根拠地」建設の可能性（不可能性）という形で世に問い続けてきたのと似ている。『邪宗門』が、権力の弾圧によって窮状に追い込まれた教団（ひのもと救霊会）の説明から始まっているのも故無きことではなかったのである。（国家）権力は、その維持装置の基軸を揺るがすような「危険」な言動には敏感に反応し、総力を持ってその言動をつぶしにかかる。

高橋和巳は、そのことについて教団幹部の言動、信者の気持ち、教団内の「恋愛＝男女の仲」、等の内奥から明らかにせんとした。そして、総じて「ひのもと救霊会」が弾圧を受けたのも、教団の機関誌などで「不敬罪」と見なされた言説を公にしていたからだけではなく、その教義に従って教団本部のある神部を中心に、教団が日本国家＝天皇制のそれとは根本的に異なったシステムである集団農場や織物工場を経営する原始共産制的な集団に発展させ、それが権力にとって脅威になっていたからに他ならない、とする。つまり、「ひのもと救霊会」の本部建物が跡形もなく破壊されるような弾圧を受けたのは、教団が「世直し＝反体制」の思想を根底に独自な共同体＝コミューンを形成したからであり、そのことによって「国体＝近代天皇制国家」護持を至上命題とする権力にとって獅子身中の虫になったからだった、というのである。「身中の虫」は、早期に潰さなければならない。「奴は敵だ、敵は殺せ」こそ政治が目指す究極の論理である、と喝破したのは高橋和巳の師埴谷雄高であるが、「ひのもと救霊会」はまさに権力＝天皇制国家にとって「敵」以外の何者でもなかった。

では何故、高橋和巳は「大本教」というモデルがあったとは言え、「ひのもと救霊会」という新興宗教団体をして、敗北が必至の「ユートピア＝原始共産制的コミューン」を建設させようとしたのか。背景として、戦争―戦後体験（高橋和巳は、旧制中学一年であった一九四五年三月十三日に第一回大阪大空襲のため住居と父の町工場を消失する）を考えることもできるが、直接的には京大生時代の「政治」経験――共産党のシンパとして活動したことや先に記した「京大天皇事件」、更には一九五二年の六月十九日から破壊活動防止法反対闘争に関する学生処分の撤回を求めて総長室前五日間のハンストを行った――によって内部に懐胎するようになった「見果てぬ夢＝人間の究極的解放」が、『邪宗門』における「世直し」から「ユートピア」建設に繫がっていた、と考えるのが一番妥当だろう。あるいは、その頃から強く惹かれるようになった非バラモン教の一派「ジャイナ教」が目標とする輪廻からの解脱が、「苦」からの全的解放を実現する「ユートピア」思想と重なった結果、と考えることもできる。

高橋和巳は、『邪宗門』の連載に当たって、連載を予定していた「朝日ジャーナル」一九六四年十二月二十七日号に、次のような「作者の言葉」を寄せていた。

私はこの小説で、天才的な一人の宗教的指導者とその教団の組織過程を通じて、現代がもつもろもろの矛盾と、人間の観念が人間存在に対してもつ意味とを追求したいと思う。題名を〈邪宗門〉としたのは、すべて現実的な力をもつ宗教は、その登場のはじめは、既成秩序のがわからみれば邪宗であり、そしてそれは邪宗である限りにおいて、寧ろ人間精神の根源に触れるものをもつと考えるからである。この小説の主人公は個人的な解脱や救済の域をこえて、宗教的なコミューンを企画して大弾圧をうけ、激しい政治的抗争の末に、この現代の人間の一切を呪詛しつつ滅びることになるはずだが、それはあらゆる新興宗教が、そのはじめに持っている〈世なおし〉の思想を、組織の膨張過程で保守的な勢力と妥協することがなければ、どうなるかという思考実験でもある。（後略）

しかし、京大生の時から亡くなるまで現実政治の世界から思想的には離脱することのなかった高橋和巳は、そうであるが故に現実政治の世界では「ユートピア」が実現しないであろうことも冷厳に認識していた。現実の世界における「政治」や「革命」に「絶望」していた、とも言い換えることができる。高橋和巳の「ユートピア」が意味を持ってくるのは、だからその「文学＝創作」においてであった。元来が空襲で焼け出された疎開先の香川県（本籍地）で文学に目覚めて以来の文学青年であったとは言え、「文学」の世界において「ユートピア」の可能性を探る、これこそが高橋和巳の文学に底流するものであり、六〇年代から七〇年代にかけて多くの若者が高橋和巳の文学に魅せられた理由だったと言っていいかも知れない。現在、高橋和巳の文学が忘れ去られているのも、若者を中心として未来のビジョンとしての「ユートピア」が色褪せたものになっているから、と考えることもできる。

因みに、『邪宗門』に現れた高橋和巳の「ユートピア」思想については、遠丸立が「ユートピアの眺望――『邪宗門』論――」（「海」一九七一年七月号）の中で、以下のように書き、その上で高橋和巳の「ユートピア論」は（一）性の自由（女性の、現存する社会制度からの、家からの、解放）、（二）死の自由（自殺の黙認）、（三）情念の浄化、の三点にまとめることができるとしている。これらに「政治＝権力の無化」を加えれば、高橋和巳の夢想していた「ユートピア」の輪郭がはっきりする。だが、これらの三点（プラス一点）に集約される高橋和巳の「ユートピア」思想は、繰り返すことになるが、あくまでも高橋和巳の想念＝夢想の世界において構想されたもので、現実の世界では実現しないものとして捉えられていたということである。

つまりは作者高橋和巳による宗教論の提出なのだ。人間にとって宗教とはなにか、大衆にとって宗教とはなにか、に迫ったテーマ小説なのである。人間における宗教とは、究極のところ、人間にとって幸福とはなにかという設問に収斂するだろう。いかにして人間は幸福を手に入れることができるか、幸福の極地はどのようにしたら実現されるのか、についての方法論の探究が、宗教の本質であると思う。

だとすれば幸福状態の追跡とは、人間についての、この世界についての、理想的状態の望見と等価のはずだから、あらゆる宗教の始源には、一つのあるべき理想像、つまりユートピアがかならず内蔵されているはずである。またじっさいこれまでのところ宗教と名の付く宗教は、大なり小なり固有のユートピアを内ぶところにかくしもっており、ユートピアの完全に欠落した宗教などというものは考えられない。

この遠丸立の『邪宗門』論＝ユートピア論に決定的に欠けているのは、徳川幕府の「キリシタン弾圧」や戦時下における「大本教（弾圧）事件」が如実に物語るように、「ユートピア」を志向する宗教は、必ず時の「政治＝権力」と激しく対立して壊滅的な弾圧を受けるか、あるいは現代における多くの新興宗教（新新宗教）がそうであるように、「権力＝政治」におもねて勢力拡大に血道をあげ自己の利益を追究するかなのだが、遠丸立はこの「事実」についての考察を捨象してしまった。その意味で、小説世界において「ユートピア」を夢想することでささくれ泡立つ己の内部を沈静化させ、そしてまた「いつか」を遠望する、ここにこそ『邪宗門』＝高橋和巳文学の真骨頂があったと言うこともできる。

〈5〉「政治」と「宗教」

『邪宗門』の最後が、偶発的に起こった占領軍兵士の死をきっかけに、信者ではないにも関わらず「ひのもと救霊会」の三代目教主となった千葉潔の指導の下、教団が一丸となって旧日本陸軍が隠匿していた武器を用いて日本＝国家と正面衝突し、束の間「解放区」を創りながら、最終的には壊滅してしまうということになっているのも、その意味では高橋和巳の内部で「ユートピア」と現実との関係が明確に意識されていた証、ということになる。『邪宗門』の「あとがき」に、次のような文章がある。

発想の端緒は、日本の現代精神史を踏まえつつ、すべての宗教がその登場のはじめには色濃く持っている〈世なおし〉の思想を、教団の膨張にともなう様々の妥協を排して極限化すればどうなるかを、思考実験をしてみたいということにあった。表題を「邪宗門」と銘うったのも、むしろ世人から邪宗と目される限りにおいて、宗教は熾烈にしてかつ本質的な問いかけの迫力を持ち、かつ人間の精神にとって宗教はいかなる位置をしめ、いかなる意味をもつかの問題性をも豊富にはらむと常々考えていたからである。（中略）繰返しをおそれずに言えば、私の描かんとしたものは、あくまで歴史事実ではなくて、総体としての現実と一定の対応関係をもつ精神史であり、かつ私の悲哀と志を託した宗教団体の理念とその精神史との葛藤だったためである。私が自らを確め、自らを深めるためには、私が生まれ育ったこの日本の現代精神と私の夢とを、人間をその総体において考究しうる文学の領域において格闘させることが必要だったのである。

ここには、現代の日本において宗教（新興宗教）がいかなる理由によって発生するか、あるいは人々がなぜ宗教を必要とするかの理由が明確に示されている。言葉を換えれば、人智の及ばない世界に対する本能的な「畏《おそ》れ」を核とする宗教が必然的に内在させてしまう対社会（政治）構造について、高橋和巳は宗教が「世直しの思想」を色濃く持つという言い方で表現していると言っていいだろう。別な言い方をすれば、人間はどのような社会体制の下で生きようが、現実の人間社会では決してあり得ないことだが、もし精神的に何の「憂い」も「不安」もなく、物質的にも「豊か」で生活に「不自由」を感じていなければ、そこに「宗教」の発生する余地はなく、生活そのものが宗教を得た時のような「幸福感」に包まれたものになるに違いない、ということである――これがマルクスの言う「バラ色の理想社会」であり、空想的社会主義者たちが考えた「ユートピア」であることは、言うまでもない――。

しかし、実際的にはそのような「バラ色の理想社会」も「ユートピア」も、この世の中に存在したこともないし、これからも実現しないだろう。現実は常に「苦」であり、多くの人たちは常時抑圧を感じて生きている。だからこそ、「苦」からの解放＝救済を求めて、あるいは「現世利益」をもたらしてくれるであろうことを約束する「宗教」を中心に、いつの世でも「宗教」に身を委ねる人は絶えることがないのである。例えば、特定の宗教を持たない人間にはおよそ理解できないことに、あれほど世間を騒がせ大量殺人事件を起こし、教祖やその幹部たちが死刑判決などの重い刑を科せられたオウム真理教に、いまだ何千人かの信者が存在するということがある。しかし、これなども彼らが強固に「自己救済」と共に「世直しの思想」を核にして、今自分が宗教のただ中にあることの自信と自負によって自らを支えているということの結果だろうと思われる。逆説的に言えば、どのような社会的糾弾を受けようが自分たちこそ身を以て宗教の原点（＝自己救済と世直し）を生きているのだ、という独善性によって教団は未だに維持されているということである。

なお、一九九五年に起こったカルト集団オウム真理教による地下鉄サリン事件（無差別殺人事件）に対する権力の今日までの対応に端的に現れているが、政治＝権力は自らのシステムを破壊するような集団・組織は決して認めない。これは、『邪宗門』のモデルとなったとされる大本教に対する「弾圧事件」の場合もしかり、古くは歴史をさかのぼって北陸から近畿一体にかけて各地に「自治共和国」を建設していたことから織田信長から目の敵とされた一向宗（浄土真宗）による「一揆」のことを想起すれば、了解されるだろう。あるいは、戦時下に「反戦＝兵役拒否」を貫いた灯台社（ものみの塔——キリスト教の一派）の人たちがいかに弾圧されたかを知れば、納得できるのではないか。人間の精神生活に大きな影響を及ぼす「宗教」は、これらの例からも分かるように、体制内でおとなしくしている場合は権力から許容されるが、無意識的であれ少しでも権力に反逆することが明らかになれば、権力は容赦なくあらゆる手段を用いて打撃を加えてくる。これもみな、高橋和巳が言うようにあらゆる宗教がその本質において「世直しの思想＝反権力」を内在させているからに他ならない。

そして、時によりこの宗教が本質的に内在させている「世直しの思想」は、どちらがより正統であるかを巡り「政治」をも巻き込んで熾烈な主導権争い（宗教戦争）を繰り広げる。アイルランドにおけるＩＲＡ（アイルランド共和国軍・カトリック）とイギリス軍（プロテスタント）との八十年以上にわたる対立・戦争、あるいは現在進行中のアメリカ（イギリス・イスラエル＝キリスト教・ユダヤ教）とイスラム圏との対立・戦争、中国（共産主義）のチベット（仏教）支配、等々、宗教以外の諸々の要素を巻き込んで現在もなお「宗教戦争」は絶えることがない。

もちろん、反権力＝世直しや対立だけが宗教の本質ではない。マルクスが「宗教は阿片のようなもの」と説いたように、身を滅ぼすような自足と妥協も宗教には常につきまとう。戦時下におけるキリスト教と日本精神との相剋・対立（妥協）を論じた武田清子の『人間観の相剋』（一九五九年）が明らかにした、戦時下キリスト教各派の日本＝天皇制国家への全面的屈服は、「世直しの思想」の全き裏返しであったと考えることもできる。この時、権力（政治）は一切の反逆を許さず、総動員体制の名の下にあらゆる宗教を「戦争」へと駆り立て「協力」させていったのであるが、これもまた「世直し」と同時に本質的に体制を補完せざるをえない「宗教」の宿命であったと言えるかも知れない。

なお、「世直しの思想」を核とした宗教が権力（政治）の弾圧によって必然的に壊滅するのは、『邪宗門』で見てきたとおりであるが、高橋和巳をはじめ多くの小説家たちが構想してきた「精神の共和国」たるコミューン建設も、先の大江健三郎の『万延元年のフットボール』（一九六七年）から三部作『燃え上がる緑の木』（一九九四―九五年）、『宙返り』（一九九九年）に至る過程でその可能性が追求されてきた根拠地（コミューン）建設が、最後の『宙返り』を除いて全て失敗する設定になっていることを考えると、やはり至難の問題なのだと実感させられる。

それでも、この世が「苦」であるうちは、自他の「救済」を求めて人間は「宗教」、あるいは特定の宗教を持たずとも「宗教心」を必要とする。それこそ、生きていることとの必然的結果として。『邪宗門』の終章「第三一章　終末」に高橋和巳は以下のような文章を記しているが、これこそ高橋和巳が「あとがき」で言う「私が自らを確め、自らを深めるためには、私が生まれ育ったこの日本の現代精神と私の夢とを、人間をその総体において考究しうる文学の領域において格闘させること」が、具体的にはどのよう「文学＝表現」になったかを明らかにするものであった。

邪宗門ひのもと救霊会は昭和五年及び六年、二度にわたって不敬罪及び治安維持法違反に問われて幹部が大量検挙された宗教団体として知られるが、戦後の混乱に乗じてその世なおしの教えを実行せんとし、愚狂ともいうべき無謀な犯行を政府および進駐軍にたいして謀り、三日間、二、三の地方都市とその周辺の農村を占領してのち壊滅させられた。暴動はすぐさま鎮圧され、事件は短時日に終結したものと見なされていたが、最近各地で起こる原因不明の集団的な自殺、あるいは新風土病として伝えられた農村部における大量の衰弱死の事実が、その救霊会の暴動鎮圧と関係のあることが判明した。（中略）

これはまことに驚くべきことであり、中世期、浄土教の狂信者に、極楽を希求するのあまり樹からとびおり、自らの身を焼くなどの自殺行為の演ぜられたことが、中国および日本の宗教史にもしるされており、また古代インドに草木鳥獣を毀損するを厭うあまり自らが死することを善と意識するジャイナ教なる宗教の存在したことも知られているが、二十世紀において、かかる宗教の存在することは、日本の文化程度が近代以前のものであることを示すものと痛感せざるをえない。あらゆる文化は個々人の生命を尊重することからはじまる。いかなる理由があるにせよ、自殺や殉死を善と意識するなどということがあってはならない。文化国家日本の、それは恥辱である。

〈6〉「日本」と向き合う——『日本の悪霊』、そして『堕落』・『散華』

『高橋和巳作品集』（全九巻・別巻一　一九六九年十月〜一九七二年四月　河出書房新社刊）の第一回配本として、新たに百枚ほど書き加えて『日本の悪霊』（「文藝」一九六六年一月号〜一九六八年十月号まで断続的に連載）が刊行された際のインタビュー「わが悪魔論」（「日本読書新聞」一九六九年十月十三日号）において、インタビュアーの「こんどの『高橋和巳作品集』に百枚加えて完結した『日本の悪霊』は、高橋さんの作品の二つの系譜——『憂鬱なる党派』の系譜と『堕落』『散華』の系譜がひとつに交差してできあがったような印象を受けたのですが……」との言葉に、高橋和巳は次のように答えている。

ぼく自身は、そう強く意識してなかったが、たしかにそういえるかも知れません。『憂鬱なる党派』の系譜と、『堕落』『散華』の系譜——つまり戦争をはさんで戦争を体験した世代と戦後の〈解放〉の中で育った世代が、不可避的な思想的対決をするわけですから。二つの系譜は問題性としては、もちろんぼくの意識の中に同等な重みをもっているわけですが、発想の基盤といいますか類似性といいますか、その点では『日本の悪霊』は『憂鬱なる党派』の系譜に属するといえると思います。『憂鬱なる党派』にも村瀬という男が——こんどの作品の村瀬狷輔はいっそう極限化され、かつ担う問題もちがいますが——でてきますし、ぼくとしては『憂鬱なる党派』の落し子的な感じをもっています。

そして、なぜ『日本の悪霊』が『憂鬱なる党派』の「落し子的な感じ」になるかと言えば、両作品が「同じ時期（一九五〇年代初め）の学生運動」を起点に物語が展開しているからだとして、次のように説明する。

『憂鬱なる党派』の場合は五十年代の左派分裂の時代の学生活動家の苦悩といったテーマがひとつの軸になっていて、何年か後、主人公が別な用件をもって遍歴することで明らかになる学生時代の諸行動と、人間関係の意味の確認が問題になっているわけですね。こんどの場合も発想そのものは飛躍的に変わったわけではなくて、時期的には、朝鮮戦争と火焔瓶闘争時代の事件がひとつの軸になっていて、八年後その人物が姿を現わすことから、戦後および政治の人間における意味が問題にされるわけですから。

京大時代に体験した学生運動――その当時の学生運動は、「革命」を目指す日本共産党の指導の下に行われたという意味で、明らかに革命運動であった――の「総括」を最大の目的にした長編である『憂鬱なる党派』の思想と世界を引き継ぎ、なおかつこの国の精神史において確かな位置を占めてきた「天皇制＝国粋主義」の在り様を問うた『堕落』と『散華』の世界が混淆したところに『日本の悪霊』は成ったものであった。この長編については、『高橋和巳全小説9　日本の悪霊』に「解題」を書いている川西政明や先の『高橋和巳の文学と思想』に「時代と世紀の制約を超える志――高橋和巳の『日本の悪霊』とドストエフスキーの『悪霊』を起点に」を寄せている立石伯をはじめ多くの論者が指摘するように、「革命組織＝前衛党」の活動家たちが資金調達のために資産家の家に押し入り「強盗・殺人」を犯す設定など、確かにドストエフスキーの『悪霊』（一八七三年）との関連（影響）から考えるのが常道である。

しかし、ここで考えなければならないのは、高橋和巳がドストエフスキーの『悪霊』を意識しながら、自作に「日本の」という冠辞を附している点である。つまり、高橋和巳は近代社会の成立以来この国の反体制運動（革命運動）においてずっと続いてきた「日本」における「テロリズム」（暗殺）について、否定的立場を堅持していたと思われるからである。高橋和巳は、「主義＝イデオロギー」に殉ずることの「危うさ」を痛感していたのである。この「テロリズム」否定の論理と倫理は、『散華』における以下のような論理を展開する語り手（大家）の思想に通底していると言っていいかもしれない。以下は、戦時中自らの著作などで「特攻精神」を説き、戦後は「髪の毛一本なりとも、国家のために も、階級のためにも使いたくはないのだ。わたしは、国家を、世界を、民族を、聚落を、人類を拒絶する」、と公言している瀬戸内海の孤島で隠遁生活を送る「元国家主義者」の老人を訪ねた「大家」の内白である。

敗戦直後には、なぜ天皇の詔勅ひとつで、全戦闘員が一斉に闘いを停止したのかと、憤っていたこともあった。なぜ最後まで抵抗しないのか？　いままでの犠牲はすべて無意味だったというつもりかと。生きのびて帰還し、大学に入って左傾してからも、天皇制の崩壊は、八月十五日の勅諭を聞いた時の、日本人の態度いかんにかかっていたのだと考えつづけていた。あの時に、おれたちが一斉に嫌だと叫んでおれば、天皇の権威はたちまち崩壊していたはずだった。残念ながら、どうせ敗けるだろうことは解っていた。しかし、三日間でもいい、抵抗をつづけ、戦争をはじめた勢力とは別の組織が、戦争の責任をとり戦後処理を担当すべきだったのだ。あらゆる政策や戦争が、それの名によってなされ、その命令に絶対的に忠実だった臣民が、それの言うことを拒絶すべき最初の機会だった。（傍点原文『散華』「二」）

さらに言えば、「理不尽＝無意味な死」を庶民に強いてきた天皇制はアジア太平洋戦争の「敗北」を機に「途絶」したと思われてきたが、語り手の大家は今は孤島に隠遁する「元国家主義者」の老人（中津清人）が戦前に書いたとされる『人間維新論』を読んで、衝撃を受ける。そこには、「日本の青年たちに課せられた任務は、横の社会ではなく、縦の社会、きたるべき日本の将来のための血の献身である」と書かれており、それは語り手（大家）が特攻隊から帰って「左傾」し、革命運動（学生運動）に生きる方向を見いだしていた時のメンタリティと相似だったからである。

かれには一字一句を追うのはたえがたかった。腸がねじれ、心臓をつきあげられるような気がするのだ。彼はすっとばした。しかし時おり、彼はぎくりと行きどまり、かつて、青春の初期にみずからを支配した情念の亡霊と対面せねばならなかった。彼は自分を整理していなかった。彼は考えることを怠ってきた。彼は彼自身を追究することを途中で放棄してきた。そしてその怠慢の罪に、いま問われようとしている。狼狽しながらおそるおそる彼はいま考えはじめねばならないのだ。論理というものは常に両刃の剣だ。たしかに社会への奉仕が善であるならば、次の社会への奉仕も善であらねばならぬ。一つの民族が興亡のきわに立っている時、その民族の明日のために、個人の命を生贄にせよという論理も、たしかにでてくる。……

いま（戦時下）において日本社会＝天皇制国家に奉仕することも、また次の社会（未来社会＝革命後の社会）に向けて奉仕することも、共に「善」であるという論理は、「かつて、青春の初期にみずからを支配した情念――革命運動のことを指す――の亡霊と対面せねばならなかった」語り手（大家）にしてみれば、戦時下の「散華の思想」も戦後の「革命運動」も、共にこの「日本」という社会（天皇制国家）に呪縛されていることを考えれば等価でしかなく、これまでの自分が「確か」と思っていた立脚点を曖昧化する「恐ろしい」論理（思念）ということになる。つまり、「次の社会への奉仕」を意図して「戦後革命」に青春をかけた自分たちの生が、「日本（天皇制国家）」のために特攻に志願した若者たちのエートス（精神）と同じものだという思想は、「殉教」を賛美する三島由紀夫のような文学と思想に通底するものだということであり、「個」やその「生命」を粗末にするという意味で、戦後思想に通底していた「ヒューマニズム＝人間尊重主義」と相反するもので、例えば小田実の「難死の思想」に真っ向から相反する「危険な思想」にほかならなかった、ということである。

このことは、戦争中「王道楽土」建設に参画することを夢見て「満州」に渡り、敗戦後は「戦災孤児」――進駐軍兵士の落とし子である混血児――を預かる孤児院の院長となった男（青木）が、内に抱えた「虚無」に耐えきれず施設の女性職員と関係を持つようになり、遂には「破滅」していく『堕落』に貫流している思想と相似である。言い方を換えれば、欧米列強及びロシア、日本の資本が入り乱れて利権を競っていた「満州」へ、「元来心情的には、たがいに鶏鳴をききあうも侵しあわない村落自治を理想とする東洋的な自然主義者であった」青木が「王道楽土」建設の夢を抱いて赴こうとしたのも、「満州」においてこそ以下のような「理想社会＝国家」が実現するのではないか、と夢見たからにほかならなかった。

大地主による農民の搾取、土着軍閥による大地主の支配、海外資本による土着産業の圧殺と、鉄鋼石炭等の地下資源の略奪、いためつけられる多数民族と安逸をむさぼる少数民族、そして極度の貧困ゆえに、本来の自治能力を失い、無教養の泥沼を匍いつづけて、思弁の能力を麻痺させている土民たち、さらに蠅のようにむらがる投機主義者たち――それら重層的矛盾の解決にはただ一つの方法しかなかった。強力な統一と強力な独立国家の形成。ただひたすらに強力な統一のみ。その権力によって一切の中間搾取機構を排除し死滅させ、従わぬ者は謀略によって失脚させ、銃剣をもって殺害してでも、富と資本、調整機能と権力を国家に集中させること、そして上からの強引な近代化を遂行すること――。それが長い思弁と討議のすえに到達した彼らの単純な結論だった。

青木たちの「理想＝夢」、つまり「王道楽土」の建設が、結局は本土＝日本における「天皇制国家」をなぞった形でしか想像できなかった思想の「貧困」、これは戦後の青木を女性問題を引き起こした男として、「善意」の孤児院経営者という表舞台から引きずり下すような設定を行った作者高橋和巳の「深慮遠謀」の結果と言ってもよかったのではないか。ここから透けて見えるのは、「戦中=戦時下」と「戦後」を串刺しにする確かな「ヒューマニズム思想」への信頼と、それは一見すると『散華』における「ヒューマニズム」否定と相反するように見えるが、高橋和巳は『散華』と『堕落』によって戦後民主主義思想の中核であった「ヒューマニズム」の裏表を創作において実現しようとしたのだ、ということになる。このことを思慮すれば、高橋和巳を、埴谷雄高をなぞった「妄想教」の作家などとは到底思えないが、これは先に言及した『日本の悪霊』において、戦中における特攻精神（思想）と戦後の「革命運動」が「日本」という概念を媒介にすると見事に「双生児」的な関係になることと似ている、と言っていいのではないか。

なおさらに言えば、以上のような『散華』や『堕落』に見え隠れする高橋和巳の「ヒューマニズム」に立脚した「変革」への志向は、『日本の悪霊』においてあくまでも「テロリズム=暗殺」を許容しない思想として顕現し、「やつは敵だ、敵は殺せ」の政治の理念と一線を画すものだったということである。つまり、『日本の悪霊』に現れた「テロリズム」を否定する高橋和巳の思想は、唐突に思えるかもしれないが、一九六五年に「焼跡世代」の小田実や鶴見俊輔、開高健らによって結成された「ベトナムに平和を!市民文化人連合」（通称「べ平連」）のスローガン「殺すな!」に通底するものであり、癌で仆れる直前に発表して世の中及び全共闘運動や新左翼の運動に関心を持つ人々に警鐘を鳴らした「内ゲバの論理はこえられるか」（「エコノミスト」一九七〇年十月二十、二十二、十一月三日号）の中の、以下のような思想と通底するものであった。

原則論的に言えば、報復の論理は、戦争の論理ではあっても革命の論理ではない。革命運動は、貧民を救済せよという宗教的慈善運動の延長線上にあるのでもなければ、「パールハーバーを忘れるな！」といった型で、国民的意志を統合する戦争の論理の延長線上にあるものでもない。被支配階級が、これまで舐めさせられた苦悩を権力中枢を奪取することによって、相手方になすり返すために革命が待望されるのではない。（中略）

いや、そもそも論理が全的に人を導きうると思うのが、サロン的誤解であり、実際の運動の爆発的局面においては、論理はたかだか、極度の逸脱や、無原則的な後退をせぬための歯止めに役立つにすぎない。よくもあしくも、人は絶望によって奮起し、闘いによって自らが何者であり、何者でしかあり得ないか、を自覚する。（中略—ここで戦時中に起こった日本軍兵士による米軍捕虜の虐殺事件を取り上げている）

はなはだ残念なことながら、革命団体内部の人間相互の関係性のあり方も、状況が困難になればなるほど、こうした状態に似かよう危険性をもつ。自己確認のためにだけ、ことさら敵対者を作り出し、もはや反抗する力をもたぬ者を集団的にいためつける共犯性によって、結束する。それは、理論が集団内の人間的関係性に、ある滋味と深みをもって作用していない証拠であり、パーソナルな関係性のもとにおいてこそ育つ直接民主制が、封殺されている証拠である。そして、構成員個々人の人格が、集団の相互触発的エネルギーの発揚に役立っておらず、個性が集団に埋没しているからである。何人かの人間がいて、感覚的にも理論的にも好ましくなく、少なくとも疑念の出てしかるべき行為に、誰も異議をとなえないのは、なぜか。

長くなったが、ここには晩年の高橋和巳が辿り着いた「革命」への思いがどんなものであったかがよく現れていた。とは言え、高橋和巳の「革命思想」が京大時代の学生運動体験から導き出された「前衛党神話」とは異なる形へ変化していったことは、京大時代の学生運動体験を下敷きに「前衛党」の再生は可能かを模索した『憂鬱なる党派』とほぼ同時期に、「自由連合」型労働運動の可能性を追究した『我が心は石にあらず』(「自由」一九六四年十二月号〜六五年五月号)が書かれていたことを知れば歴然とするだろう。因みに、「自由連合」型労働運動とは『我が心は石にあらず』の主人公でこの運動の指導者進藤誠によれば、「権力の中央集権を排して、将来、各地の生産団体が連合して、農業と工業、生産と消費の調整を官僚組織の媒介なしにやろう」というもので、究極的には「科学的無政府主義」による「平和革命」の実現を目指すものであるという。もちろん、この進藤誠が唱える「自由連合」型労働運動は、世界思想史的にはバクーニンの「集産主義的無政府主義」、そして日本では大杉栄や荒畑寒村らの「アナルコ・サンジカリズム」に原型が求められると考えられるが、固より高橋和巳がそのような「自由連合」型労働運動が全国的に展開することで保守政権が打ち倒され「平和革命」が実現する、などと現実問題として考えていたわけではない。ただ、高橋和巳は『我が心は石にあらず』の中でそのような夢想＝願望もまた「有り得るかも知れない」、否、「有り得て欲しい」と切望し、しかし実際はそのような願望＝夢想は実現しないことを明らかにしたのである。

では、なぜ高橋和巳はそのような「自由連合」型労働運動にこそ「革命」の可能性があるということを、小説の中でとは言いながら力説したのだろうか。『我が心は石にあらず』には、主人公進藤誠が思春期に以下のような「戦争―戦後（敗戦）」体験を持ち、それが自らの「平和革命」へのこだわりの原基になっていることが明示されている。

> むろん政治変革には常に何ほどかの暴力の伴うことは私も知っている。それは当然のことだ。しかし、私は、戦後の精神的な彷徨の時代に、救いを求めるようにして学んだ〈平和革命〉の観念を、わずかな消費景気や思想流行の変化のゆえに、あれは根も葉もない夢想であったと棄て去りたくはなかった。私はすでに一度自己を大きく変化させている。この上、猫の眼のように、時代の推移に従って自己を変え得ようか。当時、襤褸ぎれのように廃墟の町に放り出された私に、平和革命の観念を植えつけた人々も、現在ではもうその言葉をほとんど口にしなくなった。平和と革命は分離され、むしろ乖離するものにすらなった。だが、かつて平和革命を説いた人々はまさか冗談でそれを言ったわけではなかろう。いや、それを言った人々のその後はどうであれ、戦争という過酷な体験を経てきた者には、それはかけがえのない真実として受けとれた。私はその時の実感を疑わない。（傍点引用者）

この引用に加えて、この物語の主人公進藤誠が「回天特攻隊」の生き残りであり、「平和と民主主義」に彩られた戦後になって篤志家の奨学金を得て高等教育を受けることのできた人間であることが、この物語の「原点」――それはまさに高橋和巳の戦中―戦後と重なる――になっていることを忘れてはならない。この高橋和巳の「戦中―戦後」体験がこの作品の基底になっていることを前提にしたとき、例えばフランス文学者の渡辺広士が「知識人の虚構と倫理――『我が心は石にあらず』論――」（「人間として」第六号「高橋和巳を弔う特集号」）の中で、進藤誠が考えていた「自由連合」型労働運動を基にした「平和革命」は「知識人のユートピア」であるとして、次のように言うのは根本的に違うのではないか、読み違いをしているのではないか、と思わざるを得ない。高橋和巳は京大時代、戦後の前衛党（日本共産党）の革命理論が「極左冒険主義」（暴力革命論）から平和革命論（二段階革命論）へと変わっていったことを具《つぶさ》に知り、更には「自由連合」型労働運動に基づく「平和革命論」が未だかつてこの地上に実現したことがないことを承知で、進藤誠に「平和革命論」を夢想させ、「廃墟」体験を語らせているからにほかならない。

進藤誠に作者が抱かせていたユートピア思想は、戦後の変革運動のつまずきに対する批判を含んでいる。とくに、政党と大労組によるユートピア思想に対しての批判を。〈労働運動内の中央集権主義や政党支配〉に反対、暴力革命主義にも反対と彼は言う。また現在の保守党支配下の国家権力にも従いたくない。権力に対する絶対的批判という無政府主義的傾向が含まれる。作者は埴谷雄高の弟子だった。だが同時に、このユートピアの〈観念〉は矛盾を含んでいる。致命的と言っていいほどの矛盾を。それはフランスの五月革命で強く提起された、あの〈自主管理〉の思想を含んでいない。

このユートピア思想は、オートメーション化時代に対応する科学者及び労働者の運動形態であらねばならぬとされ、加盟組合に対して〈組合エゴイズム〉を抑えた〈良心的な組合〉であることを要求するが、経営に対してもまた〈良心的〉であることを要求するだけである。企業の論理に対する奇妙な盲目さ。良心という個人の倫理と組織の論理の短絡。そして国家権力と日本の企業の性格、両者のつながりを考えに入れない、観念的な地域主義。（傍点原文）

つまり、高橋和巳は進藤誠が語る「ユートピア」など端から実現しないものだと承知の上で、繰り返すが、「有り得て欲しい。有り得るかも知れない」、と願望を語っていたのである。特攻隊帰りの進藤誠が何もかも瓦礫に化した「廃墟」を目の前にして、「心の荒廃」もまた実感したことを「生きる」ことの原点としてきたこと、そうであったが故に自分が唱える「自由連合」型労働運動の賛同者であり、自分を恋慕し続けてきた久米洋子と関係を持つようになり、また活動家（労働組合員）たちからの信頼も失い、人間的として、またその「平和革命論」も瓦解していく様を、高橋和巳は描かざるを得なかったのである。

〈7〉「解体」へ――『黄昏の橋』と『わが解体』

京都大学全学共闘会議、就中文学部共闘会議（中国文学科共闘会議）に属する全共闘学生との「共闘」――本来なら「同伴」ないしは「伴走」というべきなのだろうが、一九七〇年前後の「政治の季節＝学生叛乱の時代」における権力（日本国家、政府、大学の管理層）との闘いにおいて、いかに高橋和巳と全共闘学生とがお互いに精神の在り様において「共同・共有」の状態にあったかを考えると、「共闘」という言葉が一番相応しいのではないか、と思っている――、そしてその「解体」過程の一部始終を綴った「わが解体」(『文藝』一九六九年六、七、八、十月号)――これに「三度目の敗北」(『人間として』第三号 一九七〇年九月)、「死者の視野にあるもの」(『明日への葬列』「序章」合同出版 一九七〇年七月刊)、更には先の「内ゲバの論理はこえられるか」を加え、死の直前の一九七一年三月単行本『わが解体』として河出書房新社から刊行された――は、今読んでも「清官教授」(正確には助教授)と思われていた高橋和巳が「死に至る病」と戦いながら、いかに裡に湧出する「悲哀」と「絶望」、そして「憤怒」を自覚しながら、心身の「解体」に抗っていたかが分かり、その「悲愴感」と共に「辛い」思いを禁じることができない。例えば、次のような文章から伝わってくるのは、高橋和巳の「誠実さ」と深い「絶望」、「悲哀」、そして「瞋り」である。

たった一人の偉丈夫の存在が、その大学の、いや少くともその学部の構想の思想的次元を上におしあげるということもありうる。残念ながら文弱の私は、そのようではありえない。だが、いかに論議の拡散しがちな研究会や討論会であろうと、講座の学生たちに拒絶されぬ限りは共にしようと封鎖中にも独り出入りしていた私は、ふと気付いてみると、思いも掛けぬ陰湿な疑惑につつまれた存在としてあり、そしてさらに悲しいことには思想のあり方にもとづく離群索居をこえて、私自身の心が急速に大学から離れつつあるということを自覚せねばならなかったことだ。文学研究という、とことん問いつめれば何処となりともできるという作業の特殊性にもよるが、いま、私の心を大学にひきとめているものは、この闘争を通じて、この闘争がなければ決して成立しなかったろう、少数の学生たちとの、決して裏切り裏切られることのないだろう貴重な人間信頼だけである。

二年前、創作も批評も研究も、等しく時代の文学の不可欠の構成要素ながら、その内部に占める比重を大きく転換させる決意をして京都大学に赴任したとき、私は母校の学風に対する信仰に近い幻想をもっていた。そしてわずか二年後のいま、確かに私を育ててくれた母校への思想的訣別の文章を綴ろうとしている。肉体疲労し、神経はずたずたになり、従来の様には筆も進まず、読書もほとんどできぬ支離滅裂の状態であるゆえに、その訣別の辞も荘重重厚であることなどは到底望みえないが、心離れようとする悲哀の瞬間にこそ、執着の際には見えぬ事の本質がより鮮明に洞察されるということもありえる。（『わが解体』）

自分が信頼を寄せていた母校京都大学の「学風」――それは「自由と自主」、あるいは「独立の精神」と一般的に言われたもの――とが、実は「幻想＝虚像」でしかなかったことを学生運動（全共闘運動）と伴走するようになって、高橋和巳は存分に思い知らされることになった。高橋和巳にしてみれば、大学が「象牙の塔＝幻想の自治組織」でしかなかったことは、京大闘争に先立つ日大闘争や全国の大学から活動家の学生が馳せ参じた東大安田講堂攻防戦によって既に明らかになっていたことでもあった。しかし、『わが解体』が明らかにしたのは、それでも京都大学助教授として日々学生や研究生（院生）、同僚の教官たちと接しながら、大学が「創作や批評、研究」の拠点として機能しているのではないかとの「幻想」にすがらざるをえない情況下で、それが無残にも打ち砕かれるまで、まさに「わが解体」の日々を過ごすことになったのである。

「心離れようとする悲哀の瞬間にこそ、執着の際には見えぬ事の本質がより鮮明に洞察される」という悲痛な思い、この高橋和巳が抱いた感覚を敷衍すれば、何度かの入院治療を経ていよいよ「死」を身近なものとして考えるようになったことから得た実感だった、と言っていいのではないか。だからこそ、いよいよ自分の病がのっぴきならぬものと知った時に、単行本『わが解体』に組み込まれている「三度目の敗北――闘病の記――」に、以下のような文章を挿入しなければならなかったのである。


その手術前後の、かすかなる思念のすべては今は伝ええず、また直叙形で記すべきことでもないが、ただ一つ、何故か想起する事象が少年期に限られた記憶の蘇りのあいだに、大学時代からの友人小松左京の言葉が何度か浮かんでは消えたことだけは言っておいていいだろう。

いつのことだったか、戦後の解放気分が、朝鮮戦争をさかいに急速に逼迫感に変ってゆき、学生運動も共産党分裂のあおりを食って瓦解していった時期、場所は何処でだったかははっきりと覚えないが、彼は「おれたちは二度敗けた」と言ったことがあった。一度目は、言うまでもなく一九四五年の敗戦。二度目は、日本の社会及び国家の構造を戦前戦中とは全く異ったものに組みかえるべき運動の最初の挫折。私は運動の外部にいただけで、渦中にいた友人ほどの痛切な敗北の実感はその当時はなかったはずだが、奇妙にその言葉が、ある重みを伴って蘇生し、病中の悲哀をかきたてた。考えてみれば、衰弱はなはだしく、明日の生命に保証のない時、大きく蘇った少年期のイメージは、ただ単に無垢の時代へのなつかしみということだけではなく、正しく、それは社会的には敗戦の前後の混乱期にあたっている。
死に近く、その時に意図せずして浮かぶ想念に存在の秘密がふと啓示されるものとすれば、私にとって、敗戦前後の時期に、なお解決できていない何かが残されているのかも知れない。ただ、それを考えつめるのは、もう少し体力が回復してからのことである。

「死の床」にあっても、高橋和巳は小松左京の「おれたちは二度敗けた」の言葉に促されて、「敗戦前後の時期」に目撃した「廃墟（焼跡）・荒廃」こそが自分の創作や批評、研究の「原点」である、と改めて確認する。しかし、自らを襲った「解体」は「身体」にだけ起こったのではなく、それまでの学生運動（変革運動・反体制運動）とはその在り方が根本的に異なる全共闘運動と伴走することを決意した時から、それまでの創作や批評、研究（中国文学）をまさにその底部で支えてきた「見果てぬ夢」に対する根源的な懐疑と、そのような年来の「夢」が崩壊していく予兆を強く感じるという「精神の解体」に、高橋和巳はまた遭遇していたのではなかったか。「三度目の敗北――闘病の記――」を含む「わが解体」には、伴走してきたつもりの京大全共闘が自分から離反していく様々な局面が書き込まれているが、そもそも高橋和巳は「全共闘運動」をどのように考えていたのか。病魔を押しての講演「状況と文学」（一九七〇年十一月五日「人間として」第五号に「現代における想像力の問題」と改題して掲載される）の中で、次のように全共闘運動が提起した「想像力が世界を切り拓く」という言葉と文学者である自分との関係について、己の考えを「苦渋」に満ちながらも率直に述べている。

私のおりました大学に、非常に大きなたれ幕がかかっていたことがありまして、そのたれ幕は、従来の政治的な運動であった場合にはけっして書かれなかっただろうような文句がたくさんありました。その中に非常に印象的だったひとつのことばはですね、たとえば「想像力が世界を切り拓く」というふうな大きなたれ幕がさがっておりました。（中略）実はこれは、非常に大切な問題を含んでおり、ただ単にひとつのたれ幕として済ましてしまうべきことではないんでありまして、このイマジネーション＝想像力が世界を切り拓くんだというひとつの認識はですね、ノンセクト・ラジカルの人びとが提示した問題として、実際にその運動に参与した人も、年齢的にまだ参与しなかった人も、深く考えて行くべきことがらなんですね。かつ私どものように文学をやっている者にとっても、このことは無視することができないばかりじゃなくて、挫折したとはいえ、そういう主張がもっていたことの意味というものを確認し、育てていかなければならない、そういうふうに考えているわけであります。

一九七〇年前後の「政治の季節」が収束の時代に差し掛かる頃、高橋和巳のこの講演や大江健三郎の「想像力の枷――高橋和巳の想像力、その一面」（「人間として」第六号「高橋和巳を弔う特集号」一九七一年六月）に示唆されたわけではないだろうが、それぞれの大学で全共闘運動に関わった立松和平（『時は今だ』一九七一年や『光匂い満ちてよ』一九七八年　早稲田大学）や三田誠広（『僕って何』一九七六年や『野辺送りの唄』一九八一年　同）、星野光徳（『おれたちの熱い季節』一九七七年　千葉大学）、高城修三（『闇を抱いて戦士たちよ』一九七八年　京都大学）、松原好之（『京都よ、わが情念のはるかな飛翔を支えよ』一九八〇

年　大阪外大）、桐山襲（『パルチザン伝説』一九八四年　早稲田大学）、等々、そして兵頭正俊（『全共闘記その一〜その十二』一九六九年〜八五年　立命館大学）といった「全共闘小説」が、図らずも明らかにしたのは、全共闘運動が政治運動（革命運動）であったと同時に「文化運動」の側面を色濃く持っていたということであった。それは、一九五〇年代の学生運動を基にした高橋和巳の『憂鬱なる党派』、あるいは六〇年安保闘争を背景とする柴田翔の『されどわれらが日々――』（一九六四年）とは、「挫折・転向」を重視しないという点で異なる文学（思想）傾向を示すものであった。

言い方を換えれば、「全共闘小説」は高橋和巳が先の引用に続けて以下のように書いていたことに呼応していたのではないかということである。

あの運動全体は、すぐれて政治的な運動であると同時に、人間の存在とはいったいなんであるかとか、あるいは私たちが生きている意味とか、あるいは生きがいとか、そういうものをそれぞれの自立した個人の側から問うという、そういう哲学の思想史上の規定からいいますと、「生命の哲学」といわれていたそういうものの諸思想というふうなものを非常に多く含んでおります。そして「生命の哲学」というものは、従来は具体的な運動の形態をとらずに、もっぱら書物を通じて人の心から心へというふうに伝わっていた思考であるわけでありますが、それが六〇年代の後半に、日本の青年たちの具体的運動として、顕現し、行動にあらわれたということが、非常に重大な意味をもっているると思うんでありります。（中略）

今回の学園闘争で、非常に強く叫ばれていたことに「拒否」ということがありましたね。その「拒否」という概念も、上の年代の人にとっては、さっぱり理解できないことであって、おまえたちは実際大学におりながら、大学の機構そのものを拒否するのか、というふうな形の対応しかでてこなかったわけです。しかし、この拒否ということも、実際そう叫んでいた人が自覚的であったかどうかは別にしまして、実はそういう、すでに書物の上ではある程度準備されておりました「生命の哲学」あるいは個人の実存を尊重する哲学との関連性からでてきた行動であり、態度であったわけであります。(「現代における想像力の問題」)

高橋和巳は、全共闘運動の「文化運動」的側面について、全共闘運動が従来の学生運動とは趣を異にしており、運動に関わった人間がいかに「生命の哲学」や「個人の実存」を意識していたか、そこに焦点を当てて洞察し、そのような洞察を成し得たが故に京大の全共闘と伴走したと言えるのだが、しかし高橋和巳の六〇年代後半から始まった全共闘運動を真に「理解」していたか、いささか疑問に思う点がないわけではない。それは、『わが解体』とほぼ同時に書き継いでいた全共闘運動に材をとった『黄昏の橋』(「現代の眼」一九六八年十月号~一九七〇年二月号、ただし一九六九年二月号、四月号、八月号、十二月号休載　一九七一年　筑摩書房刊)を、病魔に襲われままならなかったとはいえ、この長編を書き切ることができなかったということ、及び「語り手」を運動の当事者に設定しなかったのは何故か、と思うからに他ならない。『黄昏の橋』は、一九五三年十一月十一日の「学園復興」を旗印にした立命館大学広小路キャンパスでの『わだつみの像歓迎集会』に合流しようとした京都大学の学生デモ隊と警官隊が京都市内の荒神橋上で衝突し、十五名の学生が橋上から浅瀬に転落、うち七名が頭蓋骨陥没などの重軽傷を負った「荒神橋事件」、及び一九六七年十月八日に当時の首相佐藤栄作の内戦状態（民族解放戦争）にあったベトナムへの訪問を阻止しようと三派（革共同中核派、共産同〈ブント〉、社青同解放派）を中心とする新左翼各派が羽田空港入り口の弁天橋などで警察機動隊と激しく衝突し、その渦中で中核派の京大生山崎博昭が機動隊に虐殺された「第一次羽田闘争」、更には一九六八年八月十七日の大阪空港の軍事使用反対を叫ぶ中核派を中心とする新左翼の学生が、空港近くのベトナム戦争に出撃する米軍機や自衛隊機などを修理する新明和工業伊丹工場に突入した「新明和工業事件」を下敷きにして、成立している。その意味では、高橋和巳が自分の学生時代とは違う過激な学生運動（革命運動）が隆盛を極めるようになった時代において、いかに「生命の輝き」を維持できるか、そして大学教師であり作家でもある「知識人」の自分がこの時代や社会の「変革」に関してどのように関わればいいのかを問いつめたところに成った問題作と言うことができるだろう。

ただ、『黄昏の橋』は、『憂鬱なる党派』の時と違って、主人公（語り手）時枝正和の設定に関して彼が運動の当事者でなく終始「傍観者＝観察者」的な位置にあり続けるという点に特徴があり、言葉を換えれば変革運動において最良の場合でも「傍観者」ないしは「伴走者」でしかない知識人の可能性を主人公の時枝正和に託した作品で、その意味では高橋和巳は変革（革命）運動に関して自分の立ち位置が不透明であるという自覚を持っていたと言えるかもしれない。高橋和巳は、時枝正和を次のような人物として設定していた。

博物館の学芸員と図書館の司書は取得すべき科目の単位が違っている。彼はすでに学芸員の資格をもち現に博物館に勤めているのだからそれはいくぶん余計なことだった。だが、上司に薦められ自分もある下心があって集中講義のかたちで行われる司書の講習を受けていた。（中略）てれかくしに頭を掻きながら、彼は、心温かい饗応、宿主の日頃の寛大な待遇を、不当にも胸苦しく感ずるいじけたエゴイズムと闘わねばならなかった。いつごろから鬱積したのか、いまにも爆発しそうな褐色の憤怒が胸のあたりいっぱいに詰まっていた。いや、彼の憤怒には、そもそも、いつ、何故に、というはっきりした理由はなく、しかも爆発させようにもできぬ微温的な職場と、噴出させようにも機会のない密室を往還しているうちに、すでにその明瞭な輪郭すら失っていた。

また、高橋和巳は時枝正和が次のような「内面＝過去」を持つ人物であるとも書く。

かつて、時枝にも為し遂げたいと思う理想もあり、日々の苦痛がその目標との照応関係で意義付けられるように思えた心の中の鏡もあったのだ。心の中の鏡は、この世の悲惨や矛盾を映すにせよ、自己の欠陥を照らし出すにせよ、それが現に立っている場所よりも前に掛っているかぎり意味がある。まどまわしい人間関係も、それが自らの能力を試す試練であり、価値的な素材であると感じられた時代――。だが今は彼は可能な限り人間関係から遠ざかり、ただ古くて悲しげな仏像や磁器、すでに色褪せ、やがて滅びてゆく巻物や掛け軸とのみかかわろうとしている。

この時枝の「回想＝自己省察」は、見方によっては戦後の変革運動＝反体制運動に関わった知識人の「自己欺瞞」の典型と言ってもいいが、それとは別に時枝が裡に抱いた「虚無」の深さを思うと、当時の学生運動（全共闘運動・新左翼の反体制運動）に伴走しようとしていた高橋和巳が裡に湧出してくる「虚無」意識といかに激しく格闘していたかを窺い知ることができる。というのも、知識人――大学卒で博物館の学芸員をしているので、この物語の時代にあっては「知識人」の端くれと言っていいだろう――の時枝は、「見ず、聞かず、言わぬの三猿の図」を基本的な生活態度とし、「自分をアウト・ローの存在に位置づけて」きたはずだったのに、下宿先のおかみさんに頼まれて娘が関わっていた女子大学の学生運動（全共闘運動）に首を突っ込む羽目に陥り、そのことを直接のきっかけとして自分の生き方を変えざるを得ない状況に追い込まれることになったからに他ならない。

時枝は、手術することになった父親を見舞うために故郷の四国に帰省しようとして乗ったバスが遭遇した「ベトナム戦争反対」を叫んで軍需工場に突入を試みていたデモ隊と遭遇するが、何故かその時以下のような「幻像」を見る。

目の前で、棍棒が振りあげられ、人が血を流して倒れるのを見ながら、なぜ、ほとんど人影のない、瓦礫と雑草の廃墟を幻想したのだろうか。

彼は、その日の帰省をあきらめて、乱闘を背にひきかえした。（中略）

そのひきかえす瞬間、彼は落陽を受けて赤く輝くクレーンの列と、今にも崩れおちそうな石橋の欄干を見、そして、ひとりの人間が頭をおさえたまま、溝川に転落していくのを確かに見、そして、その学生が何故血まみれになって転落したのかをも見た。だが、時枝がその時したことは、首を二三度横に振って、自分の見た情景の中から人間の姿を消すことだけだった。あたかも、橋もクレーンも、工場のスレート屋根も、廃墟の遺跡でもあるかのように。

この学生デモ隊と警察機動隊の衝突によって起こったデモ隊員（学生）の橋からの墜落から、すぐに「廃墟」を連想してしまう時枝の思考回路は、明らかに高橋和巳の「戦時下・戦後」に強いられた「原体験」が反映している。言い換えれば、高橋和巳は学生デモ隊と警察機動隊との「衝突」から戦争（廃墟・荒廃）体験を呼び覚まされ、ということは高橋和巳が全共闘運動と伴走し続けたことの「原点」に戦争（廃墟・荒廃）体験があったということである。ただ、『高橋和巳全小説10　白く塗りたる墓　黄昏の橋』（一九七五年六月）に「解題」を寄せている川西政明も、また『高橋和巳の文学と思想――その〈志〉と〈憂愁〉の彼方に』（二〇一八年十一月）に「高橋和巳と『全共闘』の時代――『黄昏の橋』が問いかけるもの」を寄稿している槙山朋子も、何故か、作品に明記されている時枝正和の「戦争体験」、つまり高橋和巳の創作に関わる「原体験」について全く触れていない。読み落としなのか、故意なのか、高橋和巳の全共闘との伴走を論じるのであれば、高橋和巳の戦争体験＝原体験について触れないわけにはいかにと思うのだが……。

というのも、高橋和巳は図らずも「癌」という不治の病を得て三十九歳という若さであの世に旅立って行ってしまったのだが、この「戦争（廃墟・荒廃）体験」、つまり創造に関わる「原体験」抜きで、高橋和巳の『捨子物語』に始まり『白く塗りたる墓』（あるいは着手したまま重くなる病に抗して書き継ぐことができなかった『遥かなる美の国』）に至る創作や批評、研究の過程を考究することはできないのではないか、と思うからである。つまり、高橋和巳は何故その全生涯をかけて「戦後＝戦争体験」や「戦後革命」の意味を追求しようとしたのか、その意味が「未完」に終わった『黄昏の橋』に込められているのではないかということである。具体的には、自分の学生時代にはその実現を疑うしかなかった反体制運動（革命運動）との「共闘」が、今は裁判官をしているかつての友人や母校でドイツ語の講師をしている友人との間では不可能だが、今全国の大学で吹き荒れている全共闘運動に参加している学生たちとの間では可能かもしれない、と時枝はふと思う。時枝の次のような全共闘学生の内面＝精神についての理解は、まさに全共闘学生との共闘（協同）を模索していた高橋和巳の「本音」を映し出したものだったのではないか。

（旧友の大学教師の言動には――引用者注）負傷したり命をおとしたりするまでにいたる孤独な個々人の精神の暗幕に、どんなイメージが映り、どんな劇が演じられ、そして彼らが何を賭けようとしたのかということに対する洞察と言うものが欠けていた。たとえ、その発言の語調が、教師という身分上、学生運動に同情的であっても、彼らの内面と集団という異質な二つの次元の間に、どんな激しい精神の振幅があり、あるいは断絶があるのかということをキャッチできていなければ、同情的擁護論は、〈暴力学生〉と言う現象面からの反撥や恐怖と結局、同じことでしかないのではないか。時枝に何が見抜けているというわけではないにせよ、また種々の政治団体の政治指針の区分が出来るわけではないにせよ、少なくとも一人の青年がヘルメットをかぶり、手拭で顔を覆って棍棒をふりあげ、政治の有効性論や結果論から言えばほとんど無償の行為に近い行動につっ走ってゆくときに、この世の全体に流れる物理的時間とは異なった時間が、その青年の内部に流れ、いや凝固するのを、一種の肉の痛みのように感得できるような気がする。（第十章）

なお、この節の冒頭で記したように、『黄昏の橋』は残念ながら「第十四章」で中断されたまま、以後書き継がれることはなかったのだが、中断される前の「第十三章」の最後に、大阪空港（伊丹空港）近くの軍需工場に突入を計り工場前の橋から落下した学生の「分離裁判」を傍聴した時枝の思いが書き込まれているが、この時枝の思いこそ高橋和巳の全共闘運動（学生）への思いを体現するものであった、と言っていいのではないだろうか。

信念あって選んだ行為であるから、自分のやったことを、やったと認めることは、ある意味では男らしい。しかし……。もし、検事の主張（検事は、被告学生に対して橋上より川に転落して死亡した学生細川富夫に対する「傷害致死罪」及び機動隊員に対する「公務執行妨害罪」の容疑で起訴していた――引用者注）を全面的に認め、しかし、細川富夫の傷害致死について、自分ではないと主張し、それが認められれば、他の者に当然その罪がかぶさってゆくはずだった。

なにか、裁判の進行全体が、おかしい。

時枝は無意識に傍聴席から立ちあがり、そして、おどおどした臆病な震え声で、しかし自分でも意外な大声で叫んだ。いや、意志的に叫んだというよりは、気がついたときすでに叫んでしまっていたのだった。

「おかしいじゃないか、この裁判は」と。

それまでずっと斜に構えた人生を送っていた時枝が、多くの人が「公平・中立」の立場から人を裁く場と思っていた法廷（検察や裁判所に象徴される司法権力）において、思わず「おかしい」と叫ぶその在り様は、まさに高橋和巳の「反権力」の魂の奥底からの叫びを代弁するものとして記憶されなければならないだろう。高橋和巳は、最後まで心身の「解体」に抗して「見果てぬ夢」を捨て去ることなく、生き抜いたと言ったら言い過ぎか。さらに言えば、高橋和巳の盟友真継伸彦が「（高橋和巳は）『わが解体』のなかで、自分は全共闘運動に、自分がこれまで文学で行ってきた思考実験の現実化をみたと言っている」と指摘していることも、忘れるわけにはいかない。

第2章　「難死」に抗して——小田実という存在

〈1〉「難死」とは何か

周知のように、小田実は十七歳の高校生の時、戦後派作家の中村真一郎と稀代の編集者坂本一亀に見出され、『明後日の手記』（一九五一年　河出書房刊）で作家デビューする。この処女作について小田実は、この長編の主題は主人公の一人が言う「ぼくは、もはや明日すら信じることができない。強いて信じることができるものがあるとすればそれは明後日だ」というフレーズに集約されていると解説した後、何故そのように思ったのか、「私自身について　Ⅰ炎と砂埃」（「時」一九六四年二月号）という文章の中で自らの「戦争—戦後」体験と共に次のように書いていた。

少年たちがいる。戦争のなかに生まれ、戦争のなかで育って来た少年たち。彼らにとって、あたりまえのもの、日常的なものはむしろ戦争であり、異常なものは平和だった。

彼らは、「鬼畜米英」というようなことばを、あたりまえのことばとして、体内にとりいれていた。いや、そうしたことばのなかに生まれ、育ってきたのだ。

「皇軍」の戦果に、無邪気によろこんでいた彼ら。その彼らは、ある日、気がついてみると炎にとりまかれている。いつのまにか「皇軍」の旗色がわるくなり、空襲がはじまり、そして炎。

実際、その彼らの一人であった私の記憶の底には、いつもあかあかともえ上がった空の色、そのなかで焼け落ちていく家のくろい影がこびりついて離れないのだ。

私が、その小説のなかで書きたかったことは、つぎのようなことなのだ。

大人たちは、戦争を頭で理解していた。しかし、そのなかで生まれ育ってきた子どもたちは、そうではない。

戦争が終わると、大人たちはすぐ自分の頭のなかから戦争を追い出し、平和をむかえた。しかし、子供たちはそうはいかない。

子供たちの内部から戦争を追い出すことは、自分自身を追い出すことなのだ。

このような「戦争―戦後」体験から生みだされた『明後日の手記』、後に「人間として」を一緒に立ち上げることになる真継伸彦は、『小田実全仕事一』（一九七〇年六月　全十一巻　河出書房新社刊）の解説「小田実の啓示」で、この長編小説について次のように書いた。

一言でいえば敗戦が、彼をきわめて早熟な作家に育てあげたのである。大阪にそだった彼は、自身がくりかえし語っているように、戦争の惨禍をつぶさに体験した。私たち同世代の者にとって戦争がもたらした廃墟はしかし現実のそれだけではなく、同時に思想の廃墟でもあった。私たちは、無数の生命の難死をみた直後に、それまで私たちを絶対的に束縛していた天皇主義という価値体系の崩壊をもみた。それは直接には教師たちの変節という姿であらわれ、思想を娼婦の衣装のように容易にとりかえる人間への不信が私たちの原体験となったのである。これはすでに言い古されていることであって、ここで詳述する必要もないだろう。しかしたとえば、戦後に精神的な恐慌におちいった教師が、戦争犯罪人に指名されて、逮捕されたり職をうばわれることをおそれて、「ね、先生はみなさんにこんなことを教えませんでしたね」などと卑屈な口調で戦争中の発言をとりけそうとし、生徒に共犯を哀願する、そのような姿が小学生の眼にどう映ったかをぜひ想像してほしい。私たちはすべてそのように痛ましい変節をみたのだが、そこに強烈な印象を受けた者は、すでに人間存在に投げかけられている根本的な問いかけを知ったのである。

「焼跡」に出現した「廃墟」が「思想の廃墟」でもあったというのは、小田実が前章で詳しく見た高橋和巳と同様の体験を思想化していたということであり、教師たちの「変節」に関しては、四国（愛媛県）の山間の村で敗戦を迎えた大江健三郎が昨日まで「鬼畜米英」を叫んでいた教師が手のひらを反すように、「進駐軍（占領軍）が来たら『ハロー』と挨拶しなさい」と強要した「偽善」を繰り返し告発していたことを思い出す。文学史に関わって、果たして「世代論」が有効かという議論があることは承知しているが、真継伸彦、小田実、高橋和巳（それに開高健、柴田翔といった「人間として」の同人を加えてもいい）といった同世代の人間が、「敗戦」によって都市に出現した「焼跡＝廃墟」を自らの表現の原点としていたこと、「団塊世代」の文学者たちを除き、彼らの後の世代及び彼らより少し年長の「内向の世代」が社会と文学（表現）との関係をことさら「無きが如き」と見なしてきたことを考えると、このことは何度強調しても強調しすぎるということはないのではないか――なお、原爆によって学徒動員中の兵器工場を含めて都市全体が「廃墟」となった長崎から「生き延び」た林京子（や敗戦当時中学生や高等女学校の生徒であった者）が、成人した後一貫して「死」の意識を裡に「被爆者として生きてきた戦後の現実」を原爆文学作品として書き続けてきたことも、書き添えておく必要があるだろう――。

いずれにしろ、小田実が高橋和巳や開高健ら「焼跡世代」の作家と同じように、自分が生活していた土地に出現した「廃墟＝焼跡」を否応なく目にせざるを得なかった現実を表現＝創作の原基に据えていたことは、間違いない。それは、十代半ばで敗戦を迎えた者に共通する「戦争―戦後」体験だと言って片付けることもできるが、彼らがその「体験」に生涯呪縛され続け、戦後の文学史に珠玉の如く輝く作品を残して来たことの意味をどのように考えるか。特に、後世の読者に「作家」というより「市民運動家」という印象を色濃く刻印しているように見える小田実の場合、彼の「戦争―戦後」体験、言い換えれば「廃墟＝焼跡」体験は、どのような形で作品（表現）に足跡を残して来たか、そのことの検証が戦後文学史の書き換えと同時に行われる必要があるだろう。

例えば、小田実を一躍若手を代表する作家に押し上げたのは、小説ではなく旅行記の『何でも見てやろう』（一九六一年　河出書房新社刊）であったと言われているが、このフルブライト留学生として一九五八年七月からアメリカのハーバード大学で学び、その後「アメリカ南部諸州への旅」と「一日一ドル」の予算で「世界一周」の旅を行い、一九六〇年四月に帰国するまでの行動と思索について綴ったこのベストセラー（ロングセラー）にも、小田実の「戦争―戦後＝焼跡（廃墟）」体験は影を落としていた。『何でも見てやろう』の「第十二章　芸術家天国――ただし、あなたの原稿はハカリで計られる」に、かの『大地』（一九三一年）の作家パール・バック女史に会った時のことが記されているが、彼女が国際夏季学校（インターナショナル・サマー・スクール）で「原子力時代の芸術」と題して講演したことに対して、大筋で納得同意しながら、次のような感想を持った、と記している。

はっきり言うと、私は彼女のコトバのひとつひとつうなずきながら、〈幸福者の眼〉（「アメリカの知識人」と副題されたこの章〈項〉で、小田実は日米の知識人の「感じ方」や「考え方」とアメリカ人のそれとの違いについて言及していた――引用者注）の項でふれたことでもあるが、薄い透明なマクのようなものを、彼女との間に感じはじめていたのである。なんと説明したらよいか、私自身の例で言えば、敗戦直前の廃墟のなかで、一枚のタブロイド版の新聞を手にして、そのなかに「広島に新型爆弾投下さる」という見出しを発見したときに私が子供心に感じた恐怖とも虚脱感ともつかないもの、そいつをバック女史は感じたことがない――たぶん、そんなふうなことを感じ、それが薄い透明なマクとなって私と彼女との間に立ちこめていたのだろう。私は立ち上がり、「原爆投下のことを知ったとき、あなたはそのときなにをしていたのか、またいったいそのとき何を感じたのか？」という意味のことを訊ねた。

この後小田実は、パール・バックの「答え」よりも参集していた聴衆（アメリカ人）の反応――小田実は多くのアメリカ人聴衆がヒロシマ・ナガサキの原爆被害に対して、「加害者」である自分たちの「罪意識」や「羞恥心」と共に、あの太平洋戦争は日本の真珠湾攻撃から始まったもので、原爆投下は「正当」であったと主張した、と書いている――と、敗戦国民＝被害者である自分のそれとが随分と異なっていることを思い知らされる。小田実は自らの「戦争―戦後」体験について、アメリカから帰国後の『日本を考える』（一九六三年　河出書房新社刊）や『戦後を拓く思想』（一九六五年　講談社刊）、『平和をつくる原理』（一九六六年　同）、あるいは『難死の思想』（一九六九年　文藝春秋刊）等々において繰り返し述べ、そこにおける「戦争」についての考察は、加害―被害の関係だけでなく、時の政治や思想、文化など多方面から考えなければならないと主張していた。

一九六〇年代、アジア太平洋戦争の「敗北」によってもたらされた「平和と民主主義」も、一九六〇年に改訂された「日米安全保障条約」（と「六〇年安保闘争」と呼ばれたそれに反対する国民運動）が象徴するように、当時の世界を覆っていた冷戦構造の影響もあって、先のアジア太平洋戦争についても革新側は「ヒロシマ・ナガサキ」への対応に典型化されていたように「被害」を強調するばかりだったし、保守側は「西側の一員」＝西側の盟主アメリカとの同盟を強調することで、朝鮮戦争の特需を機に回復（復興）軌道に乗った経済が高度成長期に突入したということもあって、先の大戦に対する「戦争責任」問題も小田切秀雄や吉本隆明・武井昭夫ら一部の文学者たちの「過去の言説」ということで、いつの間にか「曖昧」のまま放置される傾向にあった。そんな時代にあって、自らの「戦争―戦後」

体験にこだわりつつ、アジア太平戦争における日本の「加害」性を糾弾し、「お涙頂戴」式の「被害」からは何も生まれないとする小田実（や高橋和巳ら「焼跡世代」の人たち）の主張は、「ニヒリズム（虚無）」を裡に潜めながらも、「夢をもう一度」と目論む保守派に対してはもちろん、「平和と民主主義」の擁護者である戦後民主主義者や戦後文学者にも衝撃を与えるものであった。例えば、鶴見俊輔や開高健らと「べ平連」（ベトナムに平和を！市民連合）を結成し、ベトナム反戦運動に力を注ぎ始めた頃の「平和の倫理と論理」（「展望」一九六六年八月号）という評論において、小田実は「戦争の理念が国家の強制原理としてあるとき、それに対決し、抗する道は、より高次の人類の普遍原理に依拠することだろう」として、以下のように書いた。

国家が自己の理念達成のため、また、その自己保存のため、人を殺せ、と命ずるとき、私たちは、いかなる理由においても人間には人間を殺す権利はない、という普遍原理によってそれを拒否することができる。国家が戦えと命ずるとき、いかなる理由においても戦争は罪悪であるという理由で、その命令に抗することができる。おそらく、私たちの被害者体験を論理的に救い、それを下から強力に支えてくれる原理は、こうした普遍原理しかあり得なかっただろう。その原理によって、私たちは国家を「だましていた」ものとして裁くことができた。すくなくとも、理論的には、そうすることができるはずだった。そのとき、国家がその普遍原理の根拠を示せと主張するなら、私たちはたちどころにみずからの被害者体験を国家の胸もとにつきつけたにちがいない。私たちの被害者体験、自覚はそれほど強く、それゆえに、普遍原理が明らかに外からあたえられたものでありながら、たとえばその絶対平和主義的発想、思想は今日でさえなお十分に根づいているのだ。

では、その小田実が戦争観の基底に置く自身の「被害体験」あるいは「被害者意識（思想）」から生まれた「人間には人間を殺す権利はない」という思想は、どこから生まれたのか。上記引用の「平和の倫理と論理」を発表する一年半ほど前、小田実は同じ「展望」誌にその後亡くなるまで事あるごとに引き合いに出した「戦後民主主義・今日の状況と問題」と副題された「『難死』の思想」（一九六五年一月）を発表する。「私は幼なかったから、保田与重郎などいなかった。高坂正顕も高山岩男もいなかった。『総力戦理論』も『世界史の哲学』も『近代の超克』もなかった。『万葉集』の文庫本も『葉隠』も、いかにして死ぬかの考察もなかった」で始まる「『難死』の思想」は、いよいよ高度経済成長期に入って先の大戦を「肯定的」に見直そうとする保守派の台頭が目立ち始めた時期に、そのような風潮に根源から「異議あり」を発するものであった。それは、例えば小田実と同じような戦争体験を持つ高橋和巳が先の大戦末期に多くの人が強いられた「特攻精神」――それは陸海軍航空隊中心の「神風特攻隊」だったり、海軍が考え出した自爆攻撃の「震洋特攻隊」に象徴される下級将校や兵士に多大な「自己犠牲」を強いる精神、と言っていいだろう――に対する疑念を明らかにした『散華』（「文藝」一九六三年八月号）とは別な意味で、先の大戦に関する自分たちの「被害者」としての体験がどのような意味を持つものであるかを真摯に問うものであった。小田実は、先に引用した冒頭に続いて「私が生まれたのは一九三二年。十五年戦争はすでに始まっていた。太平洋戦争が始まったとき、私は小学校三年生だった。つまり、私は戦争のなかに生まれ、戦争とともに育ったのである。私は平和を知らなかったから、戦争がもっとも自然なものであった。この私と戦争の結びつきは、知識人のそれよりは大衆のそれに似ていなくもない」(傍点引用者)と書いた後、「戦争」体験について次のように総括する。

気がついてみると、彼らは戦争の渦のなかにいた。火焰のなかにいて、逃げまどっていた。お上のすることにときには不平を言いグチをこぼし、といって積極的な反対も抵抗もせず、ときには熱狂的な讃美の叫びをあげ、おおむね無意識的、無意志的、結果的に強力に支持し、また無意識的、無意志的、結果的に被害者となる大衆――知識人も結局のところそうだったにしても、彼らの場合、理念やロマンティシズムによるなかだちがあった。そのなかだちによって、彼らのある者は積極的に戦争にとび込み、またある者はなかだちを自己欺瞞の道具として、戦争にひきずられて行く自分を許容した。大衆にはそうしたなかだちはない。私にもそれはなかった。「大東亜共栄圏の理想」は、私にもわかっていた。それは、西洋のためにアジアは苦しめられて来た、今こそ起って西洋をやっつけろ、というぐらいのお粗末な認識だったが、そのことは私にもなっとくできた。もう一つ、「天皇陛下のために」という考え方、これは理屈ぬきに自明の原理として私の体内にあった。おそらく、この二つのいわば「公の大義名分」は、日本国民のたいがいがもっていたと見ていいだろう。

ここの「『大東亜共栄圏の理想』は、私にもわかっていた」と『『天皇陛下のために』という考え方、これは理屈ぬきに自明の原理として私の体内にあった」という小田実の正直な「告白」には、戦争は指導部（政治家から軍人、学者・知識人）だけが暴走したことによって起こったのではなく、多くの戦争論議において「被害者」とされてきた「国民大衆」も実は「共犯」関係にあり、決して「免罪」されるものではない、という指摘が隠されていると言っていいだろう。六〇年安保闘争の「敗北」を機に噴出した戦後の「平和と民主主義」思想を領導した戦後知識人の在り方や戦争論への批判、それは例えば吉本隆明の「自立の思想的拠点」（「展望」一九六五年三月号）や「戦後思想の荒廃」（同一九六五年十月号）、「状況とはなにかⅠ～Ⅵ」（「日本」一九六六年二月号～七月号）等の論考を集めた『自立の思想的拠点』（一九六六年十月　徳間書店刊）で展開された「知識人論」、あるいは「知識人と大衆」との関係に対する論議に典型的な形で表れている考え方であった。しかし、小田実の「難死の思想」はまさに自分たち「焼跡世代」より一世代上の吉本や井上光晴ら戦中派への「批判」を念頭に置いて論じられたものと考えられる。

つまり小田実は、「大東亜共栄圏の理想」を実現するために従容として戦場に赴き、また「天皇陛下のために」死ぬことを辞さないと公言していた世代（散華の世代）はもちろん、何とかして戦争への加担を避けようとしていた戦時下の知識人をも徹頭徹尾「被害者」であった自分たち世代の目線で「批判」せざるを得ない「戦争体験」を自分たち焼跡世代は刻印されていたのだ、と言いたかったのである。何故なら、小田実や高橋和巳、あるいは開高健の「戦争体験」は、以下のようなものに他ならなかったからである。

そして、私にとって、死とは――映画で見たり新聞で読んだりしたものではなくて、本当に自分の眼でおびただしく見た死――決して、特攻隊員の死のように、たとえば「散華」という名で呼ばれるような美しいものでも立派なものでもなかった。また、彼らの死のように「公状況」にとって有意義な死でもなかった。私が見たのは無意味な死だった。その「公状況」のためには何の役にも立っていない、ただもう死にたくない死にたくないと逃げまわっているうちに黒焦げになってしまった、いわば、虫ケラどもの死であった。その虫ケラどもは武器をもっていなかった。ということは、特攻隊員のように、戦場の勇士のように自らの死を「公状況」のために有意義なものとする手だてをもっていなかったということだろう。つまり、彼らは「私状況」を「公状況」に結びつける手だてを、思想的にも現実的にももっていなかったのである。（傍点引用者「『難死』の思想」）

なお、さらに言えば、小田実が目撃した「無意味な死」「虫ケラどもの死」は、開高健や高橋和巳も体験した一九四五（昭和二十）年三月十二日の大阪大空襲や八月十四日の「敗戦」前日の大阪陸軍造兵廠を焼き尽くした「大阪大空襲」によってもたらされたものであった。何故その大阪大空襲による「死」が「無意味な死」だったのか。小田実は、繰り返し各種の文章で、「空襲の翌日、焼跡で『戦争は終わりました』という伝単（ビラ）を拾った」と書いている。疎開先（妹宅）の広島で被爆した当時の流行作家大田洋子は、その最初の原爆小説『屍の街』（冬芽書房版　一九五〇年五月）の最初の版である一九四八年十一月刊の中央公論社版で削除した「無慾顔貌」の章で、以下のような文章を書いたが、小田実の「難死の思想」における「無意味な死」あるいは「虫ケラどもの死」は、大田洋子の「ヒロシマ」認識とほぼ同じものだったと言っていいだろう。

広島市街に原子爆弾の空爆のあったときは、すでに戦争ではなかった。すでにファシストやナチの同盟軍は完全に敗北し、日本は孤立して世界に立ち向っていた。客観的に勝敗の決まった戦争は、もはや戦争ではないという意味で、そのときはすでに戦争ではなかった。軍国主義者たちが、捨鉢な悪あがきをしなかったならば、戦争はほんとうに終っていたのだ。原子爆弾は、それが広島であってもどこであっても、つまりは終っていた戦争のあとの、醜い余韻であったとしか思えない。戦争は硫黄島から沖縄へくる波のうえですでに終っていた。だから、私の心には倒錯があるのだ。原子爆弾をわれわれの頭上に落したのは、アメリカであると同時に、日本の軍閥政治そのものによって落されたのだという風にである。

大田洋子のヒロシマの原爆は「終っていた戦争のあとの、醜い余韻であった」という認識も、アメリカ占領下の時代にあって「大胆不敵な」鋭い指摘だと思うが、小田実が敗戦前日に体験した「無意味な死」「虫ケラどもの死」を、小説をはじめ数々の文章（評論・エッセイ、等）の発語＝表現の「原点」としてきたことは、まさに彼が「焼跡世代」を代表する作家の一人であったことの証になっている、と言っていいだろう。

〈2〉その文学観

小田実は、十七歳の時に発表した『明後日の手記』から絶筆となった『河』（1、2、3　二〇〇八年六月　集英社刊）まで、夥しい数の評論集やエッセイ集を刊行しつつ、七千五百枚を超える大長編（大河小説）『ベトナムから遠く離れて』（全三巻　一九九一年七、八、九月　講談社刊）をはじめとする「三十二編」もの長編小説や短編集を亡くなるまでの五十七年間切れ目なく発表（刊行）し続けてきた、文字通り作家である。しかし、同世代の大江健三郎をはじめ高橋和巳や開高健などの同世代作家は何冊もの「作家論」が書かれてきたのに反して、「小田実論」と銘打たれた単行本は、私の『小田実――「タダの人」の思想と文学』（二〇〇一年　勉誠出版刊）があるだけで、例えば「七回忌記念出版」と銘打たれた『われわれの小田実』（二〇一七年七月　藤原書店刊）を見ればわかるように、「市民運動家」「反戦活動家」として高い評価を受けてきた割に、小田実は「作家」として十全には遇されてこなかった傾向にあったと言っても過言ではないだろう。その原因を日本の現代文学が「私小説」に収斂する自然主義文学の考え方に大きく影響されてきたことに求めることはあながち間違いではないが、小田実が野間宏や武田泰淳、中村真一郎と言った戦後文学者の衣鉢を継ぐ確かな文学観を持った「焼跡世代」の作家の一人であったことを、私たちは今一度確認する必要があるのではないか。

では、何故小田実は戦後派作家の衣鉢を継ぐ作家と言われるのか。また、その文学観とはどのようなものであるのか。小田実は、先に挙げた自らの「戦争―戦後体験＝焼跡（廃墟）体験」を綴った『平和をつくる原理』や『人間のなかの歴史』、あるいは『難死の思想』等の評論集やエッセイ集において、事あるごとに自分の創作歴や文学観について述べているが、「今どきの若い者を見ていると、みんな、えらい年よりやな、と思う」という一文で始まる「うまいものをたくさんつくって食うのが食事のダイゴ味であるということについて」（「人間として」第八号　一九七一年十二月）という長いタイトルの文学論において、戦後文学者の野間宏が当時盛んに唱えていた「全体小説」論――野間宏は、人間を描くにはその一個の人間に対して「生理」「心理」「社会」の三側面を考慮しなければならない、と言っていた――との絡みで、自らの小説の在り方に関して、次のように書いていた。

「作家の行動」というようなことが、よく話題に出る。（中略）

私にとって、「作家の行動」、「作家のアンガジュマン」、「作家の参加」というようなものがもしあるとすれば、それはビラをまいたり、デモ行進に出たり、声明に署名するというようなことではない。それらは私もするが、私は別に「作家として」しているわけではない。ひとりの人間として、そういうことしかできないふつうの人間、「タダの人」としてしているだけのことで、それだけのことにぎょうぎょうしく「作家」というようなことばを冠したくない。私には「作家の行動」、「作家のアンガジュマン」、「作家の参加」は、ただひとえに想像力の世界のなかで、密室に穴をあけることができるかどうか、そこに自分が乗り出して行くかどうかにかかっていて、そう乗り出すことで、自分がこれまでに獲得し、手なれたものとして使って来た方法、言葉、文体というような作家のタカラというべきもろもろを根もとのところからくつがえすようなことになろうとも、おそれずに乗り出して行くかどうかにかかっていて、実のところ、そういう作家でない作家には、自分自身をふくめて、オヤ、けっこうですな、今月号のは九〇点ですよ、というような口をきくよりほかにない。（傍点原文）

分かりにくい文学論であるが、「密室に穴をあける」という言葉に注目するならば、ここには今なお日本近現代文学の「伝統」として暗々裏に了解されてきた「私」という「密室」に「穴をあける」という自然主義（私小説）的文学論をいかに「批判」的に対象化するか、という大命題と取り組むところにみずからの目指す文学（小説）は存在する、ということになるだろう。次の引用は、まさにその結論である。

私にとって、「全体小説」とは、まさに、そうした「作家の行動」、「作家のアンガジュマン」、「作家の参加」の産物以外の何ものでもない。そうでないものは、いくら「全体」を克明に描き出していても、「全体小説」でも何でもないし、逆に「全体」にまともにぶつかる、つまり、食欲と好奇心と冒険心と愛情にみちあふれながらぶつかる、いや、みちあふれることで必然的にぶつかることになってしまうのだが、そうあいなってしまったあげく、たとえ、そこにひとりのラーメン屋のおネエちゃんしか立ちあらわれて来ていないとしても、いや、たとえ、そこに作家の分身とおぼしき人物ひとりのため息しかきこえて来なかったにせよ、私には、それは「全体小説」として捉えられるのである。そして、私はそうした「全体小説」を書きたい。いや、書きつづけたい。（傍点原文）

このように小田実が一九七〇年代の初めに野間宏らの「全体小説論」を意識した文学論を展開していたこととの意味は記憶しておくべきだが、それとは別に、彼の文学観において「異者」という概念が重要な意味を持っていることも忘れてはならない。小田実が「異者」について言及した最初は、知る限り、一九八〇年八月号から一九八九年九月号まで「群像」誌に十年間の連載された『ベトナムから遠く離れて』が三冊の単行本として一九九一年の七月、八月、九月に刊行された際の挟み込み「私の自伝的小説論I・II・III」（この文章は講演録『異者としての文学』一九九二年九月　河合出版刊に「附録」として再掲されている）においてである。

小田実は、この「私の自伝的小説論」の「III『私のベトナム』としての『小説世界』」の中で、次のように書いている。

「小説世界」には、いろんな人が住んでいる。いろんな人が住んで「世界」ができ上る。「世界」には自分ひとりが住んでいるのではない。私が「私小説」を買わないのは、「私小説」には恰も作者ひとりしか住んでいないような小説が多いからだ。自分ひとりしか住んでいない小説は「小説世界」をかたちづくりはしない。

「小説世界」にいろんな人が住んでいることは、いろんな価値観がそこにあるということだ。Aは赤を好きだと言い、Bはミドリ。Aの立場に立てば、Bは異質の価値をもった異者だし、Bにとってはは異者。まとめあげて言えば、おたがいにとっての異者どうしが住むのが私の言う「小説世界」だ。こうした異者に満ちた「小説世界」が小説の基本にあると考える私にとって退屈なのは人生いかに生くべきかを書くのが小説であるという考え方だが、これは逆にも言えて、人生いかに生くべきかを書くことなどは小説ではない、ただ美しく書いてあればいいのだという考え方もいただきかねる。「小説世界」には、現実世界同様に、人生いかに生くべきかを懸命に考えている人もいるだろうし、逆にそんなことを考えないことを自分の生き方の基本としている人はいくらでもいる。

異者はそれぞれに生き方の流儀と言い分をもっている。口に出さなくても、それは顔に、表情に、姿勢に出て来る。あるいは、彼、彼女の人生そのものが言い分を表現している。「小説世界」は、せんじつめれば、異者の流儀と言い分の共生の場であるとともにぶつかりあいの現場だ。

確かに、自身で言うように小田実の小説は「異者」だらけで、短編でも長編でも、「私小説」のように登場人物（異者たち）のうち誰が「作家の分身」であるかが簡単にわかるような仕組みになっていない。というより、「作家の分身」を想像させるような人物は小田実の小説には、ほとんど登場しない。ただ、「私にとって退屈なのは人生いかに生くべきかを書くのが小説であるという考え方」というのは、小田実の小説に出て来る「異者」から「人生いかに生くべきか」を読みとった者にしてみれば、そのような言い方は「異者」を強調するあまり言い過ぎなのではないか、と思わざるを得ない。例えば、太平洋戦争の「悲惨」を描いた『ガ島』（一九七三年）の戦没者の遺骨収集に執念を燃やす登場人物（異者たち）から、読者は「反戦」を内に秘めた「人生いかに生くべきか」といった問いを読みとらないだろうか。あるいは、英語に翻訳された『ＨＩＲＯＳＨＩＭＡ（英語名『The Bomb』）』（一九八一年）をアメリカ人の書評家は「喜劇」だと評したと言うが、この長編の登場人物らの言動から読者は作者の「反戦」意識の強さと「核と人類は共存できない」という根源的なメッセージを受けとらなかっただろうか。

というのも、この「私の自伝的小説論」の中で「これまでに二冊の文学論を書いた」と言っている『「鎖国」の文学』（一九七五年　講談社刊）と『小田実　小説世界を歩く』（一九八〇年　河出書房新社刊）で取り上げている小説類は、私の見るところそれぞれ「流儀」は違っていてもどれも「人生いかに生くべきか」という問いと真摯に向き合っていると思うからに他ならない。因みに、小田実が『小田実　小説世界を歩く』で取り上げている作品は、列記すると、『猫と庄造と二人のおんな』（谷崎潤一郎）、『迷路』（有島武郎）、『井原西鶴』（武田麟太郎）、『土』（長塚節）、『仮想人物』（徳田秋声）、『太陽のない街』（徳永直）、『三等船客』（前田河広一郎）、『郷愁』（高史明）、『黒潮』（徳富蘆花）、『坊ちゃん』（夏目漱石）、『業苦』（嘉村礒多）、『大根の葉』（壺井栄）、『火の唇』（原民喜）、『ノーノー・ボーイ』（ジョン・オカダ）の十四作品。このラインアップを見れば、これらの内の多くが「人生いかに生くべきか」を問うている小説であることが分かるだろう。

なお、それとは別に、この十四作品を取り上げて論じた『小田実　小説世界を歩く』の「まえがき」に、文学論として見過ごすことのできないことが書かれていた。

小説の書き手に想像力の働きというものがあって、小説を書くという作業のバネになっているのなら、読み手――読者のほうにも、読者の想像力というものがあるにちがいない。その働きがあってはじめて、元来は紙の上の文字の羅列にすぎないものが、現実世界のたたずまいをもって身に迫って来る。「美女」が、只の二字の漢字の結合から、彼女のふとしたまなざしの変化、からだの動き、動きとともにほのかにただよって来るからだの匂いとともに立ちあらわれて来るのは、もちろん、そこは小説家のみごとな筆さばきに喚起されてのことだが、読者の想像力の働きがあってのことだ。もちろん、まずあるのは、必要なのは、小説家の想像力だ。しかし、いくら小説家の想像力がいかにみごとに羽ばたこうとも、読者の想像力が眠ってしまっていては、それこそ絵に描いたモチ、いや、二字の漢字にすぎない「美女」だ。ほのかに匂って来たりはしない。

創作物＝表現の批評や鑑賞に関して「読者」の存在が重要な役割を果たすという主張を展開した外山滋比古の『近代読者論』（みすず書房）が刊行されたのが、一九六九年。とは言え、文学研究や文学批評の世界ではまだまだ「作者」の創作意図や方法を問う傾向が主流であった。W・イーザーの『行為としての読書』（岩波書店）が邦訳刊行されるのは、『小田実　小説世界を歩く』が刊行された二年後（一九八二年）である。もちろん、小田実が読書において「読者の想像力」を強調する以前にも、サルトルから影響を受けた戦後文学者の野間宏や小田実とほぼ同世代の大江健三郎等が、「創作」あるいは作家における想像力の重要性については、例えば野間宏は『全体小説と想像力』（一九六九年河出書房新社刊）等で、大江健三郎は自選評論集「同時代論集三」の『想像力と状況』（一九八一年　岩波書店刊）に収められた論稿などで、力説していた。小田実が彼らから全く影響受けなかったとは言えないが、「小説は小説家の想像力、体験、認識、思想だけでは書けない。これはあたりまえのことだ。

小説世界は文章によってかたちづくられる世界で、ここでおのずと問題となってくるのは小説家の文体だろうが、文体のことを言うなら、読者の文体というものもあるにちがいないと私は思う」というような「想像力」論は、小田実独特なものと言っていいのではないか。

小田実は、「私」やその関係者だけが登場する「私小説」に象徴されるような日本の近現代文学、それはまさに「密室」の中のドラマ（主に「悲劇」）ということになるが、そのような「密室」に穴を穿つものが、作家の想像力であると同時に「読者の想像力」でもあるという、現代では当たり前に思われるような小説論（文学観）を一九八〇年代の初めに提出していた。このことの文学史的意味を私たちは改めて考える必要があるだろう。というのも、小田実は『小田実　小説世界を歩く』を世に問う少し前に、『「鎖国」の文学』に収められた論稿で同世代文学を批判的に論じるということがあったからである。

『「鎖国」の文学』は、「高橋和巳論」と自分の「戦争―戦後」体験を綯い交ぜにした文学論を展開した論稿と言っていい「赤茶けた面積から――「治者」と「タダの人」――」に始まり、開高健の内部に抱えた「虚無」とベトナム戦争体験から派生した佳品『夏の闇』（一九七二年）について論じた『見る』ことと『する』こと」、現代作家たちの在り方（立ち位置）について論究した『見る』『見られる』『見返す』」、身辺雑記風の文学がもてはやされる現代文学の風潮を批判した「で、どうなんだ?」、「内向の世代」の文学が流行している「豊かな日本」と文学の本質的在り方について論じた『繁栄』の文学」、そして「治平」傾向を強めている現代文学の在り方に警鐘を鳴らした『鎖国』の文学」という六篇の文学論を収録している。そのうち小田実の文学観が色濃く反映しているのは、やはり標題ともなっている「『鎖国』の文学」だろう。

小田実は、『「鎖国」の文学』の中で、葉山嘉樹の『海に生くる人々』（一九二六年刊）を「プロレタリア文学」の傑作だからという理由ではなく、その独特な「言葉遣い」とそれと関係する「文体」に着目しつつこの作品が「開かれた小説」であることを理由に高く評価する。小田実の言う「開かれた小説」とは何か。小田実は『海に生くる人々』が「開かれた小説」であるのは、作者葉山嘉樹が「人びとにむかって開こうとする志と力と技がそこにあるからだ」として、『海に生くる人々』の中で使われている「私」と「われわれ（我々）」との関係を例に、次のように言う。

『海に生くる人々』が私の心をとらえるのは、それが「私」のことを考えながら（この「私」は、平等、自由、独立を基本とした「民主的」な「私」だった）、同時に「我々」のことから眼をそらさなかった文学であるからだ。世の凡百プロレタリア文学の作品は、多くの場合、後者のみを念頭においた文学だった。あるいは、前者を後者に機械的に結びつけた文学だった。そして、前者だけをひたすら考えようとする文学——これはもう今の世の中に充満している文学だろう。

そして更に「開かれた小説」について、アメリカのカート・ヴォネガットやフィリップ・ロスの文学、あるいは李恢成や金石範などの在日朝鮮人文学などを具体例として挙げて論じながら、野間宏の『暗い絵』や中村真一郎の『シオンの娘等』、武田泰淳の『蝮のすゑ』、梅崎春生の『桜島』、椎名麟三の『深夜の酒宴』、堀田善衛の『歯車』などを、「外にむかって自分の『私』を開こうとする志と力と技をもつ、すくなくとも、もとうとすることにおいて共通していて、それが私の心をとらえた」として、『私』を外にむかって開くとは何か」と自問し、「外」については、以下のように書く。

戦後文学者が作品の「私」を開こうとした「外」のなかには、社会だけがあるのではなかった。たとえば、性があった。人間の生理もあった。異質な思想もあった。イデオロギーもあった。芸術もあった。あるいは、異質の文化、ことば。あるいは、もうひとつ言って、異質の「私」。それらはからみあい、もつれあいしながら、彼らにとっての「外」をかたちづくっていた。「外」とは、総称すれば、自分にとって異質なものだということだろう。彼らはそこから眼をそらさなかった。いや、その最上の作品においては、彼らは作品の主人公、あるいは、主人公たちの「私」をそこにぶっつけ、そうすることで、作者自身の「私」をも異質なものにぶつからせていた。やわな「私」なら、その異質なものとのぶつかりあいの衝撃によって、たちまち、消滅してしまったにちがいない。

そして、戦後文学の作品に現れた「私」と「外」との関係について、武田泰淳の『蝮のするゑ』の有名な「生きて行くことは案外むずかしくないのかも知れない。ともかく、みんなこうして生きている以上は。」という言葉は、「自分が『みんな』と何ら変わらない存在であることを徹底して認めること」を意味しており、そこにこそ「民主主義」思想の根源に横たわる、「私」を「われら」へと開いていくことを命題とする戦後文学の真骨頂がある、と小田実は言うのである。「『鎖国』の文学」は、後藤明生が『思い川』で使っている「支那人」という言葉は、「内」に閉ざされていることに無自覚な作家の「鈍感さ」の現れだとし、併せて黒井千次の「私の内面生活、そこにすべてがある」というような考え方を批判すると同時に、後藤明生や黒井千次と同世代の批評家秋山駿の「小松川女子高校生殺害事件」の犯人「李珍宇」について論じた「内部の人間」（一九六三年）が、犯人が「在日朝鮮人」であることの意味を全く無視している批評の方法である、と批判している。このことからもわかるのは、『「鎖国」の文学』は主に「内向の世代」の文学者たちや彼らに先行する吉田健一や阿川弘之といった「文学主義＝芸術主義」の批評家や作家を批判することを主目的とした論稿を集めたもの、と言っていいだろう。つまり、高度経済成長政策の「成功」によって「豊か」になった日本社会を背景に「私」を包摂する「われら」の存在を等閑にする「内向の世代」に代表される文学傾向に対して、小田実は根底から「異議あり」の声を挙げたのである。

そして、小田実は、「鎖国」を憎む理由として以下の四つを挙げる。

ひとつは、「鎖国」をつづけるかぎり、その閉じられた精神のありようのなかに人間が生きて行くかぎり、民主主義はないからである。

二番目には、そこでは、「生きて行くことは案外むずかしくないかも知れない」が、いつ何どき、「死んで行くことは……」に転じる――それに対する歯止めがないからである。いや、歯止めどころか、「鎖国」の精神の方向は、まっすぐ、前者から後者をさしている。

第三の理由。「鎖国」の精神の狭さは退屈だ。面白くない。そこで、人間はひたすら感傷的になり、鈍感になる。そして、もうひとつ、これがまったくやっかいだが、ひとりよがりになり、傲慢になる。もうひとつ、途方もなく残酷になる。

第四。そんなところでは、人間のくらしにとっても文学にとっても、かんじんの「私」があり得ない。それをかたちづくることができない。「私」がなければ、「われら」もない。したがって、「彼」「彼ら」もない。

以上のような文学観に基づいて小田実は、『「私」にとって「外」の異物ちゅうの異物は「戦争」だった』、と断言するのだが、小田実の『明後日の手記』に始まって『河』（作家の死によって中断）に終わる数々の短編・長編小説において小田実の文学観が典型的に表れているのは、『ガ島』を皮切りに晩年の短編連作集『子供たちの戦争』（二〇〇三年　講談社刊）に至る「戦争小説」だろう。

〈3〉小田実の「戦争小説」

一九四五年八月十四日の「大阪大空襲」等戦争末期における空襲によって大阪の街に出現した「難死＝無意味な死」を目撃したことを基底とする小田実の「戦争―戦後体験」は、先にも触れたように小田実文学の「基底」を形成することになった、と言っても過言ではない。特に『難死の思想』（一九六九年）を刊行することで、「作家・小田実」の小説以外の評論やエッセイ類の総てが「敗戦」を挟む戦時下―戦後体験に由来するものであることが明確になって以降の作品において、そのことは顕著になったと言っていいだろう。これもすでに触れたことだが、小田実は『難死の思想』を刊行した直後の一九七〇年三月に、高橋和巳や開高健、真継伸彦、柴田翔らと同人誌の『人間として』(筑摩書房刊)を刊行するが、その創刊号から戦時下の自分を模した少年を主人公とした自伝的小説『寸兵尺鉄』を連載し始める。この長編は結果的に第四号までで連載が中断し、以後完成することはなかったのだが、小田実が「最大の異者」とする「戦争」に対して本格的に取り組むことを告知した記念すべき「未完」作品と言うことができる。なお、この小田実が最初に取り組んだ「戦争(体験)小説」は、およそ三十年後の短編連作集『子供たちの戦争』と共に考察されるべき、と考える。

①「少国民」の戦争——未完小説『寸兵尺鉄』と『子供たちの戦争』

『寸兵尺鉄』(『人間として』一号〜四号　一九七〇年三月、六月、九月、十二月)は、小田実の小説作品の中で最初の戦時下における自分の体験を基に書かれた「自伝的」要素の強い作品である。その意味では、日本の近代文学の伝統と化していた「自然主義文学＝私小説」的方法を否定し「全体小説＝虚構」をその作家的出発の時から目指していた小田実にしては珍しい作品であり、そのこともあって「面白く」読める長編なのに何故「中断」したのかは不明として、この時期(一九七〇年)にどうして「自伝的」作品を書こうとしたのか、このことだけは最初に確認しておきたいと思う。

というのも、この未完長編は「時代・状況」に押されて書かれたのではないかと推測される面が多分にあると同時に、小田実の「戦争＝太平洋戦争」観を色濃く反映している小説だと思うからに他ならない。ではまず、「時代・状況」に押されて、という点についてであるが、それは六〇年代後半から七〇年代初頭にかけて全国を席巻した「反戦運動・政治の季節」の渦中にあって取り沙汰されるようになった先のアジア太平洋戦争の「見直し」――その嚆矢が「転向作家」林房雄による「大東亜戦争肯定論」（『中央公論』一九六三年九月号）であり、三島由紀夫による「二・二六事件」に決起した青年将校や北一輝ら国粋主義者の礼賛であり、井上光晴や吉本隆明ら「戦中派」のアジア太平洋戦争再検討の動きだった、と言っていいだろう――と深く関わっていた。一九六五年四月、小田実が開高健や大江健三郎、鶴見俊輔らの知識人と諮って、激化するベトナム戦争に反対する運動「ベトナムに平和を！市民文化団体連合」（通称「ベ平連」、後に「ベトナムに平和を！市民連合」）を組織し、本格的に「ベトナム反戦」に取り組むようになったことも、文学史的には「平和と民主主義」を推進してきた戦後派の衰退及び「右派＝ナショナリスト」と目されていた林房雄や三島由紀夫の活躍と全く無縁だったとは思われない。

さらに言えば、南ベトナム政府軍を支援するアメリカ軍が「北ベトナム爆撃」を敢行し、しかもナパーム弾や五百キロ爆弾を搭載した爆撃機や艦載機が沖縄の嘉手納基地をはじめとする日本各地の米軍基地及び日本寄港を目論むアメリカ軍空母から発進していることを知った小田実らが、自分たちが子供の頃に目撃した「焼跡＝荒廃」と同じ光景が北ベトナム各地に出現しつつあったことを看過することができなかったが故に「ベ平連」を組織したことと深く関係しているだろう。と同時に、自分たちが「少国民」であった時代の経験を顧みる必要を感じたが故に、『寸兵尺鉄』の執筆を思い付いたのではないか、ということである。なお、ついでに言っておけば、小田実たちが推し進めたベトナム反戦運動（「ベ平連」の運動）は、従来の労働組合や平和運動組織を動員しての大衆運動とは違って、あくまで「個人」の判断に基づく行動によって成り立っていたという点で、本質的に異なるものであった。これは、時代がそれほどまでに個人の成熟によって動かされた証でもあったのだが、ベ平連の「対等・平等」を組織原則とする運動は、すぐに学生運動における「全共闘運動」、あるいは青年労働者を中心とした「反戦青年委員会」の運動に採用された。六〇年代後半から本格化した「政治の季節」における反体制運動がそれまでの反権力闘争と比較して画期的であったと言われるその理由の多くは、この「個人」を単位とするベ平連的組織原則に負っていたからではなかったか。

戦後二十数年、確かにこの国は「平和」であった。「日本国憲法」における「第九条」の拡大解釈によって警察予備隊（後の自衛隊）が創立され、年毎に増強されるようなことはあっても、一九九一年に起こった「湾岸戦争」にアメリカの要請にこたえる形で行われた「ペルシャ湾派遣」まで、長い間この国が外国の軍隊と直接戦火を交えるということはなかった。しかし、高度経済成長政策の成功と軌を一にするような、直接的間接的な「ベトナム戦争」へのこの国の加担は、戦後の「平和」が実は見せかけでしかなかったことを、白日の下にひきずりだした。小田実たちのベ平連の最大の功績は、まさにこの点にあった。ベ平連は、戦後社会の「平和」が見せかけでしかなかったことを正確に撃ち、しかもその見せかけの「平和」の下で第三世界を犠牲にして「豊かさ」を享受するこの国の人々の在り様をえぐりだしたのである。ベトナム反戦運動が戦後秩序への根源的な疑義・否定を意味していたと言われる、これが所以である。

ベ平連の指導者の一人であった小田実が、このような状況の本質を見抜いていなかったはずがない。見せかけの「平和」の下で物質的な「豊かさ」だけを追いかけてきた〈戦後〉を本質的な意味で対象化するには、いまいちど〈戦前〉が実はどのようなものであったのかを明らかにする必要がある、と小田実が考えても何の不思議もない。『寸兵尺鉄』が「時代・状況」に押されて書かれたと推測する、以上がその理由である。

さて、この未完の長編『寸兵尺鉄』であるが、連載の毎回に、明治の元老岩倉具視の「今日政府の頼で以て威権の重をなすものは、海陸軍を一手に掌握し人民をして寸兵尺鉄を有せしめざるによれり、……陛下の受信して股肱とし且つ以て国家の重きをなす所の陸海軍警視の勢威を左右に提げ、凛然として下に臨み、民心をして戦慄するところあらむべし」という言葉がプロローグとして掲げられていた。「寸兵」も「尺鉄」も、ともに「短い武器」「小さい武器」という意味の漢語であることを考えると、この岩倉具視の言葉をプロローグとしてこの長編を書き継ごうとした小田実のモチーフは明白である。

つまり、小田実は「小さな武器」の中でも最も「小さな武器」であった「少国民」時代の自分を核に、老若男女を問わず全ての「人民」を「小さな武器」として戦争に動員しようとしていたアジア太平洋戦争下のこの国を、「小さな武器」の目から対象化せんとしたのである。小説の舞台は大阪。主要な登場人物は、主人公格の「毅」とその家族、友人。時代はアジア太平洋戦争が激しさを増した年の暮から翌年にかけて。物語は、「毅」が四人の同級生と駅のプラットホームで薄汚れた白人の捕虜を目撃したところから始まる――この大阪の市内での白人捕虜の目撃は、開高健も同じような経験をしていて、当時の子供たちに自分たちがいよいよ戦時下の生活を送っているのだという自覚を促すような事件であった――。「毅」は、本ばかり読んでいるので「ぶんじゃく」と呼ばれ、また父親が弁護士をしていたために、「ベンジョゴシの息子」とあだ名を付けられている。「毅」と四人の同級生は小さな諍いをしながら、「悪ガキ仲間」としていつもつるんで遊んでいて、四人のうち「杉野のデカチン」は妾の子、「黒田のクロマメ」は米屋の息子、「坂口のピン助」は二等兵からたたき上げた職業軍人（准尉）の子、「水島の土びょうたん」は航空機製造会社幹部社員の二男、という設定になっていた。なお、後にまた検討するが、『子供たちの戦争』に登場する子供たちと『寸兵尺鉄』に登場する子供たちはかなりの部分重なる。

もし小説という文学様式が、典型の時代における典型の人物を描き出す、という側面を否応なく持つものであるとするならば、この『寸兵尺鉄』の主人公を含む五人の「少国民」の布置は、太平洋戦争下の人々の在り様を剔抉する方法として、実に行き届いた配慮と言うことができる。しかも、これは小田実自身の履歴と重なる部分であるが、主人公の父親の職業を「弁護士」に設定したことは、プチブル・インテリゲンチァこそ時代の波をまともに受けるという点で、十分に考え尽くされているという印象も受ける。

日本が負けるということを言い出した人間は毅のまわりにはただ一人いた。それは毅の父だった。真珠湾攻撃の日、つまり、大東亜戦争が始まったその日の夜に、彼は「日本は負けるぞ」と断言したのである。ちょうど家族じゅうみんなで茶の間で皇軍の大戦果のラジオ・ニュースをきいたまさにその直後のことで、一瞬、毅は父が何を言ったのか判らなかった。いや、判らなかったのは毅だけではなかったにちがいない、下の兄の高志が「何やって、お父ちゃん」とすぐことばを返した。

「日本は負けるぞ。」

高志のせきこんだ問いに応じて父はゆっくりくり返した。

（中略）

「何で敗けるんや。」

毅は怒ったように言った。（中略）

「国の大きさを比べてみぃな。」

「…………」

「日本はな、カルフォルニア一州より小さいんやで。」

「…………」

「鉄の生産量がまったくちがうぞ。近代戦は鉄や。鉄がないとあかへん。」

「…………」

（第二章「二」）


この弁護士の父親が太平洋戦争の開始時に「日本の敗北」を予見したというエピソードは、小田実自身の父親のことであったということが『二つの「世の中」』（一九七二年）や『私と天皇』（一九七四年）に収められた諸論考によって確認されることで、既に周知のことに属する。しかし、この長編では、それまでに培われた「知識」を基に冷静に「日本の行く末」を見通す父親の姿と、真珠湾攻撃の成功に酔って「日本の敗北」など夢にも考えられなかった子供たちとの対比が、これこそ「戦時下の日本」がどのような状況にあったかを反映するエピソードとして興味深い形で描き出されている。

世の中の全体が「戦勝」に熱狂している時、冷静に状況分析をする「インテリゲンチァ（知識階級）」であると同時にあくまでも「タダの人」であった自分の父親が示した「したたかさ」に、小田実は『寸兵尺鉄』の主人公の父親像を重ね、そんな庶民＝タダの人も戦時下において確かに存在したということを描き出そうとしたのかもしれない。と書くと、この主人公の父親はいかにも毅然とした態度で戦争に対処したように思えるが、作品のなかではまったく颯爽とせず、兄弟の遺産争いの裁判などで糊口をしのいでいるような人物として描かれ、そのような特別な人物ではないという設定に作家の周到な計算を感じることができる。

ところで、先の引用の「毅は怒ったように言った」のあとの（中略）の部分には、《いや、彼は、本当に怒っていたにちがいない。そんなことを言いだす父に怒っていたのだろう。怒っているというより、たまらなく気恥ずかしかったのかもしれない。》という作者の主人公の心理に対する推測が書きこまれており、〈皇国少年〉たる主人公と「非国民」の父親との対立、という構図をさりげなく浮き彫りにしている。

〈皇国少年〉、この存在が例外でなかったことは、戦中派作家の戦争時の自己をモデルとした作品や回想を読めば、すぐ理解できる。例えば、小田実より少し年長の井上光晴の『ガダルカナル戦詩集』（一九五八年）には、「天皇陛下のために死ぬ」ことを至高の喜びと考える青年たちが中心に登場してくるし、年少の大江健三郎はエッセイ「戦後世代のイメージ」（一九五九年）の中で、自身の体験を基にして、教師に「天皇陛下のために死ねるか」と問われて、「死にます」と答える小学生（大江自身のこと）が存在したことについて書いている。当時の青少年は学校教育の中で誰もが〈皇国少年〉になる以外どんな道も残されていなかったのである。当然、小田実も例外ではなかった。
『寸兵尺鉄』で、なぜ主人公（毅）が「ブンジャク」とあだ名されているかと言うと、それは彼が本好きというだけでなく、「作文」が上手だったからであった。「毅」が書いた時代（権力、そしてその先兵たる学校の教師）の要請を素直に受けて綴った「神社参拝」「米鬼のほりょ」といった作品は、選ばれて学校文集に載るようなものであった。《小父さんといっしょに息子さんの武運長久をお祈りした。息子さんは、今、どこかの南洋の島かげで、天皇陛下のおんためにたたかっていられるのだ。そういう兵隊さんたちのおかげで、大東亜共栄圏はつくられるのである。／忠霊塔の近くは、ひっそりして、さびしい。／ここでは、最敬礼だけした。ここは戦士した人が、祭ってあるのだと思うと、身のひきしまる思いがして、涙が出た。》（「神社参拝」の最終部）
あるいは、「毅」は「米鬼のほりょ」で《ほりょは人間の皮をかぶった鬼なのです。（中略）ほりょになっても、敵は敵なのだ。鬼は鬼なのだ。ぼくはそれを忘れてはならないと思った。》とも書く少年として設定されている。「毅」は、大江健三郎が報告するところの、教師の「天皇陛下のために死ねるか」の間に、「死にます」と答える小学生とほとんど同質のメンタリティを持った子供として描かれている。〈皇国少年〉のステレオタイプ、といっても過言ではない。この作文の件のほかにも、「毅」は虚弱体質にもかかわらず兵士になることを夢みる子供として、さらには右翼思想にかぶれた次兄や戦闘機を製造している会社の役員をしている「水島の土ビョウタン」の父親にあこがれる少年として、この未完の長編の中での役割を与えられている。
ところで、なぜ小田実はこのような〈皇国少年〉の在り様を自己史に重ねるようにして描き出そうとしたのだろうか。その答えは、未完に終わった『寸兵尺鉄』の世界をもう一度短編連作として完結させた『子供たちの戦争』の中にある。時折自分がブルマースを穿いた女の子になった夢と帰還兵が持ち帰った青竜刀を対比的に描くことで、戦時下の「少国民」がどのような思いで毎日毎日を過ごしていたかを描いた『青竜刀とブルマース』、子供たちの「性」への関心を、兵士たちが戦争中利用していた「イアンジョ（慰安所）」との絡みで描き出した『男と女』、小田実が親戚のある姫路に縁故疎開した時の経験を基にした『白と藁草履』、男女の性的関係を想定させる「匂い」と「臭い」の違いについて経験的に語った『匂いと臭い』、そして母親とよく参っていた天王寺の池でよく見かけたゼニガメが、天王寺の五重塔さえ焼き尽くした空襲の際どうなったか心配する子供心について書いた『亀と五重塔』、同居していた年上の従弟の戦時下における「恋」の行方を面白おかしく描いた『軍艦と恋』、そして学校から銅製の二宮金次郎像が消えたことが日本の敗戦と関係あったのではないかと考える子供の戦時下の在り様を描いた『童子と童女』、いずれも『寸兵尺鉄』で描けなかった戦時下における「子供たちの姿」を、ユーモアを交えながら描いたものである。しかも、これらの短編連作の裏側には、おそらく未完の『寸兵尺鉄』にも明らかな、「戦争＝戦時下」では前線の将兵も、また銃後の女子供老人も、一方的に「被害者」であるということはなく、誰も「戦争」に加担していたのだ――「加害」の側面を持っていたのだ――という小田実の戦争観が生かされていると言っていいだろう。つまり、太平洋戦争の開始時に「日本は負ける」と予見した「毅」の父親ともども、『寸兵尺鉄』の主人公「毅」も、また『子供たちの戦争』に登場する様々な子供たち〈皇国少年〉も、ということは小田実自身もということになるが、小田実が敗戦間際に目撃したおびただしい「難死＝無意味な死」の原因の一翼を担っていた、ということになる。

「戦争」は、「殺」の型にはまった〈皇国少年〉の作文をほめあげた担任の軍国教師のような人間だけでなく、「寸兵尺鉄＝小さな武器」に化したすべての人々を巻き込み、他民族はもちろんその国の人々にも「難死」をもたらす、小田実の主張は、明解である。

②「タダの人」の戦争――『ガ島』・『生きとし生けるものは』・『海冥』、そして『玉砕』

理由は定かではないが――自筆年譜によると「人間として」を創刊した翌年（一九七一年）、小田実は体をこわして「私はこの年、大半、病院に入院して寝ていた」とある――戦時下の〈皇国少年〉を主人公とする『寸兵尺鉄』を「未完」で終わらせた小田実は、それから三年、一転して、戦後も三〇年近くたった高度成長期の現代に素材を採った『ガ島』（『群像』一九七三年十月号、単行本同年十月　講談社刊）を発表する。言うまでもなく、この本のタイトル『ガ島』は、太平洋戦争において日本が後退戦に転じるきっかけとなった（一九四三年二月）激戦の島「ガダルカナル島」を直接的には意味しているが、同時に小田実はそこに「餓島＝飢餓の島」を重ねていた、と考えられる。周知のように、アメリカ軍の攻撃に「玉砕」を覚悟せざるを得なかったガダルカナル島をはじめとする南太平洋の島々に残された日本軍は、敵との戦いよりも「飢餓」との戦いを強いられた。
物語は、「うまいで、安いで、ワッハッハッ」のスポット・コマーシャルで知られた「トンカツの西川」チェーンの社長西川が、ひょんなことから妻の姉キヨ子と香港旅行をすることになり、そのオプショナル・ツアーでマカオへ行ったことから、元日本軍軍属の陳と二十八歳の新興不動産業者の中島、そして「南海の孤島のジャングル」からやってきた酋長の息子シメオンとともに、中島がシメオンの島に計画しているゴルフ場を中心とした一大リゾート開発準備の旅行に加わり、「ガ島」を歩き回る、というものである。西川とキヨ子がなぜ中島の計画に加わったかと言えば、二人とも父親を「ガ島」の激戦で亡くしている戦争遺児で、中島にとって「遺児」は開発計画に欠かせない要素であり、西川たちにしてみればタダで「遺骨収集」ができるというメリットがあったからである。

　小田実はこの長編を上梓するにあたって、「この書きものの蛇足としてのまえせつ」を書き、その中で次のようにこの長編を書いた経緯について書いている。

> 　こういう書きものを何という名前で呼んだらよいか。コッケイ小説。マジメ小説。あるいは、戦争小説。平和小説。旅行小説。冒険小説。何だってよろしいが、小説というより、この小説、書きものということばを使ったほうがもっと適切なような気がするが、作者の私にあえて言わせてもらえば、政治小説である。あるいは、もうひとつ言って、ポレミック小説。
>
> 　当今、どうやら、そういう小説ははやらないらしい。誰もが、革命派を自称・他称する小説家までが、文学小説家の顔をしたがる。それは人それぞれの好きずきであってとやかく言うこともないが、なんだか、それではさびしすぎる。せっかくの文学の広大な領域、小説というなんでも入るバスケットの巾が狭くなって、面白くない。小説の対象のはずのかんじんの人間の巾まで狭くなって、みんな、何やら、蒼ざめて見える。それで政治小説である。ポレミック小説である。（傍点引用者）

何が「政治小説」で、何が「文学小説」であるかについては、これだけでは十分に判明しないが、この引用のあとに小田実がアメリカの作家カート・ヴォネガットの「自分の書きものの動機は、すべて、政治的なものである」を紹介して、『ガ島』も「きわめて政治的なものだ」と断言していることを考えれば、少なくとも『ガ島』は「政治小説」として書かれた作品と言っていいのではないか。もちろん、「政治的」ということの意味は、歴史的社会的関係性のなかで人間をとらえる方法、と解釈してということになるが。また、「ポレミック（論争的）」という意味は、当時（一九七〇年代初め）いよいよ現代文学の中心を形成し始めていた黒井千次や後藤明生、古井由吉といった「内向の世代」的文学傾向に対する「挑戦」ないしは「アンチ・テーゼ」の提出でもあった、という小田実風の「戦闘宣言＝異議申し立て」と理解することもできる。

さて小田実は、なぜ日本が太平洋戦争で「敗け戦」に転じるきっかけになった現在の「ガダルカナル島」を舞台とする「政治小説・ポレミック小説」を書こうとしたのだろうか。おそらく、その時の小田実の胸底には、一方でベトナム戦争に積極的（間接的にではあるが）に加担しながら、他方では「経済侵略＝新植民地主義」というかたちで「新たな戦争」を全面展開しつつある日本、という状況認識があったと思われる。この時期の小田実の評論に「『企業ぐるみの自分』・『企業ぐるみの日本』・『企業ぐるみの天皇』」（「終末から」一九七四年八月号）というのがある。

「企業ぐるみの日本」とは――くだくだしくは言うまい。力とお金をもつえらいさんがまんなかにいて、そのまたまわりに小えらいさんたちがあまたいて、そこにまた、人びとは、何のかのと文句を言いながら、これも暮らしのためじゃ、とにかくメシを食わんといかんのやからとつながり、つながろうと必死につとめ――いや、もっと極端に、自分のくらしをみつめてみよう。そこに立ちあらわれてくるのは、「企業ぐるみの自分」であり、そういう自分が無数によりあつまってピラミッド状につくり上げる「企業ぐるみの日本」ではないか。（中略）

日本をわがもの顔に支配しているえらいさんたちの集まりであるケイダンレンでは、えらいさんたちの席順は「宮中席次」によってきまる。（中略）

えらいさんたちは、どうせ、もうすぐ死ぬ。それよりは、たとえば、私と同年輩の中年男の話をしよう。ある国で、中年男の商社員の家に招かれたことがあった。彼の立派な住居の応接間の壁にかけてあったのは、例の天皇一家の団らんの写真であった。私がそれに眼をとめると、こんなもん、と彼は気恥ずかしげに笑い、商売に必要ですからねと弁解がましく言ったが、私は彼の照れくさげな表情にどこか誇りたかぶったものを見出していた。

あるいは、べつの国の日本大使館の「天長節」（戦前のそれでなく現代における「天皇誕生日」――引用者注）のパーティで、大使の日本の繁栄と天皇をほめたたえるエンゼツのあとで「天皇陛下万歳」三唱の音頭をとったのは、これもまた、支店長だという私と同年輩の商社員だった。（傍点引用者）

小田実は「経済活動」のバックボーンとして「天皇」を持ち出してくる「金儲け第一主義」の日本資本主義の体質をここで指摘しているわけだが、『ガ島』では、天皇の名によって引き起こされた先の戦争によって生じた「遺児」たちが、「豊かな国日本」からのお客を目当てにリゾート開発を行おうとしていることの「あざとさ」や「浅ましさ」を、「タダの人」がいかに「したたかに」、そして「たくましく」生きているかの裏返しの在り方だということと共に、高度経済成長下の日本資本主義を批判的に浮き彫りにする形で描き出している。小田実は、『ガ島』で丸ごとの日本資本主義を、あるいは世界（アジア・第三世界）のなかの日本資本主義を対象化せんとしたのだろう。作者が『ガ島』をこの時代には珍しい「政治小説」と規定する所以である。

ところで、『ガ島』における「タダの人」、つまり「うまいぞ、安いぞ、ガッハッハッ」の西川とその義姉キヨ子の作品内での位置に関してであるが、不動産会社の青年社長中島に「利用」されて「南海の孤島のジャングル」まで、「遺骨収集」に出かけていくという点から考えてみると、一見「目先のおいしい話」に飛びついて大局的見地に立つことのない、まさに「タダの人＝庶民」の典型を体現しているように描かれているように思える。しかし、作者の小田実は青年社長中島の「遺骨」収集などとは全く関係ない「金儲け」主義に同調しているように見せながら、「タダの人」がいつの時代でも、「生活＝生きる」ことにはしたたかでありながら、力を持つものに結果的には利用されてしまう「悲しい存在」であることを強調しているように思える。言葉を換えれば、「過去の戦争」を踏みつけても「現在の豊かさ」を追求する社会総体の動きの「犠牲者」となる「タダの人」の宿命に対して、小田実は暖かくやさしいまなざしを注ぎつつ、そのような「タダの人」の在り様を批判していると言っていいだろう。

さて、『ガ島』で示された小田実の「もう一つの戦争」であるが、作家はこの『ガ島』とその小説的シチュエーションにおいて非常によく似た長編を、『ガ島』から二十年近く経ってもう一度書く。『生きとし生けるものは』（「群像」一九九〇年十月号、単行本一九九二年九月 講談社刊）である。「平和と繁栄、協調と共生」の旗印の下、大阪の土建屋がかつては玉砕の島、いまはアメリカ軍の基地の島に一大レジャーランドの建設を計画し、その成功のために元アメリカ大統領夫人ジャクリーヌと天皇家の二男夫婦の「そっくりさん大会」や、「スモウ大会」を開くまで、というのがこの長編の粗筋である。「過去＝戦争の傷跡」など蹴散らして「金儲け」のためには何でもやってしまうのが「日本資本主義」であるという主張は、『ガ島』と『生きとし生けるものは』とがまったくの相似形であることを如実に示している。

ただ一九七三年と世紀末を迎えた九〇年代では、小田実の主要な小説的戦略であった「タダの人」への加担に幾分の変化がある。どういうことかと言えば、『ガ島』の時代には、小田実の内部で「タダの人」はア・プリオリに肯定的されるべき存在であったのに対して、『生きとし生けるものは』では、日本資本主義の「金儲け第一主義」を支えているのは実は「タダの人」であって、そんな「タダの人」の在り様を否定的にとらえないかぎり現代世界の核心に迫れない、という思想的水位を小田実は獲得するに至っていたのではないか、と思えるからである。先のアジア太平洋戦争の「犠牲者＝死者」が眠る島を「リゾート開発」して金を儲ける。これは、まさに「過去＝歴史」を忘れ、「平和・繁栄・協調・共生」などの美辞を並べて「金儲け」に走り、みせかけの「豊かさ」と「平和」に彩られた日本を支えているのは「タダの人」ではないのか。『生きとし生けるものは』の小田実の筆は、そこまで届いている。

そんな「タダの人」の現在の在り様も、小田実にとっては「もう一つの戦争」と呼べるものであったかもしれない。小田実の「戦争」との非妥協的な闘いは、更に続いていた。

小田実の「異者としての戦争」を考える時、『生きとし生けるものは』より少し前に発表された短編『河のほとりで』（「社会文学」第一号　一九八七年六月）を忘れるわけにはいかない。ナチス・ドイツの「ユダヤ人収容所」の所長ルドルフ・ヘスが毎日毎日ユダヤ人をガス室送りなどで虐殺しつづけながら、他方で家族のいとなみを普通に行っていたという、当たり前と言えば当たり前の「戦時における日常生活」を何故冷血な殺人鬼ルドルフ・ヘスは行うことができたのか。小田実は、「戦時における狂気」、それは私たち「タダの人」には分かりにくい「もう一つの戦争」と言ってもいいが、その正体を探るべくこの『河のほとりで』を書いたものと思われる。なお、この短編が一九八五年六月から一年ほど戦後の「冷戦」を象徴する「ベルリンの壁」が崩れる少し前に西ベルリンで家族と共に生活した経験から生み出されたものであること、そして追悼文集『われわれの小田実』（二〇一三年　藤原書店刊）等に付された「著作年譜」類に何故か記載されていないことを考えると、小田実が「いつでも」「どこでも」戦時下において経験した「難死」について忘れることなく、創作の原点にし続けていたことを確認できる作品ということができる。と同時に、この短編が存在することの重要性も再認識する必要があるのではないか、と思われる。

そして『海冥――太平洋戦争にかかわる十六の短編』である。結論的に言えば、小田実はこの『海冥』において、「戦争」で被害（直接的に「加害」の手を下す者として、同時にそれは「被害者」でもあるという関係を含んで）を蒙るのは、いつでも「タダの人」であるということを明らかにした。この短編群は「群像」の一九七八年九月号から一九八〇年一月号まで連載されたもので（『あとがきとしての非鎮魂歌』のみ『早稲田文学』一九八〇年十月号に『鎮魂歌』として掲載される)、書き下ろし長編『HIROSHIMA』の執筆時期(一九七九年~八一年)にほぼ重なる。

『海冥』は、それぞれ「海のいくさ」「船」「骨」「肉」「姦」「風呂」「男」「P—島にて」「指揮官」「卒」「雲、あるいは、愛」「ジャンプ」「ジョギング」「海を眺める墓地」「太平洋の話」「舟」という題を持つ、すべて「小田実」と思しき子供が先のアジア太平洋戦争下において経験したことと「戦争体験」を引きずったまま高度経済成長政策の成功によって「豊かになった日本」——それは同時に、朝鮮戦争及びベトナム戦争への日本の「秘かな加担」がもたらしたものでもあった——に生きる「タダの人」に関わる「短い話」を集めたものである。例えば、戦争下の大阪でアメリカ軍による空襲を経験した語り手(国井)が、大学進学を控えた娘と共に、大学院生の時に経験したフルブライトによるアメリカ留学の時に利用した、今は横浜の山下公園に係留されている船(氷川丸)を見学に行った時、娘の藤子が「(弟の)高志のことなんですけど」という言葉に続けて発した次のような言葉に、親の「戦争体験」が子供に伝わっていない現実や自衛隊に対する世代間ギャップ(親子の断絶)などに対する小田実の「怒り」に似た「絶望」や「哀愁」を読みとることができる。

お母さんとも相談したんですけど、今日、お父さんに言うのがいちばんよいと思って、と言いかけるのをさえぎって国井は、それでついて来たのかとつづけた。藤子はうなずき、うなずいてから、それだけじゃない、自分もお父さんの船を見に来たかったのだと弁解がましくつけ加えた。それで——国井は切口上になっていた。何んだね、いったい。

志望のことなんです。大学の。藤子のことばを国井はまたさえぎっていた。工学部に行くんじゃなかったのかね。藤子はかぶりをふった。防衛大学校へ行きたいと言っているんです。海上自衛隊へ入りたいんですって。何んだって、国井は声をあらだてていた。船に乗りたいんです、あの子。軍艦に……昔、ちょっとぐれたとき、海上自衛隊に体験入隊させてもらったでしょ、お父さんの会社の人に口きいてもらって。あれで、あの子、立ちなおった。そのときからずっと考えていたんですって。これをオレの一生の仕事にしようと。お父さんだって、昔、海軍に志願しようとしたことあるんでしょう、お母さんがそう言っていた。その前に戦争が終ってしまったんだって……

『子供たちの戦争』に収録の「城と藁草履」の中に、小田実と思しき大阪から姫路へ「縁故疎開」してきた小学生が、中学への進学を望まず小学校卒でもそこを修了すれば予備下士官になれるという「航空機乗員養成所」の試験を受けて合格したことが書かれていた。そのことにこの「船」の「藤子」の言葉を重ねると、そこには「戦争は遠くになりにけり」といった小田実の現実感覚が反映されている、と見ることもできる。文学作品は、「時代を超える」と同時に「時代を刻印する」ものであることを、小田実はよく理解していたが故に、この短編は書かれたと言える。

つまり、小田実は繰り返すが『難死の思想』をはじめとする多くの文章に書いていることだが、八月十五日の天皇による「玉音放送」の一日前の「八月十四日の大阪大空襲」で黒焦げになって「理不尽な死＝難死」を強いられた「タダの人」を胸の内に刻印した世代である自分を意識していたが故に、「戦争とは何であったのか」の問いを生涯にわたって忘れることなく、「反戦・反軍」の意識を持ち続けてきたということである。そして、そのような「反戦・反軍」の意識を持ち続けてきたという自負があって、おのれを支え続けることができたと言うこともできる。しかし、この短編連作集は実に奇妙な「戦争小説」集である。「戦記物」でもないし、直接的な戦争（戦闘）場面が作品に描かれているわけでもない。「戦争」は各短編の後背に、あるいは消すことのできない傷痕となって登場するだけである。言葉を換えれば、「戦争」を生の全体性から消去できずに「現在」まで生きてきた「タダの人」の生活と心理の奥深いところを、小田実は過去と現在とが交錯する前衛的な手法で描き出しているということである。『HIROSHIMA』の「第三章」の最後でガンに冒された三人の患者（太平洋戦争とベトナム戦争の犠牲者）が、「幻想・夢」の中でアメリカ大統領と日本国天皇の頭上から「グラウンド・ゼロ」（ニューメキシコ州の砂漠地帯で行われた最初の核実験跡）の死の灰をばらまく場面がでてくるが、『海冥』の諸短編も、モンタージュやフィード・バック、カット・バック、語りの多様性といった映画的方法などをまじえた前衛的手法を駆使して、さまざまな角度から「戦争」を浮かび上がらせる工夫がほどこされている。

そんな『海冥』における小田実の意図を推測すれば、この国が高度成長経済政策の成功によって未曾有の「繁栄」を経験することで、「十五年戦争（アジア太平洋戦争）」はもちろん「朝鮮戦争」や「ベトナム戦争」といったこの国と深く関係した「戦争」をあたかも無かったかのごとく忘却の彼方に追いやっている世の風潮に対して、「否」を突きつけているということになる。あるいは、多大の犠牲を強いられた「タダの人」の内部では、まだ「戦争は終わっていない」現実を明らかにしている、と言ったらよいのだろうか。そのことは、例えば「骨」という作品の次のような個所をみれば歴然とする。

骨は骨であるかも知れなかったが、進が母に悪態をついたようにただのサンゴのかけらかも知れなかった。それとも何か他の生き物の骨だ。あの孤島の地表をくまなくおおった昼なお暗いジャングルの奥深くにはトカゲとかサソリとか、得体の知れない生き物があまた棲息しているとは容易に想像がついた。ただ餓えの島として知られた孤島のことだ。（中略）

もちろん、何か科学的、化学的検査を施してみれば、人間の遺骨かどうかぐらいのことはたちどころに判ったはずだ。実際、進は悪態ついでに学校で検査してもらってやろうかと一言とどめを刺すように言った。そのときの母の顔を進は今でも忘れられないでいる。不意を打たれた、いや、虚を突かれたというのはそのときの母の表情のことを言うのだろう。そのはずみで長年強い意思力で彼女の小さなからだの奥深くに押さえ込んでいたものがタガが外れたように外に出ていた。

戦争未亡人の心の奥で今なお血を流し続ける「戦争の傷痕」、小田は「戦争は終わった」という「豊かな」社会における大合唱に対して、「終わっていない」現実を読者の前にこれでもかこれでもかと提示する。その小田の姿勢は、あたかも一九四五年八月十四日の少年の目に焼き付いたおびただしい数の「難死」者になりかわって、この現在の情況に「異議申し立て」を行うものである、と言っても過言ではない。二度と再び「難死」を生み出さないためにも、「過去」の戦争を「過去」に封印してしまってはいけない、小田の切実な「願い」が『海冥』にはみなぎっている。

そして、次項で他の作品と併せて詳論するが、小田実の「戦争―戦後」体験と創作との関係を考える時、忘れてならないのが『玉砕』（初出「新潮」一九九八年一月号　単行本同年五月）である。この帰化した日本文学研究者ドナルド・キーンが自ら希望して翻訳出版したことで知られる「戦争小説」は、先のアジア太平洋戦争において、「アジアの解放」とか「大東亜共栄圏の建設」というような大義名分が掲げられていた戦争（戦場）において、多大な犠牲を強いられるのはいつも敵味方の区別なく名もなき無辜の民＝タダの人であり、生活の場を戦場とされた現地人（中国やアジア・太平洋地域で暮らしていた人びと）であったことを浮き彫りにした小説である。特に「負け戦」の場合、「タダの人＝敵味方の区別なく下級将校や兵士たち、及び原住民」の被害の大きさは計り知れないものがあった。『玉砕』は、そのような戦争が「タダの人」に強いる犠牲（玉砕）について、太平洋の孤島を舞台に戦場体験のない著者が「戦陣訓」や「歩兵装典」、「戦友」などの軍歌、更にはアジア太平洋戦争中に各地で生起した「玉砕」に関わる多くの資料を駆使して臨場感の溢れる小説に仕立て上げたものである。

まだ雪の残る極寒の北満州から太平洋のある島への転戦命令を受けた主人公（中村分隊長・軍曹）たちの部隊は、「われ身をもって太平洋の防波堤たらん」を合い言葉に、定期便のように訪れる米軍機の攻撃を避けながら、迫り来る米軍の本格上陸に備えて、連日のように海岸線の野戦陣地や内陸部の複廓陣地（洞窟陣地）構築のための穴掘り作業を続ける。そんな日々が続いたある日、孤島守備隊は「大型空母十、戦艦、巡洋艦十三、駆逐艦二十余、艦載機数百機」を備えた米軍の攻撃を受ける。海岸線に構築した陣地はすぐに破壊され、守備隊は次第に島奥に追いつめられ、連夜の「斬り込み」攻撃も虚しく、ついに玉砕の時を迎える。その戦闘場面のリアルさは、作家の戦争に対する高い見識と豊かな想像力が生み出したものと言ってよく、読者は思わず作中に引き込まれる。

また、この小田の『玉砕』には、「朝鮮人」（作中では「半島人——半島人の日本人」という言い方も出てくる）が重要な役割を担って登場している。周知のように、アジア太平洋戦争には当時日本の植民地であった台湾や朝鮮半島出身者が、「日本軍兵士」や「徴員」として動員させられていたが、小田実の『玉砕』は改めてその事実を私たちに突きつけるものであった。つまり、植民地人として「差別」され、さらには最下級の日本軍兵士として「日本」のために生命を犠牲にされざるを得なかった朝鮮人や台湾人たち、彼らの「悲劇」を小田実は敗戦間際に目撃した「無意味な死＝難死」と重ねながら小説に仕上げたのである。

③「最たる異者＝核」に挑む——『ＨＩＲＯＳＨＩＭＡ』の重要性

小田実の「ヒロシマ・ナガサキ」の世界史的な体験を基にした原爆文学である『ＨＩＲＯＳＨＩＭＡ』（一九八一年六月　講談社刊）の文芸文庫版に「核批評としての『ＨＩＲＯＳＨＩＭＡ』」という文章を寄せたワシントン大学やエール大学で日本文学の教授を務めたジョン・トリートは、一九八四年の夏にアメリカの名門コーネル大学で開かれた「核時代の政治」を理論化するために開かれた会議に、日本人の文学者や政治学者が一人も参加していなかったことや、その会議で脱構築理論の第一人者ジャック・デリダが「現代世界において核戦争は不可能だ」と言った主旨のスピーチをしたことを「誤りだ」と指摘し、その上で原爆文学史において『ＨＩＲＯＳＨＩＭＡ』は画期的な作品であることを示唆して次のように書いていた。

小田実と彼の『HIROSHIMA』は、日本の「核批評」にとってとりわけ重要な意味をもっている。小田は、アメリカについての知識と経験から、この国の前途の有望性も欠陥も痛切に意識せざるを得なかった。一九三二年生まれの彼は戦争中故郷大阪でB29による爆撃を経験した。だが、一九五八年彼は東京大学を卒業した後、ハーバード大学で学ぶべくフルブライト奨学金を得て、アメリカの知的生活の何たるかを経験するようになる。その彼が、帰国後数年して、ベトナム反戦運動の組織「ベ平連」の指導者の一人になった。

そのような経験の持ち主である小田実は、原爆文学の作家として、日米関係についてユニークな視点をもって作品を描き出している。国家を戦争へと駆り立てる複雑な要素に対して注がれる小田のコスモポリタン的な視点は、「被害者」と「加害者」に関わるレトリックやその両者の〝なれあいの共謀〟と彼が昔呼んだものに対して敏感に反応している。

現代社会にあっていかなる個人も「被害者」であると同時に「加害者」でもあると言うのが、この〝なれあいの共謀〟である。これは『HIROSHIMA』のテーマであるだけでなく、「ヒロシマ」以後における日本の自前の脱構築である。

何故小田実の『HIROSHIMA』が原爆文学の歴史において画期的であったのか。それは、ジョン・トリートが指摘するように「ヒロシマ・ナガサキ」の出来事を原民喜の『夏の花』(一九四七年)

や大田洋子の『屍の街』(一九四八年) 以降ずっと「被害」の面を強調する傾向が顕著だった現実に逆らい、日本が中国大陸やアジア・太平洋地域へ「侵略=加害」した結果であるという視点を導入しただけでなく、以下のような理由を見い出すことができるからにほかならない。

(1)「ヒロシマ・ナガサキ」を「被爆国・日本」の問題に限定せず、「戦争」に引きずりこまれた世界の「タダの人=庶民」との関係で考えている。

(2)「八月六日」の惨劇をそこに至る「歴史(戦争の歴史)」過程として描いている。

(3)「ヒロシマ・ナガサキ=核」を「過去のできごと」として処理するのではなく「現在、未来」の問題として考えている。

(4)「ヒロシマ・ナガサキ」の悲劇を核エネルギー・サイクル、つまり「ウラン採掘」から「核兵器の製造—使用」、原子力発電所における燃料及び高濃度廃棄物の処分に至るまで、核開発を巡る工程の一環として捉えている。

(5)「ヒロシマ・ナガサキ」に至る日清・日露戦争から始まる日本近代の戦争を「被害」と「加害」の重層的関係として捉えているだけでなく、天皇や政治指導者の「戦争責任」の問題としても考えている。

具体的には、まず(1)についてであるが、それは主要な登場人物の設定を見れば歴然とする。この長編に登場するのは、太平洋戦争が始まる前はテキサスでカーボーイ(牧童)をしていたB29の搭乗員、父親がカリフォルニアに移住した日系二世、故郷を食い詰め家族もろともに日本に移住してきた朝鮮人、そして「広島」で生活していた多くの人々、小田実はこれらの人々が「八月六日の惨劇」に向かって突き進んでいく様を、淡々と彼らの「日常生活」を描くことで浮き彫りにする。すでにさまざまな証言や記録から、「八月六日」当時の広島に二十数人の「アメリカ兵捕虜」が収容所に入っていて被爆したことが明らかにされているが、小田実はそれらの捕虜が「ヒロシマ」の惨劇の中で全員死亡した（殺された）ことをこの長編の柱の一つにしている。この「外国人被爆者」の問題は、「ナガサキ」の場合、さらに規模が広がり、数百人単位でイギリス人、オーストラリア人、オランダ人、インドネシア人、中国人、朝鮮人が捕虜として、あるいは強制連行され、「八月九日」に遭遇したことが明らかになっている。また、被爆作家中山士郎が『天の羊　被爆死した南方特別留学生』（一九八二年）で明らかなように、日本帝国主義の占領地（植民地）政策によって連れてこられたマレーシア人が「ヒロシマ」で被爆している、という事実もあった。

さらに、深川宗俊の『鎮魂の海峡——消えた被爆朝鮮人徴用工二四六名』（一九七四年）や朴秀馥、郭貴勲、辛泳洙の『被爆韓国人』（一九七五年）などが実態に即して報告しているように、広島・長崎の両都市が軍事拠点都市であり、軍需産業の中心であったことと深く関係していたこともあって、植民地朝鮮から渡ってきた人々が数万人規模で生活をしており、結果多くの人が原爆の犠牲者となった。戦後七十五年以上経った現在もなお「被爆朝鮮人・韓国人」の実数は不明で、広島で五万人近く、長崎でも数万人、と言われている。

小田実は、これらの「事実」を『ＨＩＲＯＳＨＩＭＡ』の構成要素として周到に取り入れ、しかもこの作品に登場する「タダの人」が個的には必死にその時代を生きながら、最終的には「終末」に向かって歩まざるを得ない冷厳な現実を見事に描き出している。テキサスのカーボーイも、日系二世も、祖国を捨てざるを得なかった朝鮮人も、みな「原爆」に引きつけられるようにして「広島」に集まり、死んでいく。

そして、この(1)の理由に関して小田実の筆が冴え渡るのは、「戦争＝被爆」という極限状況の只中において、「タダの人」がきれいごとの仮面をぬぎすて、人間の醜悪さをはからずも露呈してしまう場面においてである。

「ユー・アメリカン」

インディアンの少年の亡者（実は日系二世の中学生……引用者註）は最後の息を吐くように苦しげにくり返した。とたんに周りの亡者の列がいっせいに彼をふりむき、一瞬の間をおいて「アメリカ……」といううめき声が亡者それぞれの半ばつぶれた口から苦しげに押し出されて来るのと同時に、そして、そのうめき声が集まってひとつの大きな断末魔の叫びをかたちづくって火焰の燃え狂う暗夜のように暗い夜めがけて立ち昇ったのと同時に、亡者の列は半ば崩れかかった城壁が何かのひと突きで呆気なく全体が崩れかかって来るように彼に向かって殺到し始めた。（中略）

しかし、もう万事は手おくれだった。亡者《ゴースト》が亡者《ゴースト》に襲いかかって来ていた。亡者のみんながからだのうちにわずかに残された力をふりしぼってもう一方の亡者である彼に打ちかかってきた。死に行く者が、あるいは、死んだ者が死に行く者、死んだ者の上に乗りかかった。（Ⅱ）

アメリカ兵捕虜が被爆者の群れによって襲われるという場面であるが、ここでは「加害者」が「被害者」に転化し悲劇を生みだす様が切迫した場面と共に浮き彫りにされている。このような「戦争」や「核被害」における不定形な「被害」と「加害」の関係については、日本人には決して想像できない（発想できない）方法、つまりウラン採掘で放射能に冒されたインディアン（ネイティブ・アメリカン）とアトミック・ソルジャー（核戦争を想定した軍事訓練で放射能に冒された兵士）が治療中の病院で交わす「殺した奴が殺される」、つまり「加害（者）」が「被害（者）」となり、また「被害（者）」が「加害（者）」になるという「戦争の原理」について、それがヒロシマでもまた起こっていたということを強調することで、もうこれは「悲劇」と言うより「喜劇」でもあり、小田実はそのような「悲喜劇」を創り出した「ヒロシマ・ナガサキ＝核爆発」が、いかに非人間的な仕業であったかを改めて明らかにしたのである。

また、⑵の『ＨＩＲＯＳＨＩＭＡ』における〈歴史〉性ということになると、先に記した「被爆朝鮮人・韓国人」がこの長編の主要な登場人物の一人として設定されているということと、もう一点「日系二世」の中学生とそのアメリカ在住の家族が〈歴史＝戦争〉に翻弄される姿を描き出しているところに、それは集約されていると言っていいだろう。戦前、多くの日本人が喰いつめて、あるいは海外での勇躍を夢みて、「移民」となって海を渡っていったが、カリフォルニア移民の中で広島県人の割合は大きく、小田実はその事実に基づき、この小説の中に重要な役割を背負わせて日系二世とその家族を登場させた。

周知のように、一九四一年十二月八日の日米開戦（アジア太平洋戦争の開始）によって、日系移民たちは本国との交通を絶たれ、やがて収容所に閉じこめられる。そして、その後は「アメリカ合州国」

と「日本」と二つの「国家」に引き裂かれ、過酷な運命〈歴史〉に翻弄されることになる。その様は、ジョン・オカダの『ノーノー・ボーイ』(川井龍介訳　一九七九年　旬報社刊)が典型的に示すとおりである。『HIROSHIMA』の「トミイ・ナカタ」(中田富雄)がアメリカにいる時は「ジャップ」と蔑まれ、広島の県立中学で学び始めると同級生から「アメリカのスパイ」として排斥されるのも、〈歴史〉がつくりだす悲劇に対して作者が十分に意識していたことの一つの表れ、と見ることができるだろう。

トミイ・ナカタと同じように、八月六日の惨劇で生命を落とす朝鮮人乙順一家がこの長編に重要な役割を持って登場するのも、「日帝による三十六年間の朝鮮半島植民地支配」という近代史を小田実が踏まえてのことであることは、今さら説明するまでもないだろう。小田が東大在学中に発表した二作目の長編『わが人生の時』(一九五六年)には、日本名から本名に戻す朝鮮人学生が登場するが、在日朝鮮人の多い大阪に育った小田らしく、その作家的初期から「朝鮮人問題＝歴史」に深い関心を持っていたことが『HIROSHIMA』における乙順一家の存在を意味あるものにしたと考えられる。

⑶と⑷の「ヒロシマ・ナガサキ」がわたしたちの現在と未来の生に関わってくるという問題であるが、これは『HIROSHIMA』という長編の「第三章」をどう位置付け理解するかに深く関係している。第三章の舞台は、アメリカの「貧乏慈善病院」のある病室。その部屋には、先に記したようにウラン鉱山の労働者で肺ガン患者のインディアン(ミスター・ペシュラカイ)、ウラン鉱山の下流に住みウラン鉱山の排水を含む水を飲んでガンに冒されたインディアンの少年ラルフ(ロン)、ベトナム帰りの元海兵隊兵曹グレン・テイラー——彼は核戦争下の戦闘を想定した訓練(実際に核爆発を起こし、

その状況下での戦闘訓練）によってガンに患ったアトミック・ソルジャーである——の三人が入院している。そして、ここでは彼らの会話を軸に、「ヒロシマ・ナガサキ」を起点として進んできた「核時代」の現在と、そしておそらくはそんな核状況をひきずったままの未来とが、人間の側から告発される形で描き出されている。

なお、ガンに冒されたミスター・ペシュラカイとラルフ少年の存在は、先にも記したように、〈核〉が原水爆といった核兵器や「核の平和利用」という美名で語られる原子力発電所の問題だけでなく、ウランの採掘から核廃棄物処理までの「核エネルギー・サイクル」全体から考えなければならないことを示し、またそれが現代の思想課題であることを明らかにする。現在、ウランの採掘は、アメリカにしろアフリカ、オーストラリアにしろ、都会地ではなく荒蕪地の「原住民」が住む場所で行われている。当然、ウラン鉱山の周辺（あるいは下流地域）は、核物質に汚染されている。ミスター・ペシュラカイとラルフ少年は、ウラン採掘の犠牲者なのである。私たちは、どうしても核兵器や原発といった目につきやすい存在に対して、「反核」の意思を示しがちであるが、小田は「核」の根っこのところにあるウラン採掘の問題をこの長編で取り上げ、核エネルギー・サイクルの全体が反人間的であることを明らかにしているのである。さらに言うならば、「核」という近代文明（科学）が生み出した存在によって、「少数者＝原住民」が排除される現代世界のアンビバレンツな在り様について、小田はガンに患った二人のインディアンを設定することで「異議申し立て」を行っているといってもいいのかもしれない。

アトミック・ソルジャーの存在については、現在アメリカ合州国全体で五十万人とも六十万人とも言われているが、恐らく旧ソ連やその他の核保有国でもそれに匹敵する数の被爆した兵士や退役軍人がいるのではないか。そして、彼らには普通の人の数倍から十数倍の確率でガンや白血病が発症しているとの調査報告を知れば、どのような「核兵器は最強最終の兵器だ」とか「原発は最も安価なエネルギー源」といった美辞麗句を連ねても、「核」存在が非人間的なものの極致であることは間違いなく、『HIROSHIMA』を書いた小田実の思考はそこまで行き届いている。また、『HIROSHIMA』におけるアトミック・ソルジャーのグレン・テイラーがペシュラカイやラルフ少年との会話の中で、何度となく「グーク」という言葉を使って有色人種を軽視する態度が示されるが、それはいかにも「GI」（アメリカ軍兵士）らしく、しかもその彼がインディアン（グーク）と同じ病室で死を待っているというのは、小田実らしい巧妙な仕掛けであり皮肉であると考えられる。

このアトミック・ソルジャーの問題と核エネルギー・サイクル全体を「核」の非人間性という一点に絞って取り上げた点こそ、『HIROSHIMA』「Ⅲ」（第三章）の重要性と言ってよいのだが、それ以上にこの章が意味を持っていると考えられるのは、先にも記した「殺サレタヤツガ殺シタヤツヲ殺ス」という、一見すると「目には目を、歯には歯を」式の復讐劇を肯定しているような論理によって、「戦争責任」「核責任」の問題を政治の指導者たちに投げかけている点である。このことが、この長編の価値を高めていることも無視できない。

「ヒロシマ・ナガサキ」の悲惨な出来事は、それまで人類が営々と築き上げてきた〈歴史〉を一変させ、「核時代」という新たな世紀に突入したことを告知するものであったが、そのような人類史にかつてなかった重要な出来事をもたらした政治の指導者たち（例えば、日本国天皇、アメリカ合州国大統領）

は、自分たちがいかに「愚かな選択」をしたかについてまったく無自覚であった。一例を挙げれば、あのアジア太平洋戦争の最高責任者・日本国天皇は、一九七五年十月三十一日、アメリカを訪問して帰国した際の記者会見の席上で、次のような言葉を発してヒロシマ・ナガサキの被爆者及び関係者の大顰蹙を買った。

（戦争責任問題を追及されて）私はそういう言葉のアヤについては文学方面の勉強しておりませんので、よくわかりませんのでお答えできません。
（原爆投下について聞かれ）この原子爆弾が投下されたことは遺憾に思っていますが、こういう戦争中のことであることですから、どうも広島市民に対しては、気の毒であるがやむを得ないと思っております。

改めて「天皇制＝無責任体系」（丸山真男）を思い起こさせる発言であるが、小田実はおそらくこの昭和天皇の発言に集約される思想に対して、「殺サレタヤツガ殺シタヤツヲ殺ス」思想をどぎつい表現を承知で対峙させたのだと思われる。『HIROSHIMA』Ⅲ（第三章）は、幻想＝夢の中でガンに冒された三人が黒人の医師とヘリコプターで「グランド・ゼロ」（世界で最初に核爆発がおこなわれたニューメキシコ州アラモゴルド近郊砂漠地帯の実験地点）まで行き、そこの土を鉛の箱につめ、そしてその土をワシントンのホワイトハウス上空まで運び、折りしもホワイトハウスを訪れていた昭和天皇とアメリカ大統領の頭上に撒き散らす、ということで終わっている。

この結末に示されている作家の意図は明確である。「ヒロシマ・ナガサキ」で犠牲になった数十万の死傷者、ウラン採掘で被害を蒙ったインディアンや鉱山労働者、そして何十万ものアトミック・ソルジャー、これらの人々はその多くが「ただの人＝庶民」であった。ホワイトハウス上空で放射能に汚染された土を撒くことを提案したラルフ（ロン）少年に、ペシュラカイが「(そんなことをしたら)世界はどうなるんかね」と聞いたのに対して、ラルフ少年は「タダ、世界ノ順番ガ変ルンダヨ。順番ガ逆ニナル。上カラ誰カガ誰カヲ殺シ、ソイツガマタ誰カヲ殺ス。ソノ順番ガ逆ニナルンダヨ」と答える。「順番ガ逆ニナル」ためには、「革命」しかないことになるが、ここではそこまで想定せずとも、単に「タダの人」が主人公になるような社会＝民主主義社会の実現を作家が目論んでいた、と考えればいいだろう。世界を支配している「上下」の関係をひっくりかえせば、「核」も「戦争」も無くなるはず、というのが小田実の思想に他ならない。広島と長崎に原爆を投下した二人の張本人、アメリカ大統領と昭和天皇が何の反省もなく「やむを得なかった」と開き直っている現状に対して、「否」を『HIROSHIMA』は突きつけていると言えばいいだろう。

ところで、『HIROSHIMA』ではインディアン（ホピ族）の「伝説」が始終変わらず重要な位置を占めているが、世界はこれまでに何度も破滅の危機を経験して、現在は「四番目の世界」であり、このままではまた破滅するかも知れないという警告を発しているこの「ホピ族の伝説」は、再び世界を破滅させるような「核」を容認している人間の愚かさを鋭く告発する。ここには小田実のペシミズム（絶望感）が反映していると言えるかも知れない。この長編が平板さを免れているとするならば、それはこの「伝説」が作品内部で有効な触媒の働きをしているからだろう。

物のことばかり考える人が避難所をつくったりする。心に平和をもつ人は、すでに生命の大きな避難所のなかにいる。悪に対しては何んの避難所もないものだ。黒人であれ白人であれ、肌色の赤い人、黄色い人であれ、イデオロギーによって世界を分けたりする作業に加わらない人はまちがいなく次の世界に生きることができる。そういう人すべてはひとつになっていて、おたがい兄弟だ。（ホピ族の予言）

小説のエピローグに付されているものであるが、何とも示唆に富んだ言葉である。小田実の思想そのもの、と言ってよいかもしれない。いずれにしろ、小田実の『ＨＩＲＯＳＨＩＭＡ』が「原爆文学」の歴史において画期を成すものであると同時に、「核と人類は共存できない」という「反核思想」の内実を深めるものとして存在することを忘れるわけにはいかない。

④「戦争―戦後」体験とベトナム反戦――『ベトナムから遠く離れて』

七千五百枚余の文字通り大長編小説『ベトナムから遠く離れて』は、二〇世紀後半の世界構造に大転換をもたらしたベトナム戦争の終結（一九七五年四月）から五年後の一九八〇年八月に連載が始まり、足かけ十年かけ一九八九年九月に完結した掛け値なしの「全体小説」である。そもそも小田実にとって小説は、処女作の『明後日の手記』以降すべて「全体小説」志向の下で書き進められてきたと言っていいのだが、この『ベトナムから遠く離れて』の場合、「全体」の核を形成する作家のモチーフは、実に明解である。作品が単行本化された時（上巻一九九一年七月、中巻八月、下巻九月）の挟み込み「私の自伝的小説論」の「Ⅲ　『私のベトナム』としての『小説世界』」の中で、小田実は次のように書いている。

「ベトナム」はかつて『中心』だった。多くのものの、あえて言えば、すべての――正義の中心だった。解放、自由の中心だった。それら人間の大義の実現を求める人々の志の、そのためのたたかいの中心だった。まとめ上げて言えば、人間のいとなみのなかですべてまっとうなもの、まともなものの中心――そうしたものとして「ベトナム」はあった。私はその意味で引用符つきでこのことばを使うのだが、今はその「ベトナム」からベトナム自体をふくめてすべてが遠く離れてしまった。中心は、もはや、ない。しかし、それは、かつて「ベトナム」が中心にあったときに存在したもろもろ、まっとうなもの、まともなものをふくめてのそのもろもろがなくなったということではない。現実世界としての「ベトナム」はすでに崩壊した。しかし、「小説世界」としては――私はそれを書いた。「私のベトナム」として書いた。

ここで小田実が「中心」とか「正義」とか言っていることを、彼のこれまでの世界観や文学観から読み解けば、先のアジア太平洋戦争の敗北によって日本（国民）が手に入れた個々人の「自由・平等」を根幹に置いた「民主主義」や「ヒューマニズム（人間尊重主義）」思想、さらにはもう二度と戦争はしないという「平和」主義といった戦後的価値を意味していると考えていいだろう。世界の冷戦構造を直接的に反映したベトナム戦争とそれに反対する世界的なムーブメントは、そのような戦後的価値を否定する勢力とそれを守る勢力との激しい闘いでもあったのだが、「民主主義」を仮想していたアメリカがその戦いに敗れることによって、ベトナム戦争にアメリカ側の一員として加担していた日本のみならず、世界中が「混沌（カオス）」状態になってしまった。小田実がベトナム戦争を契機に世界から「中心」や「正義」が失われてしまったというのは、その意味で二〇世紀後半から二一世紀に至る世界の在り様を見事に言い当てていた、ということである。

さて、そんな小田実の世界観から書かれた『ベトナムから遠く離れて』であるが、この大長編は西日本最大の港都（神戸と想定できる）を舞台に、木川田という一家とそれを取り巻く多彩な登場人物の織りなすさまざまな劇の集合体として成立している。その劇は、主要な登場人物を紹介するだけでも、ある程度内容が推測できるほどである。例えば、作品の中心となっている木川田家の人物は、先の大戦中、ニューギニア戦線で人肉を食することで帰還を果し、戦後は闇屋稼業から貿易商に転じ、現在は国内処理できない「ゴミ＝原発からの廃棄物」を第三世界に売りとばして金儲けをしている父親、ガンに冒されながら高級ブティックの経営に成功し港都の名士でもある母親、高校生の時から女装する楽しみを知り母親の仕事の後継ぎとなる「おかま」の紀彦、麻薬中毒にかかっている娘の早苗とそのホモ・セクシャルの亭主信二郎、そして将来の代議士をめざしていろいろ画策している長男の建彦で構成されている。

他には、新聞記者で木川田家の親戚でもある田島律子、そのかつての恋人で七年前にカンボジア取材中に行方不明になった秋山とその妻佐和子、律子の友人で北朝鮮（朝鮮民主主義人民共和国）を我が祖国とする在日朝鮮人の許貞愛、ベトナム戦争中枯葉剤作戦に従事していたことが原因になったと思われる異常児の父親であるジョージ、金持ちのフランス人の男妾をしているベトナム難民のグエン、アウシュヴィッツの体験者と称するユダヤ商人のゴールドバーグ、いまはエリート外交官となった兄紀彦と幼い頃から肉体関係を持ち、木川田紀彦のセックス・フレンドともなり、現在はジョージの子を妊娠しているさつき、核シェルターつきのレストランの経営に失敗してオーストラリアに行ってしまった日韓混血児の俊、紀彦やさつきの高校教師で「ハンセン」とあだ名されている人物、それに元脱走米兵、等々がこの長大な作品を彩っている。『ベトナムから遠く離れて』は、まさにありとあらゆる「異者」が集まった世界を描いた小説だったのである。

これらの人びと（異者たち）が「港都」という宇宙の中で右往左往するその様、それを作者の小田実は「中心＝正義なき時代・世界」として描き出そうとしたのである。この長大な作品において、「中心＝正義なき時代・世界」は、まず人々の関係が田島律子と許貞愛との場面をのぞいて、すべて「不信」によってしか成立していないところに発現する。国内外から「異人館」などに代表される名所目当ての観光客を多く集めている港都、人々はこのとりすました感じの観光都市の裏側で、金儲けのため、自らの欲求充足のため、お互いに騙し合い、暗躍する。親子、夫婦、兄弟の間であってさえも、裏切り、背信が横行し、誰もが「金」や「権力」を求めてのし上がっていくことしか考えない。

当然そこにあるのは「人間性」を喪った「荒廃」――この「荒廃」は、小田実や高橋和巳が戦時下――敗戦時に見た「廃墟＝焼跡」を思い出させる――だけである。おそらく小田実は、「正義なき混沌の時代に進行する人間的荒廃」こそ、「ベトナム」以後の世界全体を貫流する悪しき傾向であり、戦後の世界を象徴するイメージと思っていたはずである。このまさに「ポスト・モダン」を象徴するような人間性否定の傾向は、冷戦構造が解体しバブル経済の破綻が明らかになった九〇年代入って、ますます拍車がかかっているが、先にも書いたことだが、『ベトナムから遠く離れて』にはそんな世紀末の現代を予見していたのではないか、と思わせるものがある。

それは、この大長編を支える人間関係（不信・不実という負の方向性を特徴とする）において、兄妹姦、母子姦、ホモ・セクシャル（男妾）、乱交パーティといった一般的には「異常性愛」と言われるものを、繰り返し登場させていることからもわかる。「愛」なきセックスがいかに人間的荒廃を体現するものであるか。それがいかに「平和」で「豊か」な社会の産物であったとしても、「中心＝正義」なき時代をまさに象徴するものであったと言っていいだろう。その一つの傍証として、ちょうど『ベトナムから遠く離れて』の「群像」の連載が完結する二年前に登場した吉本ばななの「セックスレス＝純愛」を基調とする一連の作品、例えば文壇登場作『キッチン』（一九八七年）が若い女性を中心に大量の読者を獲得したこと、また同じ年に村上春樹の純愛小説『ノルウェイの森』（同）が瞬く間に数百万部を売り上げるという、ベスト・セラーの常識を超えた大ベスト・セラーとなったこと、を指摘することができる。人々は「愛」を求めて、巷を彷徨し始めていたのである。つまり、ベトナム戦争終結後の見せかけの「平和」と「豊かさ」の中で進行しつつ見えた「自由」な人間関係を表徴する「セックス・フリー」や「異常性愛」も、八〇年代の後半になると「純愛」に取って代わられるような底の浅いもので、実は「解体」の序曲にもならない代物だったということである。

もっとも、小田実自身の「異常性愛」に対する考え方は、時代の趨勢ということもあってか、幾分変わってきているとも思われる。アメリカを舞台に女装＝異装趣味とゲイの世界を扱った『玄』（一九九六年）の自作紹介とも言うべき『玄』、あるいは、ホンモノ自由『体現』のケンラン男性」（「本」一九九六年三月）の中で、次のように書いている。

胸にブラジャーひとつをつけた上半身裸のけむくじゃらの、しかもそのけむくじゃらの胸毛が半分白いスカート姿の男もノッシノッシと歩いているあの大集会（二年前の夏にニューヨークで開かれた「ゲイ革命」集会——引用者注）はなかなかユカイなものだったが、私がもし今ケンラン男性のひとりだったら、今ここをどんなかっこうをして歩いているかと思うと、いっそうユカイになった。

そして、私には、このノッシノッシのケンラン男性が文字通り「体現」する自由のほうが、大統領が演説でおらび上げる、あるいは大学教授がどこかの雑誌でしかつめらしく論じ上げる自由よりも、もっとまとも、ホンモノの自由に見えた。

これと『私のベトナム』としての『小説世界』——私の自伝的小説論Ⅲ」で言明した、ベトナム戦争以後「すべてまっとうなもの、まともなものの中心」がなくなったという状況認識とは、どのような整合性があるのか。まさか、ホモ・セクシャル（ゲイ）だけは「まとも」で「ホンモノの自由」を体現している、というわけではないだろう。しかし、自らの「性愛」における自然性がさまざまな社会的規範によって奪われていることを考えると、「ゲイ革命」を標榜した大集会を開かなければならない「自由の国」アメリカも、それらが隠微な形でしか認知されない「豊かな国」日本も、全き自由の獲得という観点から見れば、同位相にある。その意味では、『ベトナムから遠く離れて』と『玄』は地続きの作品である、と言えるだろう。

ここで先の引用にもどれば、確かに「大統領の演説」や「大学教授の論文」の中で取り上げられる「自由」に対して、常識をベースとした社会規範＝抑圧に抗して女装＝異装するホモ・セクシャル（ゲイ）の方に「ホンモノの自由」があるように見える。しかし、それはあくまで「抵抗的自由」であって、それが真に「ホンモノの自由」になるためには、この社会の中で大多数を占める「タダの人」の自由を求める動き（精神）との共同が必要なのではないか。それは最近のフェミニズム（ジェンダー思想）が、本当の意味で「女性解放」が実現するためには「男性解放」を不可欠とする、といった主張に到達したのと同じような意味において、である。したがって、ホモ・セクシャル（ゲイ）の「ホンモノの自由」は、現在の時点ではやはり「仮象の自由」にすぎない、と言わねばならない。

このことは、『玄』を派生させた『ベトナムから遠く離れて』において、物語の展開役の一人木川田紀彦が「おかま」として登場し、また紀彦の姉の夫がホモ・セクシャルと設定されながら、かれらが決して「ホンモノの自由」を体現している人物としては描かれていないことからも裏付けられるのではないか。彼らは「中心＝正義」のなくなった「ベトナム」以後の世界にあって、明らかに「まっとうでないもの・まともでないもの」の一つの表徴として登場させられている。華やかな港都に彩りを与えるきらびやかな（そして隠微な）意匠のひとつ、それが紀彦の「おかま＝女装」であり、姉早苗の夫のホモ・セクシャルだったのである。そこからは、どのような意味でも「ホンモノの自由」を表現しようとする作家の意図は、読みとれない。

それよりも、『ベトナムから遠く離れて』では、作家が「ゲイ革命」の大集会で目撃した「ホンモノの自由」を体現しているような人物は、別の場に存在していた。例えば、「ハンセン」（＝反戦」を意味するものだろう）とあだ名されていた紀彦の通っていた高校の教師は、その一人である。そもそもこの大長編は、そうであるが故に「全体小説」と言えるのだが、紀彦の父親がニューギニア戦線の生き残りで、またアウシュヴィッツからの脱走ユダヤ人が登場するということもあって、ベトナム戦争に対する論議が作中で盛んに展開される。また、先のアジア太平洋戦争（第二次世界大戦）はもちろん、朝鮮戦争、中東戦争についても登場人物たちが議論を戦わせている。おそらく、そこには作者の「ベトナム」以後は当然「ベトナム」以前の問題、つまり歴史（特に戦争）の総括なくしてはその本質が見えてこない、という思想的立場が反映しているのだろうが、それより何より「戦争」論議はこの「全体小説」の縦糸を形成していることの意味を考えるべきだろう。

そんな中で、「ハンセン」の主張は、作品の基底と形作っている。まず「ハンセン」は、ベトナム戦争の本質的意味について、次のように語る。

ベトナム人という弱者がアメリカという圧倒的な強者に勝った。……わたしは、この事実をまず考えておきたいのだね。その事実を根底において、ものを考えたいのだね。それは、彼らが世界を変えたということだから。……（第十八章）

「世界を変える」、このことは時代に対する閉塞感やこの社会からの抑圧感を持つ者ならば、誰もが一度は夢想するものである。ベトナム戦争（反対運動）はどのように「世界を変えた」のか。「ハンセン」によれば……。

あれはもっと根本的に言って問題のべつのパラダイムを求める動きだったとわたしは考えるのだね。だからこそ、あのころあんなに広範囲にいろんなことで運動が始まり、盛り上がったのじゃないかね。そして、その運動がまたそれまでにあった同種の運動とちがったものであったことも、そう考えれば判るような気がする。女性の解放運動にしても、反差別の運動にしろ、あるいは、かんじんの平和運動にしろ、そうだっただろう。そしてね、そのあとは今でも歴然と残っている。今、日本で運動で元気のよいのと言ったら、誰もが言うように女性たちだが、彼女たちの場合、彼女たちが何よりも生命、くらしが大事だと言うとき、そこにはあきらかに問題のパラダイムの転換がある。その意味での世界の変化がある。わたしはそこにもベトナム人たちのたたかいのあとを読みとるのだが、ここで忘れてならないかんじんのことは、やはり、ベトナム人たちがそのたたかいで勝ったことだよ。それは、彼らが勝たなかった場合のことを考えれば判ることとじゃないかね。彼らが勝たなかったとき、わたしには今のような女性たちの運動があるとは思えないのだよ。その意味で、彼らはたたかい、そして、勝って世界を変えた……わたしはそう思うのだよ。（同）

べ平連の指導者の一人として一貫して「ベトナム」に関わり続けていた小田実の本音を、この「ハンセン」教師の言葉は代弁しているかのようである。現に、この「ハンセン」の論理は、『ベトナムから遠く離れて』を連載中に書いた「ベトナム」に関わっての評論・エッセイ、例えば『「ベトナム以後」を歩く』（一九八三年）や『批判と夢と参加――市民・文学・世界』（一九八九年）所収のいくつか「ベトナム戦争」に関する論稿やエッセイを読めば、「ハンセン」と小田実がほとんどイコールであることがわかる。もちろん、この大長編で小田実の思想を体現しているのは、「ハンセン」だけではない。新聞記者の律子も、また「対等」「個の独立」といった「民主主義」の原理にこだわる在日朝鮮人許貞愛も、小田実の「分身」と言うことができる。

だが、それはともかく、「ハンセン」の言葉とこの長大な作品全体との関係を考えると、作家は、「世界を変える」ことは必要であるが、しかし「世界を変えた」結果すべてがよい方向に進むとは限らないというアポリア（難題）をこそ、この小説で明らかにしたかったのではないかと思われる。つまり、ベトナム戦争は、第二次世界大戦以前から続く植民地的状況からの解放を求めるベトナム人民が強大国アメリカに勝利した戦争であるが、それが終結した後の世界は、ベトナム自身も含めて「良い」結果ばかりをもたらしはしなかった。例えば、日本では「中心＝正義」がなくなって、都会の風俗が象徴するような「人間的荒廃」をも簇生させた。

これは、「中心＝正義・まっとうなもの・まともなもの」をとりあえず「（戦後）民主主義」と呼ぶならば、「難死」の思想から出発した小田実が「ベトナム以後」の世界を生きることで、「（戦後）民主主義」の「揺れ・危うさ」を痛感していたことを意味する。この小田実の状況認識は、ベトナム反戦運動と不可分にあった当時の学生運動＝全共闘運動が、「大学改革」というスローガンの下で「（戦後）民主主義」を否定する思想と感性をベースに祝祭的な高揚を経験しながら、バリケード空間に実現した「祝祭」の後「大学改革」が「改悪」の方向に進んでいったことに絶望した当時の参加者たちの心情と相似であったと言っていいだろう。

「ベトナム」以後、それはさまざまな矛盾と難問をこの世界に露出させるものであった。と同時に、小田実自身に立ち返ってみれば、『明後日の手記』で作家として出発して以来、一貫して胸底に秘めてきた「戦争―戦後」体験、すなわちベトナム反戦運動における「殺すな！」の倫理と論理が危機的状況を迎えていたことの自覚があって、まさにその「混沌・錯綜」の只中で『ベトナムから遠く離れて』は書かれたということになる。

〈4〉「異者」としての「朝鮮（人）」

小田実が生まれ育った「大阪」という地にこだわり続けてきたことは、もちろんこれまでにも繰り返し指摘してきたように、小田実の世界観や文学観の根っこに八月十四日の「大阪大空襲」によって生じた「無意味な死＝難死」があったからであったが、それと同時に「大阪」が東京と違って、その内部に多くの〈異者〉、特に「朝鮮（人）」をかかえこんでいたからだった、と言うことができる。

周知のように、小田実は東大在学中に書いた千枚余りの第二作『わが人生の時』（一九五六年）に始まって、高度経済成長期の現代において『細雪』の再現を意図した『現代史』（一九六八年）、「差別」問題を引き起こした『冷え物』（一九七五年）、そして『羽なければ』（一九七五年）、『ガ島』（一九七三年）、『円いひっぴい』（一九七八年）、前節で詳説した『ＨＩＲＯＳＨＩＭＡ』（一九八一年）、最初の「大阪物語」である『風河』（一九八四年）、更には元米軍脱走兵を主人公とした喜劇『D』（一九八五年）、大長編『ベトナムから遠く離れて』（一九九一年）、「人生の同行者」である在日朝鮮人の母親をモデルにした『オモニ太平記』（一九九〇年）、また豊臣秀吉の朝鮮侵略（文禄・慶長の役）を「タダの人（雑兵）」の側から描いた『民岩太閤記』（一九九二年）、「大阪物語」の続編である『大阪シンフォニー』（一九九七年）と『暗潮』（同）、川端康成賞受賞作を標題にした短編集『「アボジ」を踏む』（一九九八年）、先に論じた『玉砕』（同）、家族での北朝鮮行を描いた短編の『会いに行く』（『くだく　うめく　わらう』二〇〇一年所収）、最後に遺作となった大長編『河1・2・3』（二〇〇八年）、それは小田実のほとんどの小説作品と言っていいが、それらに「大阪」及び「在日朝鮮人」が重要な役割を担って登場してくる。このことについて、これまで誰も指摘してこなかったが、このような小田実文学の在り方は、戦後の作家井上光晴の「炭鉱」を舞台にした作品や朝鮮半島生まれの作家小林勝の作品を例外とするならば、現代作家として特異なことに属する。

　では何故、このようなことが起こったのだろうか。『鎖国の文学』に、以下のような「朝鮮（人）」初体験が書かれている。

　　そんなふうな「賢い奥さん」的でない、つまり、「外へ出たが最後、一日だって、日本風だけで押したのでは口が乾上らずにいないことを実際生活で知っている」というたぐいの「インターナショナル」を私にいやおうなしに感じさせたのは、私事を少し書いておきたい、子供のころ、大阪の鶴橋の闇市で朝鮮人の闇屋の下働きをしていたときだった。そのころ鶴橋の闇市を牛耳っていたのは朝鮮人たちで、それだけ何トカ組というような日本のヤクザが「日本風だけで押した」――そんなふうな押し方ができた東京の闇市とちがっていたのではないかと思う。今でも闇市の名残りである鶴橋の巨大な市場は「国際市場」という名前をもっているが、朝鮮人たちが主役のそのころの鶴橋の闇市、「一日だって、日本風だけで押したのでは口が乾上がらずにいないことを実際生活」の上で私に知らしめるものとしてあった。とにかく、「コーリアン・ポリス」と英語で書きしるした腕章を腕にまいた自らの「警察官」がコン棒を腰にして歩いていた「コンミューン」、あるいは、「共和国」なのである。

続けて、小田実は「共和国」体験から次のような考えを得たと書く。

奇妙な話だが、いや、まったくもっともしごくな話だが、私が「インターナショナリズム」というものを理解した、それをいやおうなしにからだのうちに取り入れ始めたのは、その「共和国」においてであった。そのときの体験がなければ、後年になって、私はえんえんと世界のあちこちを無銭旅行して歩くというようなことはなかったにちがいない。いや、ベトナム反戦の運動にいささか血道をあげることもなかった。そして、もうひとつ言うなら、私が、たとえば、「共和国」というようなものに憧れを持ち出したのも、そこにおいてだった。子供心に私は「共和国」に憧れ、「オーサカ共和国」というようなものを焼跡の上に夢想し、構想した。その「オーサカ共和国」においては、朝鮮人も日本人も仲よく対等、平等、自由に、そして、ひとりひとりが独立的に生きるはずであった。

このような体験があって初めて小田実の小説に「朝鮮人」が登場するようになったのだろう。しかも、その最初の登場は処女作『明後日の手記』から六年後の東大在学中に発表された『わが人生の時』で、中心人物の友人である「田中」が自分は「在日朝鮮人朴圭植」である、とカミング・アウトするという、当時にあっては「珍しい＝画期的な」場面において、である。

田中の「宣言」というのは、由利が一週間前に受け取った一通の手紙のことだった。近頃ずっとなんということもなく疎遠になっていた彼から手紙を受け取ること自体が意外だったが、中身はさらに思いがけなかった。中には一枚の便箋があるきりで、それには「内々には知っていられたことと思うが、ずっと黙っていたのではっきりしておきたいと思って手紙を書く」という書き出しで、自分が実は朴圭植（これは〔Bak kjai shik〕と読む、と注釈があった）という朝鮮人であることを述べた後に、〔君もこれから日本人田中俊治の友人ではなく朝鮮人朴圭植の友人となってほしい〕と結んであったのである。（第一章）

高校生から大学生になり、かつて大阪の鶴橋に実現した「共和国」において「朝鮮人も日本人も仲よく対等、平等、自由に、そして、ひとりひとりが独立的に生き」ていたような世界とは異なり、三十六年間の植民地支配にとって培われた「差別」が厳然と存在する東京（関東圏）で生活するようになった小田実の、「反差別」宣言でもあったと言ってもいいこの場面の意味するところは、大きい。何故なら、小田はこの長編で在日朝鮮人への「差別」は一切許容しないと言明すると同時に、「異者」である朝鮮人は見せかけの「平和と民主主義」の戦後社会（国）の中で惰眠を貪ってきた「日本（人）」に対して強烈な「異化」作用＝覚醒をもたらすことになったからである。つまり、小田実は自らの小説の中に存在感をもった「朝鮮人」を登場させることによって、日本人に自分たちは「異者」に取り囲まれて生活しているのであるという現実を突き付け、そのような現実を改変しない限り「対等・平等、自由」な社会の実現は不可能である、と言明したと考えられるのである。

　別な言い方をすれば、小田実は「三十六年間の植民地支配」という悲しむべき歴史の所産でもある「朝鮮人差別」が陰に陽に常態化しつつある現実に対して、小説の中で日本人と朝鮮人が「共存（共生）」している世界を創り出すことで、「異化作用」を引き起こすことを狙っていたのだ、ということができる。例えば、先の「戦争―戦後」体験のところで取り上げた『玉砕』には、アメリカ軍の総攻撃を受けて全滅（玉砕）が目前に迫ってきた最後の場面で、アメリカ軍が撒いた「投降勧告のビラ」を前にした分隊長の中村軍曹（日本人）と朝鮮半島出身の金《こん》伍長との会話が載る。

「おまえは自分が俘虜になって助かりたいんだろう。」

　中村はまた声をふりしぼってさえぎった。怒りが全身をとらえ、みなぎった。ことばが口を衝いて出た。「おれは日本人だ。おまえのような……」一瞬のためらいを押し切って中村はつづけた「朝鮮人とちがって、俘虜にならん。」

激しい衝撃が金を襲ったように見えた。苦悶が彼の表情をゆがめた。そう見えた。
「おまえまでがそう言うのか。」
金の眼が異様に光った。ふるえる手で紙片を引きちぎってやぶった。（中略）
おれがなぜ特別志願兵に志願してなったか、言ってやろうか、と金は唐突に言った。それは、おまえら日本人に朝鮮人がこれ以上馬鹿にされたくなかったからだ。馬鹿にされて生きて……一瞬のためらいがことばの切れ目に出たが、彼はすぐことばをつないだ。殺されたくなかったからだ。（中略）
「ひとつだけおまえに言っておきたいことがある。おれの親父は関東大震災でおまえら日本人に殺された」

アメリカ軍の総攻撃が始まる前は「信頼する」に足る戦友同士であった中村分隊長と金伍長、しかし「死」を目前して植民地人である朝鮮人と宗主国日本の人間である日本人との間に横たわる「共生」を阻む意識が存在したと言う小田実、神風特攻隊の場合もそうだが、先の太平洋戦争では数多くの朝鮮人が強制的・半強制的に将兵として、また徴用され参戦を余儀なくされた。この事実についてどれだけ多くの日本人が知っているか。靖国神社に参拝する総理大臣や閣僚、保守系の政治家がよく口にする「国の犠牲になった御霊に哀悼の意を捧ぐ」という言葉の「御霊」の中に、朝鮮人やそのほか日本の犠牲となったマレーシア人やフィリピン人、イギリス人などの外国人が、果たして含まれているか。『玉砕』はそのような「歴史」を無視した日本の「政治」に対して「異議申し立て」をしている、と言っても過言ではない。

もちろん〈異者〉としての朝鮮（人）を自らの文学世界を「世界」に向けて開いていく重要な構成要素とした作家は、小田実だけではない。「昭和文学」の歴史だけを見ても、詩『雨の品川駅』（一九二五年）で朝鮮人民と日本人民の革命的連帯をうたった中野重治、長編詩『長々秋夜』（一九三五年）において植民地朝鮮の人々の高潔な精神を称揚した小熊秀雄、また先にも記したが戦後の小林勝の作品集『チョッパリ』（一九七〇年）他の朝鮮描いた作品、等々、さらには視向はまったく逆であるが、戦後文学史の一画を彩る金達寿、李恢成、金石範、金鶴泳、李良枝、柳美里たち「在日朝鮮人作家」たちも、〈異者〉としての朝鮮を作品の主題としてきた。

だが、これらの作家・詩人の「朝鮮（人）」との関わりと小田実のそれとを較べると、小田実の場合、先にも書いたように、その世界観・文学観に不可欠な要素として朝鮮人が存在し続けてきたこと、及びその私生活において在日朝鮮人女性と結婚したことから『オモニ太平記』や『「アボジ」を踏む』といった佳品を生み出すきっかけを得たということもあって、作家小田実にとって「異者としての朝鮮（人）」は特別な存在であった、と言っても過言ではないだろう。繰り返すが、この小田実の「朝鮮（人）」に対する意識は、戦後の大阪（鶴橋）での「闇市」体験を起点とするものであったが、更に蛇足的に言うならば、別章で詳しく論じる真継伸彦のおのれの青春時代を素材とした『青空』（一九八三年）や、開高健の「日本アパッチ族」に取材した『日本三文オペラ』（一九五九年）にも大阪の「朝鮮人部落」が登場することの文学史的意味を、今こそ考える必要があるのではないかと思う。

なお最後に、「日本」が具体的に〈差別〉という形で歴史的にも「罪」を犯してきた「朝鮮（人）」

に対しては、小田実が特別な感情を持ちつづけてきたそのことの証左として、豊臣秀吉の「朝鮮侵略＝文禄・慶長の役」を民衆の視点によって描いた『民岩太閤記』が存在することを記しておきたい。豊臣秀吉の「朝鮮侵略」によって捕らえられ日本に連行された儒者姜沆の『看羊録』から採った「民岩之可畏如是矣」（「人ひと群れ集まって岩となれば、かくもおそるべし」、または「民衆の一念、凝り固まった岩になる。バカにしたらあかんで」小田実訳）を表紙裏に記したこの長編は、これまで「秀吉の朝鮮征伐」とか「朝鮮出兵」という呼び方でしか捉えられてこなかった「文禄・慶長の役」を、正しく「朝鮮侵略」と位置付けて書かれた珍しい「歴史小説」である。小田実は「史実」と「虚構」を織り交ぜることで、日本と朝鮮の長い〈歴史〉における日本側の「偏見」をひっくり返そうとしたのだろう。

そしてそれは、戦後も半世紀近く経ったにもかかわらず、例えば「従軍慰安婦」問題や「ヘイト・スピーチ」などの反韓・嫌韓運動で明確になった日本側の対応の根本的錯誤に対する本質的な批判でもあった。「朝鮮（人）」が特別に重要な役割を担っている「大阪物語」の一つ『風河』に作品のタイトルを導いた（つまり、小田実のこの作品を書くモチーフ）と思われる、次のような部分がある。

> アライさんは頭がおかしくなってからいろんなものごとの見分けはつかなくなって来ていたが、そのときにはまちがいなく眼のまえに座った女の人がおねえさんであることを知っていた。（中略）「おれの子供……おれのチョウセンの子供はどうした」と叫んだ。それからまたおねえさんの顔をはっきり見すえるようにしながら、「ウエノム帰れ！」とくり返した。
> 「暗い風の河が流れているんよ。」（中略）「サイシュウ島からの帰りにまた同じ船に乗ったんよ。

同じ小さな汚い船にね。大阪に出かせぎにくるチョウセンの人がようけ乗っていはった。いいや、あれはもうチョウセンの人の船よ。ニンニクの匂いでいっぱいになっていて……揺れたわ。揺れに揺れた。あのへんの海はね、チョウセンとニホンのあいだのゲンカイナダはね、大きな海からちょうど河のように狭くなっていて、それで大揺れに揺れる。夜中、あまり苦しくなって甲板に出たんよ。ほんとうに海がね、暗い暗い底なしの河みたいに見えた。そこをわたしの乗った小さな船がヨタヨタと横切って行くんよ。その暗い海の河の上を風がね、轟々と音をたてて吹いていて、見ているとね、ほんとうに暗い風の河が音をたてて流れているみたいやった。その暗い風の河がね、アライさんとわたしのあいだに流れているみたいやった。……」

「朝鮮」と「日本」を隔てる「暗い風の河」、どうしたらその「暗い風の河」をなくすことができるか。「暗い風の河」をつくりだしているのは、もちろん玄海灘という自然ではなく、日本（人）の〈偏見〉と〈差別〉。小田実の一連の作品に「朝鮮（人）」が大きな意味を持って登場してくるのも、小田がこのいわれのない〈偏見〉と〈差別〉が「人間みなチョボチョボや」の「共生の原理」に照らして、明らかに〈悪い罪〉であり、そのような〈悪い罪〉は速やかになくすべきである、と考えつづけてきたことの証である。〈異者〉を「異質」なものとして、丸ごと認知するところに「共生の原理」は働く。戦中から戦後にかけて数多くの「難死」を見続けてきた「焼跡世代」の作家である小田実は、充分にそのことを理解していた。

第3章　〈私〉の居場所……——真継伸彦の文学

〈1〉「乱世」において「生」を求める

一九六三年、『鮫』(「文藝」三月号　単行本一九六四年五月　河出書房新社刊)で第二回文藝賞を受賞した真継伸彦は、この文壇的処女作のモチーフについて、後の『新しい宗教を求めて——私とは何か』(「熊本日日新聞」一九七二年一月〜七三年二月　一九七五年四月　筑摩書房刊)の「第三章　他人の死」の冒頭で、次のように書いた。

私がはじめて出版した小説は『鮫』という題であって、室町時代後期の、有名な応仁の乱(一四六七年勃発)前後に生きた本願寺第八代の門主、蓮如《れんによ》の精神的指導のもとに起った一向一揆という事件を題材にしたものである。蓮如は本願寺中興の祖と仰がれる天才的な宗教政治家である。現在でも日本仏教界の最大勢力を占めている浄土真宗の信者は、蓮如の時代に、飛躍的に増えたのだった。一向一揆というのは、蓮如の説く信仰によって団結し、のちに述べる浄土真宗の平等思想によってはげまされた農民や賤民の群れが、自分たちを抑圧する貴族階級や武士階級にたいして、くりかえし蜂起した事件である。なかでも最大の出来事は、加賀（今の石川県の一部）の門徒たちが、守護の富樫正親を攻めほろぼしたことである（一四八八年）。加賀は以後およそ九〇年間、「坊主と百姓のもちたる国」と呼ばれた一種の自治国になる。これは日本の民衆運動に稀有な勝利の記録である。

確かに、『鮫』とその続編である『無明』（「文藝」一九六九年三月号　一九七〇年一月　河出書房新社刊）は、応仁の乱前後の「一向一揆」や「蓮如」の布教活動について書かれており、その意味では『新しい宗教を求めて』における真継伸彦の言は、「仏教（浄土真宗・蓮如）」に引きずられたものとは言え、「なるほど」と首肯するしかないものである。しかし、真継伸彦は何故『鮫』の主人公を「非人の子」――当時にあっては最下層の民であり、「人間」以下の存在として扱われていた――とし、更には応仁の乱で最も手酷い「被害」を被った人々に対して、以下に示すような「凄まじい生き方」を強いたのかを考えると、作家が「五部作」として構想した大河小説の第一作に当たる『鮫』の創作意図は、後に詳論するように、もっと別なところにあったのではないかという推測を可能にする。

途中で新しい死骸をみつければ、おれは女がしたように物かげへひきづり込み、尻の皮を剥いでふるえる手で肉を剝ぎとっていた。通りがかりの空家のなかへ忍びこむと、おもてに閂をとざし、火を起こして炙って喰った。心中にはつねに、人にみつかったときによそおう、ひきつれた泣き笑いの表情を用意していた。

あるいは、

夕方に、おれは四郎左について町なかへ出た。月かげを利用して、神社や寺の宝蔵を破った。四郎左の方を踏み台にして町衆の小屋の屋根へのぼり、裏庭へまわって置いてあるものを盗った。暗夜には地蔵堂や立木のかげにじっとひそんだ。松明《たいまつ》をかざして淫売屋からもどってくる酔いどれや、呼ばれた公卿の屋敷から帰って来る猿楽師《さるがくし》など、ひとり者の通行人がみつかれば、四郎左がおれの方を押した。おれは音をひそめて背後へ駈けより、やにわに背にとびかかる。首にまわした左手に、後しばらくはしびれて動かなくなるほど、きつく力をこめて締めつづける。もろともどうと地上に倒れても離さぬ。死ね、死ね、と心に叫びながら、右手にもった鎧通しで、胸を幾度も幾度も、力いっぱいえぐる。そのうち四郎左が加勢する。

「人肉食」「殺人」「強盗（追剥）」「強姦」等々、「乱世を生きる」ためにはどんな「悪行」も辞さない生活を続けてきた主人公であったが、長ずるにつれこのまま「悪行」を重ねていれば、いつかは自分も「殺され」て加茂川原に死体をさらすようになるのではないかとの思いに至り、応仁の乱が本格化し京都の町が炎に包まれるようになったある夜、「足軽にならば、非人の子にでもなれる。足軽になってよい首をとれば、きっと侍になれる。ひょっとすれば、大名にでもなれる。それは大盗賊になるよりも、ずっと大したことではないか。俺はもう大人じゃ。足軽にさえなれば、すぐにもひとり立ちできる」と思うようになり、細川勝元率いる東軍の足軽となる。そして、乱が始まって四年、主人公は東軍の武将の一人であった加賀国の守護職富樫政親と行動を共にした蓮如（本願寺派）の二女「見玉尼」と出会い、開祖親鸞聖人（蓮如から本願寺派）が教える「一度でも心から南無阿弥陀仏と申さば、いかなる悪人であれ、阿弥陀如来様がきっと極楽浄土へ迎えてくださるのじゃ」の言葉に導かれて、次第に信仰（浄土真宗）を深めていく。

「乱世」においてどのような生き方（信仰）が果たして可能なのか。今は「疾風《はやて》」と名を変えて蓮如（本願寺派）の仏弟子に連なるようになった主人公は、見玉尼の次のような言葉によって、これからの生き方を決定付けられる。

「疾風殿、念仏申されませ」

やがて薄明の底から貴女様はおれの顔を見つめながら、か細い声で仰せられた。

「くりかえし、念仏申されませ。そなたの極楽往生は、ただ一度の念仏で決定いたしております。されど、そなたはいまだ長い生涯を過ごさなければなりませぬ。人はいったんは阿弥陀如来の不思議な救済のお力に、いっさいをお任せしながらも、なお生きつづけなければなりませぬ以上は、自力で生きなければなりませぬ。信心は、いっさいの自分の能力を捨てる誓いでありながら、生きる以上、自分の欲念、想念、思念にしたごうて生きなければなりませぬ。それゆえに、妾どもの信心は妾どもの生涯によってうらぎられ、けがされ、一度は身に得た信心も、いつか、いつわりの信心となりかわってしまう。それが、あさましい衆生のさだめでござりましょう。疾風殿、よう正直に自分のあさましい過去をお話しなされた。信心ある者にしかできませぬ。（中略）そなたのおもてにいつも信心ある者の面をつけて、いっさいの情念のほろびた死人のように、寿命のつきる日まで、おだやかに過ごされませ。疾風殿、南無阿弥陀仏と申しまする心は、いつでも身を捨てて、安らかに死にまするという心じゃ。それゆえに、疾風殿、死んでいなされ。生きながら、死んでいなされ」

そして、主人公の「非人」は信仰を深めた証として「疾風」から「下間蓮見」と名を変え、いつの間にか本願寺派の「高僧」の一人の弟子となる。主人公は、引用が示す見玉尼の「教え」を胸に何度も戦場を疾駆しながら生き永らえ、そして「二度と目をつむるな。けっして後ろをふりむくな。言葉をほろぼせ。それでよい。おのれはもう鬼じゃ……」との決意の下で、「最後の戦い」に出て行く。

真継伸彦の文壇的処女作『鮫』（とその第二篇『夜明け』、『鮫』で文藝賞を受賞した同じ年の「文藝」一九六六三年十一月号に発表　単行本『鮫』に収録）は、このようにして終わるのだが、本論の冒頭で示した疑問「何故真継伸彦は、典型的な〈乱世〉であった応仁の乱における一向一揆（及び蓮如ら浄土真宗本願寺派）を題材とする『鮫』を書いたのか」について、その「真の動機」はここに至っても未だ明らかにされていないのではないか、と思われる。何となれば、真継伸彦という作家が「焼跡世代」の作家として認知されるようになったのか、また何故一九七〇年代の初めに小田実や高橋和巳の誘いに応じて商業的文芸同人誌「人間として」（全十二号　筑摩書房刊）に参加したのか、という疑問に対する答えを『鮫』一編は用意していないのではないか、と思われるからにほかならない。

さらに言えば、『鮫』の続編『無明』が単行本化された際の「あとがき」において、「『無明』は『鮫』の連作である以上、全体の構想についての最小限度の説明はしなければなりません。私は応仁の乱（一四六七）の直後にはじまり、天正年間（一五七三―一五九一）におわる一向一揆の歴史を、自分なりに追求したいと思っています。全体を五部作にまとめるつもり」と書き、「かなり長大な連作になる予定ですが、この仕事に私をうながしているのはただ、私とは何かという問です」とその動機について語り、更に「私は日本人です。それゆえに、日本人とは何かという問を私は過去に問うのです」とその決意を述べていた。しかし真継伸彦は、この「あとがき」で示された『鮫』やその続編『無明』及び「幻」となった「（一向一揆）五部作」の背後に見え隠れしている「真の動機」について、亡くなるまで明らかにしなかった。

なお、「内向の世代」作家や「焼跡世代」の作家たちを集めた河出書房新社刊行の「新鋭作家叢書」の第二巻『真継伸彦集』（一九七一年十二月刊）に、解説「無明の探究」を寄せている真継の京大時代の後輩であり、一九六九年に「亀井勝一郎論」で群像新人文学賞（評論部門）を受賞した批評家の松原新一は、この叢書に収録の戦前の革命家（革命運動）の在り方を問うた『石こそ語れ』（「文藝」一九六六年四月号）や一九五三年三月同人誌「地下水」に発表した妹和子の「死」を扱った『死者への手紙』などについて触れた後、『鮫』とその続編の『無明』が何故「乱世」を描いたのかについて、次のように書いていた。

真継伸彦が『鮫』やその続編とも言うべき『無明』といった作品の示すとおり、「乱世」の状況に目を注ぎつづけているのは、それ故理由のないことではない。『石こそ語れ』に扱われた時代もまた、社会全体がファシズムの暴威におおわれた乱世にほかならなかった。乱世においては、飢え、生への烈しい執着、殺意の応酬、性の欲望といったような人間実存のむごたらしい裸形が、一切の装飾的観念を剝奪されて露呈されずにはいないのである。人間実存のくりひろげる、いうところの「無明の世界」の悲惨が否応なし現出せずにはいないというのが、おそらく乱世の状況のもっとも明瞭なしるしであるにちがいない。生臭く、むごたらしく、醜く、おぞましい人間の劇の露呈されるそうした乱世の状況に着目することなしには、「人間とは何か」という問いにたいして、根本的な答えをさがしあてる契機もまた、おそらくつかみえないであろう、といってもいいほどだ。

先に指摘しておいたように、松原新一が『鮫』や『無明』、あるいは『石こそ語れ』などに見え隠れするすると言っている「人間とは何か」という問いは、実は「私とは何か」という問いでもあり、このような根源的な問いが何故作家真継伸彦の生涯にわたる問いとなったのかを考える時、そこには以下に詳しく見ていくように、「二つの原体験」が存在したのではないか、と想定される。

なお、ここで注意を喚起しておきたいのは、真継伸彦は『鮫』や『無明』で、「応仁の乱」という「乱世」が導いた「一向一揆」の中心的な担い手に、親鸞（浄土真宗）が主な布教対象としていた社会の最下層を形成する「非人」や下層の「農民」、あるいは「足軽」といった下級武士たちを設定していたという事実についてである。

〈2〉「臨死」体験

生涯にわたって作家真継伸彦の内部から去らなかった「私とは何か」という問いは、青年時代に二つの「決定的な体験」が存在したからにほかならない。その体験は抜き難いものとして真継伸彦をして創作＝表現へと向かわせたのだが、そのうちの一つは大学二年の時に奈良県の大峰山中で登山の最中に遭難した際に経験した「これで自分は死ぬかもしれない」という体験である。真継たち大学生は、当時紀伊半島を襲った「マージ台風」の影響で激しい雨風に遭遇し、六日間のうち最後の三日間を「飲まず食わず」で過ごすことになるが、その時に感じた「死ぬかもしれない」という思いは真継伸彦の生涯から消え去ることなく、「私とは何か」という根源的テーマにつながっていった。この体験について、真継伸彦は折あるごとに書いているが、例えば先の『新しい宗教を求めて――私とは何か』の「第一章　宗教にいたるみちすじ」の中では、この章の大半を費やして次のように記している。

私とは何か？　自分自身が不可解で無気味なものとなり、単に理性や思考力によってではなく、全身でこの問いを問わざるをえない情況に、私はこれまで何度か入っている。はじめて入ったのは、大学二年の秋であった。昭和二十六年十月のことで、私は定期試験後の休みに、二人の学友と奈良県の大峰山脈南部の縦走をこころみて途中で尾根をとりちがえ、六日間深い山中をさまよいつづけたのである。（中略）

三人とも血気にあふれていた。後半の三日は絶食状態で歩きつづけ、また遭難後三日目の夜は、絶壁を横断している最中に行き暮れてしまったときに、マージ台風と呼ばれた嵐に遭い、三時間ほどもはげしい風雨に叩きつけられた。（中略）

嵐が何時間つづいたのか、正確なことはむろんわからない。雨は着ていたジャンパーからしだいに上着や下着を滲みとおり、やがて肌の上をじかに流れた。私たちは肩を組んで車座になり、知っている限りの歌を歌いつづけて耐えた。生還の希望が消えたそのとき、私は心配しているにちがいない母にたいして済まないと思った。しかし、死ぬことの恐怖は消えていたのである。

このような登山における「遭難（臨死）」体験がいかに大きな影響を真継伸彦に与えるものであったか。真継伸彦は、京都大学を卒業した後、作家を目指して上京し中村真一郎宅での小田実や饗庭孝雄（批評家）等との交遊を持ったが、その後の専修大学の図書館職員の傍ら文学修行に明け暮れていた時代の一九五九（昭和三十四）年、田畑麦彦が主催する同人雑誌「半世界」に『杉本克己の死』約三百枚を発表する。『鮫』で文藝賞を受賞する四年前である。この作品は、その時から十四年後にほとんど手を入れることなく『わが薄明の時』と改題して刊行（一九七三年　新潮社刊）されるが、この作品は戦後の日本共産党指導による革命（学生）運動に翻弄され、自ら「死」を選ばなければならなかった学生たちの様々な姿を描くと同時に、真継伸彦が経験した奈良県大峰山中における「臨死」体験を「杉本克己」という学生の生き様と重ねて描き出したものであった。「杉本克己」は、『劉禅』という佳品一編を残して自死する人物としてこの作品の中で重要な役割を果たしているのだが、この「杉本克己」が登山の最中に遭難して「臨死」を体験するのである。真継伸彦は、この小説で自分たちの「戦後の青春」が常に「死」と伴走するものであり、そうであるが故に「昏《くら》かった」が「充実」していたと自負できるような、まさに「青春小説」の秀作に仕上げたのである。

この作品の語り手である「青山輝夫」の周辺に存在し、革命運動や小説や絵の創作に苦悩していた活動家の「青春」の在り様は、例えば次のように描き出される。

浅井弘一にしろ清水道夫にしろ、確固とした敵をもち、それとたたかい、打ち倒されて死んだのではない。むしろ不安や恐怖や悲哀など、彼らは要するに自分で自分を麻酔させる感情に呑みほされてしまったのではないか。

浅井弘一が病気になったその原因は、会社を追われ、日雇人夫にまで堕ちた自分の未来にたいする恐怖だった。めざめはじめた共産主義への信念が、かれをあわれな境遇へおとしいれた。そのとき、おなじ信念をになって歩んでゆくには、浅井の精神は弱すぎた。恐怖と不安が浅井を呑みほした。

清水道夫は壁を描く画業にうちこんだ。そのなかで彼は自分を殺し、おそらく超えた何かを把握しようとした。もし清水に強い意志と信念があれば、彼はおなじ画業を何十年でもつづけてゆくべきではなかったか？　彼は耐えきれなかった。不安と悲哀が清水を呑みほした。

一時は破滅寸前にまで追い込まれた青山輝夫自身にも、決定的な敗北はなかった。革命への渇望がめざめさせた信念というのは、感傷でしかなかった。彼は真剣な学生運動のなかを右往左往し、ひとを傷つけ、劣悪な自分につきあたったばかりだった。我執の裏がえしになった自己嫌悪が、彼をどうしようもない退廃へ追いやっていった……。（三）

『わが薄明の時』は、このような主人公（真継伸彦の分身）を取り巻く「革命運動」や「芸術活動」に身を削っていた友人たちが、いかに「死」を身近なものとして捉えていたか、その様をこれでもかこれでもかと描いた作品である。その意味では、主要な登場人物である杉本克己（これも作家の分身）が体験した大峰山中での遭難（臨死体験）もまた、結果的に「死」が自分たちの生き方にぺったり貼りついていたということを考えれば、志半ばに自死していった友人たちの在り様と同断であったと言っていいだろう。更に、この作品が『わが薄明の時』と改題する前の原題が『杉本克己の死』であったことを考えるならば、まさに真継伸彦がこの作品で書きたかったのは、紛れもなく自らが大峰山中で体験した「臨死」体験が自分の生にどのような影を落としているかを確認することにほかならなかった。つまり、真継伸彦が自らの「青春」にまとわりついていた「死」を深く受け止めながら、『鮫』などに見られた「乱世を生き抜く」方向に舵を切り、この経験を「書くこと」の原点の一つにしたということである。真継伸彦の内部で「自分は生き残った」という思いがトラウマのように作用したものと思われる。しかも、その「生き抜く」という意思は、初の評論集『未来喪失者の行動』（一九七〇年九月　河出書房新社刊）の「あとがき」と言っていい「無明の世界」で書いているように、「無理に強いた」結果ではなく、「臨死」体験によって「自然」と自分の内に湧出してきたものであった。

なお、ここで改めて確認しておきたいのだが、真継伸彦が文藝賞を受賞した『鮫』（その第二部『夜明け』を含む）以降、旧作の『杉本克己の死』を改題した『わが薄明の時』や河出書房新社の企画「書き下ろし長篇小説叢書」の第二巻『光る聲』（一九六六年一月）、あるいは時代はずっと後になるが『青空』（一九八三年六月　毎日新聞社刊）などで執拗に京都大学時代（とそれ以前の旧制高校時代を含む）における学生運動（革命運動）体験を基にした作品を書き継いでいたことである。その真継伸彦の作家としての在り様は、あたかも『鮫』や『無明』などの「乱世」（一向一揆や応仁の乱）に材を取った作品、及び戦後の革命運動（学生運動）体験を基にした「青春小説」以外の作品は存在しないのか、と見紛うばかりであった。それもみな、自分の青春時代（高校から大学時代）もまた中世（応仁の乱が起こり一向一揆が加賀地方を席巻していた時代）と同じように「乱世」であったと見なし、その「乱世」をいかに生き抜き、その後の人生をどう構築していくかということを作家たるべく自分のテーマとしてきたことの結果であったと言えるだろう。

そして、そのような「私とは何か」を追究する大きな因（原点）となった体験の一つが、繰り返すことになるが、自らの大峰山中での「臨死」体験であり、自分の周辺で生起した「死」――特に一九五二（昭和二十七）年八月、二歳年下の妹和子が結核性腹膜炎で亡くなったこと――であった。真継伸彦は、京大時代に参加した同人雑誌「地下水」に、和子の死の翌年『死者への手紙』（「地下水」三号一九五三年三月）という習作を発表している――この習作は中村真一郎が「文学界」の同人雑誌評で取り上げるほどの出来栄えであったが、『新鋭作家叢書　真継伸彦集』に収録したということを考えると、いかにこの短編に真継伸彦が執着していたかということがわかる――。その『死者への手紙』の末尾近くには、次のような真継の「本音」と思しき言葉が書きこまれていた。

こうしておまえが、生きることが出来ないのが、確実になった時、僕はおまえの死に依って全くうつろになったのを感じていた。小さい時、悲しみが襲ってきた時、いつもそうだったように、僕は独りになって泣いた。泣きながら、自分のまわりの、冷たい、僕たちの出来事に対して何の関心も持たぬ、無表情な世界を見ていた。そんな不完全な生のまま、そして不幸なままに死んで行ったことが、僕には耐え難く苦しかった。僕はどうしておまえに、もっと死のことを話してやれなかったのだろう。おまえと僕とはあんなに性格が似ていたから、おまえはきっとわかってくれて、もっとやすらかに死んで行けただろうに……。僕はおまえの死体の表情がおまえの表情ではないことを知っている。おまえのこころは、おまえのからだの死よりも先に、此の世界を去っていたのだから。けれどおまえの死顔はあまりにも醜くかった。僕はおまえがおまえの生に残した最後の表情があのように醜くかったことが苦しかった。それがおまえのすべてだったのかも知れない。僕にはそんな気がしていたのだ……。それは、おまえがあんなにも美しい心を持っていたのに、生を愛することが出来なかったのは、決しておまえだけの責任ではない。それはわかっていたけれど、僕は悲しかった。白布をはいで幾度もおまえの死顔を見ながら僕は泣いた。僕はおまえの表情を少しでも良くしてやろうと思ったけれど、おまえの泡をためた口は、すこしでも閉じようとはしなかった……。

何とも「悲痛」としか言いようがない「お別れの言葉」だが、この文章（手紙文）に続く最後の段落の初めに「ぼくは生きている……」というフレーズが置かれていることを考えると、小説の本質は

「虚構」であるということを承知していてもなお、「習作（処女作）」が往々にして作家自身の体験に基づいたものが多いということを併せ考えると、この習作において真継伸彦が仲の良かった妹の死に直面し、うろたえ動揺しながら、それでも最後には「死」よりも「生き抜く」ことに傾注する生き方を選択したことの証の一つになっていた、と言っていいのではないだろうか。

真継伸彦が、物心ついた頃から何で「文学＝作家」を目指すようになったのか、その精神の詳細な在り様については、不明である。ただ、戦争の末期（一九四四年一月）に材木商を営んでいた父を糖尿病で亡くしながら、後を長兄が継いだこともあって比較的「豊かな」生活を保障され、順調に旧制府立第五中学から新制桂高校（市立西京高校）を経て京都大学文学部に進学するという学生時代を送ることが出来たその傍らで、同世代の小田実や高橋和巳、開高健が大阪大空襲によって経験した「難死＝理不尽な死」とは異なる「父親の死」や「妹（弘子と和子）の病死」といった肉親の「死」を経験したことから、「生きるとは何か」「私とは何か」といった哲学的な問いを内在させた生を送るようになったと考えられる。しかし、このような問いを内在化させた青春期特有の生の在り様は、ある意味必然だったと言っていいかも知れない。

ここで改めて確認しておきたいことは、真継伸彦が『鮫』で文藝賞を受賞して九年後の一九七二年三月、「禅の風別冊・禅の友」という曹洞宗宗務庁刊行の雑誌に「煩悩の虚と実」というエッセイを載せ、その中で『鮫』のモチーフや遭難した大峰山中での「臨死体験」について、次のように書いていることである。

私が「鮫」に書こうと志していたのは、まず第一に、飢饉と戦乱の打ち続く応仁・文明の大乱前後の時代を、煩悩のあらんかぎりを発揮して生きようとした、あるいは、生きなければならなかった若者の姿である。そしてその若者が、やがて親鸞浄土教に帰依して、一向一揆に参加して戦死してゆくという、魂の変貌の過程を私は書きたかった。若者の回心の契機となるのは、おのれを捨て切った一人の尼僧との出会いである。私は学生時代に山で道に迷って、六日間ほとんど絶食状態で歩きつづけたことがある。私はその時に、恐怖のあまり人相が変わってしまうほど苦しんだが、同時に、死の恐怖が消え失せてしまった一種の捨身《しゃしん》の境地も体験できた気がした。生きることも死ぬことも希わなかったその時の心境を、わたしは捨聖《すてひじり》というべきその尼僧に託して表現したかった。

ここで更に確認したいのは、『鮫』にしても、その続編である『無明』にしても、主人公が感じる「恐怖」は、「生」を妨げる「死」を目の前にするところから生まれたものにほかならなかったということである。なお、大峰山中における「臨死」体験について、真継伸彦は最初の評論集『未来喪失者の行動』（一九七〇年九月　河出書房新社刊）に付した「書き下ろし巻末エッセイ　無明の世界――あとがきに代えて――」の中で次のように書いているが、ここには「死」よりも「生き抜くこと」に力点を置いた作家の覚悟が示されていたと言える。

> それは思いがけない経験だった。私はそのころよく自殺を考えていたが、結局は恐怖が思いとどまらせていたからである。……死をのぞむ動機は嫌悪だった。私には少年期から自分というもの、

思春期に入ってからは一般に人間というものが、かぎりなく醜悪なものに思われて、耐えなければならぬ理由を知らなかった。しかし恐怖から自殺を決行できないとなると、出会うのは二重にいとわしい自分である。私は大学に入る前後、自己嫌悪の実が募って神経衰弱におちいり、このままでは廃人になるのではないかとおそれていた。遊ぶよりほかに手はなかった。私は人と会うのが苦痛で自分のなかにこもる日が多かったのだが、旧制高校生の威勢のよい気風をとどめていた学友をひそかにえらんで、あえて交際をもとめ、いっしょに乱脈な生活にふけろうとした。彼らの明るさのなかで、自分を忘れようとしたのである。いっしょに遭難した二人の学友は、実は私より不幸な境遇にいたのだが、明るく耐えていて、私にはありがたい友だった。

そして、真継伸彦はこの「遭難」体験＝「臨死」体験から、次のような心境を得ることができた、と書く。

ともかく、私は原始林の覆われた険しい山中をただ歩きつづけていたときに、はじめて死の恐怖が消えた自分を知ったのだ。それはだれから強制された死でもなく、さして苦痛をともなわず、飢えと疲労から徐々にせまってくる死だった。私は反省の時間を充分にあたえられて、生に執着する必要がない自分をたしかめることができたのである。死は夢の無い永久の眠りにひとしいと思われた。私は母の悲しむのが辛かったが、自分は静かにその眠りにつけるのだと思っていた。しかし同時に、そのような自分を許容できて、嫌悪の消えさった今のような状態でなら、どのように生きてゆくこともできるだろうし、自分にはあえて死をのぞむ必要もないのだと思っていた。

そして更に言うならば、真継伸彦は高橋和巳や小田実、開高健らと創刊した「人間として」の第二号（一九七〇年六月）に、「私とは何か」の問いを内に秘め「衆生」であるおのれの「救済」を求めて、東南アジア（ルソン・カンボジア・ビルマ・セイロン、等）の仏跡や寺院・修行場を経巡った末に、釈迦が最期を迎えたヒマラヤの山中まで辿り着いた男の道行きと「禅問答」を描いた『樹下の仏陀』（一九八二年　筑摩書房刊）を書いていたのは、どんな意味を持っていたのか。真継伸彦が亡くなるまで「鮫」以来の「一向宗（浄土真宗）」やその創始者である親鸞や後継者の蓮如に並々ならぬ関心を持っていたことを考えると、真継伸彦という作家は終に「求道の人」だったのだ、と思わざるを得ない。

〈3〉「学生（革命）運動」体験

先にも書いたように、真継伸彦の文学は『鮫』や『無明』の系列、それは後の「仏教（宗教）」や「浄土真宗（親鸞）」への強い関心へとつながるものであったが、それとは別に『わが薄明の時』（原題『杉本克己の死』一九五九年）や『光る聲』（一九六六年）、『石こそ語れ』（短編　同）、『青空』（一九八三年）などの作品などから判明してくるのは、真継伸彦文学のもう一つの基底となっているのが、主に旧制高校時代から京大時代にかけて体験した戦後の「学生運動（革命運動）」と、その「激動」に翻弄され苦しんだ学生たちの生き様をいかに現代につなげて描き出すかに全精力を傾けてきたということである。

何故そのように言えるか。真継伸彦に一九六〇年代後半から始まった全共闘運動を意識して書かれたと思われる「現代における知識人の役割」(「時」一月号　一九六七年一月)という文章がある。その中で真継伸彦は自分はどうして『鮫』や『光る聲』といった「一揆とか革命とかの前衛的な主題にとりくみ、しかもその否定面を強調して書い」てきたかについて説明した後、その理由は自分が過ごした学生時代――真継伸彦が京大文学部に入学したのは一九五〇年四月、この年の五月には占領軍(アメリカ軍)の主導で大学やマスコミ・ジャーナリズム及び労働運動界を中心に「レッド・パージ(いわゆる「アカ狩り」)」が始まり、そのような治安維持法下の戦前を思い出させるような思想弾圧に対して、大学人は固《もと》より労働界など広範囲の人々が反対運動に立ちあがるということがあった。また、六月二十五日には朝鮮半島で戦争(朝鮮戦争)が勃発し、反戦運動が高まるということもあった。更に、七月には反体制運動を取り締まるための「破壊活動防止法」が保守派とそれを後押しするアメリカの意向を受けて国会を通過したことを受けての反対運動が盛り上がり、大学のみならず日本社会全体が「反体制運動」と「保守派」とが厳しくせめぎ合う状況にあった。つまり真継伸彦の大学時代は、「戦後革命」の可能性が真摯に追求された時代でもあったのである。なお、当時の「革命(学生)運動」を牽引していた日本共産党は、日本の革命方法をめぐって国際共産主義運動指導部(コミンテルン)が提起した「民主主義革命から社会主義革命へ」という「二段階革命論」を受け入れた「国際派」と、その受け入れに反対した「火炎瓶闘争」など暴力革命を目指す「所感派」とに分裂し、熾烈な党派闘争を繰り広げていたということもあった――と深く関係していたと言明し、「松木(マッキ)=マツギ」

という人物に仮託して、先の「現代における知識人の役割」の中で以下のように書いていた。

彼が大学にはいったのは、昭和二十五年、国際的には朝鮮戦争が突発し、国内的にはレッド・パージが強行され、同時に自衛隊の前身である警察予備隊が設立されて国家全体の右傾化、つまり対米従属の姿勢が濃厚にあらわれたころだった。

日本共産党はこれに対抗して極左冒険主義にはしり、偽の革命気分が全国に横溢していた。とくに彼が学んだ大学は、当時全学連委員長を出していて、学生運動がもっとも尖鋭な大学だった。「革命は明日きっと起こる！」指導者は毎日のようにそう叫んで、学生大衆をデモに駆りたてていたのである。

松木氏はのちに小説書きになったような男だから、きわめて内攻的な学生だった。赤面恐怖症であり、吃音でもあった。敗戦直後に中学校教師たちの軍国主義者から民主主義者へのあさましい豹変ぶりを見てきたために、容易に人を信じなくなっていた。よく言えば懐疑的だが、わるく言えば臆病な男でもあった。指導者の威勢のよい煽動演説を聞くたびに、革命は明日起こるかもしれないが、今日はけっして起こらないのだと思っていた。

この時代の学生＝知識人（現在と違って、大学進学率が、高卒生徒の五〜六パーセントの時代、旧帝大の京都大学で学ぶ学生は文字通り「エリート」であり、「知識人」であった）が、戦後民主主義運動（思想）を象徴する学生運動とどのような関係にあったか。第一章で詳しく言及した真継伸彦と同時期を京大で過ごしてきた高橋和巳の『憂鬱なる党派』（一九六五年）や『黄昏の橋』（執筆一九六八年　単行本一九七一年）を読むまでもなく、この頃の学生がおのれの「生き方」との関係で真摯に学生（革命）運動について考えていたことが分かる。先の引用に続けて、真継伸彦は革命組織（日本共産党をはじめとして、世界各国で共産主義思想を掲げる組織）が思想の中核に置く「マルクス・レーニン主義」について、次のように書く。

けれども国家全体の右傾化は、彼も危惧していた。革命が起こるか起こらないか、どちらが望ましいかと言えば、松木氏も共産党の勝利と、社会主義政権の樹立をひそかに願っていたのである。共産主義思想には人なみに接していて、とくにマルクスやエンゲルスの二つの美しい予言に打たれていた。きたるべき革命の勝利ののちに、まず社会主義社会が建設される。そこで労働の平等と、富の分配の平等が可能になるだろう。この予言だけでも呪うべきわが資本主義社会に住む貧民にたいしては、すばらしい福音である。しかるに、共産主義の見地に立てば、この社会制度は過渡的なものにすぎない。

社会主義社会では生産力が飛躍的に増大する。その結果、真の共産主義社会が実現できれば、そこに住む人びとには必要に応じて富が分配され、反対に労働のほうは能力に応じてすれば、つまり自由に働けばよいのである。この予言は貧乏なためろくに勉強できなかった松木氏自身にたいしても、実に美しい福音であった。

この文章が書かれてから五十年余り、この「現代における知識人の役割」には一九九一年のソ連の崩壊によって明らかになる「七十年余りの社会主義の実験」が、「失敗」で幕を閉じることなど夢想だにしなかった時代の「希望（願い）」が書かれているが、その「希望」とは別に、ここからは十五年にも及ぶアジア太平洋戦争の「敗北」によって手に入れた「平和と民主主義」を武器に、「飢餓と混迷」の日本社会の「再建」を決意した「知識人＝学生」の本音に近い意思を感じることができる。ただここで注意を喚起しておきたいのは、先にも記したことだが、「松木氏＝真継伸彦」が「（『鮫』や『光る聲』で）一揆とか革命とかの前衛的な主題ととりくみ、しかもその否定面を強調して書いた」ということである。

例えば、『光る聲』は、作家を目指して上京し、生活のために専修大学図書館に勤めていた時に知り合った経済学部教授の「元共産党員雪山慶正」をモデルに、共産主義の総本山「ソ連」が第二次世界大戦後に社会主義体制となったハンガリーにおける一九五六年に起こった「民衆蜂起＝ハンガリー動乱」――ハンガリーを思想的にも政治的にも実質支配していたソ連の権威主義や強権主義に対する民衆の蜂起に驚愕したソ連は、十月二十三日と十一月一日の二回スターリン戦車を先頭に数万人規模の軍隊を動員し、民衆の蜂起を鎮圧した。数千人のハンガリー民衆が犠牲となり、二十五万人近くの民衆が難民となって国外に逃れた――をどう評価するか、そのことで激しい内部抗争を繰り広げた時代の革命党員の生き様をその内面の襞襞に潜り込むようにして描いた長編である。

なお繰り返すが、真継伸彦が先の「現代における知識人の役割」という評論の中で、『鮫』や『光る聲』等で「一揆とか革命とかの前衛的な主題ととりくみ、しかもその否定面を強調して書いた」という言葉を記したことの意味について、『光る聲』の初めの方に、経済学部の教授の研究室で開かれている学生党員を含めた共産党の細胞会議で、学生を指導する立場にあり、またこの物語の語り手（作者）でもあるもう一人の主人公「松本講師」が、細胞会議のメンバー（学生たち）を前に、「ハンガリー事件（動乱）」から何を学んだかを語る次のような場面にこそ、真継伸彦の革命運動に対する「本音」が書き込まれていたと考えられる。

今までにぼくが学んだことがひとつある。それはね、革命運動には、無数の殺人がつきまとうということだよ。政治という試行錯誤は、かならず殺人をともなう。それも敵味方の戦闘だけじゃない。暗中模索の状態では、同士討ちさえ避けられないということだ。君たちも今度のソ連共産党二十回大会のフルシチョフ秘密報告の内容は、もうよく知っていることだろう。スターリン時代の誤った裁判の実態が、事が完全に終ったあとで、はじめて暴露されたのだ。無実の者が味方の誤解によって投獄され死刑にされる。それも何万人も、いや何十万人もだ。革命運動はこういう暗黒事件を、今なお生みだしている。あるいはハンガリー事件全体が、誤解から生じた暗黒事件かも知れない。ぼくにはそんな疑いさえある。しかし、革命家という者には、誤解による破滅にさえ、やむをえず耐えねばならないということがある。ぼくは今度の事件の経過をみつめて、こういう不条理を学んだと言いたい。（『光る聲』第一章）

そして、松本講師（真継伸彦）は「今度のハンガリー動乱から、ほかにもさまざまなことを学んだ。

たとえば、革命運動が高くかかげるプロレタリアートの正義の旗が、ひどく悪魔の旗に変貌しやすいことも学んだ」とも言う。まさに、第二次世界大戦（日本ではアジア太平洋戦争）後の世界を規定した「冷戦構造」の下で起こった革命運動の「否定的」側面を、真継伸彦は自分の京大時代からの経験やその後の見聞、人間（日本共産党員や左派の人々との）関係、更には苛烈な状況を強いられた戦前の革命運動の歴史を深く掘り下げることで、明らかにしようとしたと言っていいだろう。ただここで注意しておきたいのは、真継伸彦が『光る聲』で革命運動における「否定的」な面を様々なケースを例に言挙げしているからと言って、真継伸彦はソ連の崩壊（一九九一年）によって世界中で起こった「社会主義の敗北、資本主義の勝利」というような、例えば吉本隆明が『超資本主義』（一九九五年　徳間書店刊）という書物で明らかにした「格差社会」の拡大進行という現実を無視した「労働時間が減り、余暇に費やす時間が増え、誰もが『豊かな生活』が保障される」と言った類の「空疎」な資本主義礼讃の言説に与したわけではなく、どのような「否定的」な面があろうと「革命の正義」は信じるに値する、人類の未来は社会主義に託すしかないといった立場からの考察（表徴）だったということである。

また、『光る聲』の「第五章」には、陸軍士官学校出身の松本講師が戦時下においてどのような「皇国青年」であったかが、恋人の口を通して語られる場面がある。

可愛いエリート坊や。これが「振武隊《しんぶたい》」隊員松本清次《きよつぐ》。すなわち十七、八の貴方の真情だったのね。私たち日本人は、ほとんどがこんなキツネに憑かれていたのね。なかでも最優秀のキツネである貴方の日記には、昭和維新という言葉がふんだんに散りばめてあった。貴方は二・二六事件のテロリスト青年将校の忠実な後継者たらんとしていたんだわ。ヒトゴロシの指導者になるつもりで、ヒトゴロシのお勉強に精をだしていた。だから敗戦になって天皇陛下が、「私は実は神様じゃなかったんです。人間でした」とおっしゃったとき、貴方はどんなにむごい屈辱を味わったことでしょう。十八歳のエリート坊やは、そのとき聖者から道化に一変したのね。生真面目な道化が共産主義に活路を見いだすまでには、どんなに苦しい煩悶があったことでしょう。貴方は自殺する気にでもならなければ、けっして信念を変更できない生真面目な人。今の貴方がおそろしいほど冷静なのは、二度とキツネに憑かれまいと身がまえているからなのね。

「振武隊」が一九四五年三月二十六日から始まった沖縄戦に投入された陸軍特別攻撃隊（特攻隊）の名称であり、今は大学の講師をしている松本は陸軍士官学校時代、日記に「〃天皇陛下万歳〃／聖声是ナリ／此一句コソハ実ハ古今東西冠絶ノ如何ナル英傑ノ辞世ニモ百千万倍優リタルノ聖句ナリ」と言った言葉を書きつけているような「皇国青年」であった、と説明されている。が、このことを承知で先の引用を読むと、そこから何が立ちあがってくるか。また「第二章」には、松本講師の恩師中川教授が戦時下において「転向」を強いられた古参の共産主義者であったことも書かれている。このことは、真継伸彦が戦後の「革命運動」を担った者たちの中に労働者や農民とは別に、絶対主義天皇制（軍国主義）に翻弄された「知識人の卵」である皇国青年や、「転向」経験者の知識人も存在していた、と認識していたことを意味していたと考えられる。多くの人が、戦後における「日本革命」の可能性に自分たちの「未来＝夢」を託していたということなのだろうが、それが「儚い夢」であったことは、その後の日本社会がよく表している。
『光る聲』の最後は、松本講師が学生の頃中川教授の「マルクス主義について考えるところを書け」という試験問題に対して、マルクスは「労働者の窮乏や受苦が革命へと繋がっていく」と答案用紙に書いて提出したことを思い出し、自分は共産主義（戦後革命）の可能性を信じ続けるつもりだ、とその「決意」を述べるところで終わっている。

つたない、その一枚の答案は、私自身の「共産党宣言」であった。私は最大多数の受難者の意向に協力しようとして、自由意志で共産党に入党した。私はそう書いた。……長い間、いや、今の今まで、私は二十歳の私の、この覚悟を忘れていた。先生、お読みになったあなたも、とうの昔に忘れておしまいになっていた。私たちは現実の卑小な共産主義運動のなかで、共産主義精神を見失っていたのである。受難のなかで、受難に耐える決意を見失っていた。……そう、あの大広間で逆上した竹中行雄（共産党員から創価学会員になったかつての仲間——引用者注）の絶叫を聞いていたとき、私はただ微塵に砕かれた光の、瞬時に消えてゆく荒涼とした声を心中に聞いていた。海雪のゆるやかに沈む音のみを感じていた。しかし砕かれたその光は、実は生命の源泉から放たれている。死の音は生の喚び声である。私はその源泉へ帰ろう。あなたと私とが合体していた陽のなかへ。そこで私の意志を再確認しよう。母の死の非に直感した、生の歓喜をよみがえらせよう。……私は今、受難の復活を感じはじめている。

真継伸彦は、「『光る聲』の背景――雪山慶正さんの思い出」（図書刊行会編『悲劇の目撃者』一九七五年六月所収）の中で、専修大学図書館に勤めていた時の雪山慶正との交友について、次のように書いていた。

雪山さんはしかし、正義を信じつづけた人である。マルクス主義の正義を批評の鏡にして自分を責めつづけていたのであって、その正義を捨てることも嘲笑することもできなかった。雪山さんは厳格に、その正義の人間像に自分をはめこんで、最後まで生きようとした。外見は何によっても鎧うことのできなかったこの人は、内面に厳格な倫理を秘めて自分を律していた。そのように自分を捨てきれない人は、道化になろうとしてなれない。

私はここで、ハンガリー動乱にたいするソ連の武力介入が、雪山さんに国際共産主義運動にたいする、いかに深刻な絶望や幻滅をあたえたかを、くりかえし語ろうとは思わない。報道を聞いたあと、雪山さんは一週間眠れなかった。ソ連の武力介入を是認する日本共産党と袂を分かとうとして、奥さんに、

「人民民主主義の名において非力な人民を武力弾圧する者を許せるだろうか？」

と質問した。「許せない」という答えを得たあとで、専修大学共産党細胞に脱党届をだした。

このような著名な経済学者がモデルとなった『光る聲』に対して、発表当時「毎日新聞」の「文芸時評」（一九六六年三月二十五日付夕刊）で平野謙が、「いわゆるハンガリー事件の影響が日本の一大学

内の共産党細胞にどんな激甚な分解作用を及ぼしたかをポイントとして、戦前左翼インテリゲンツィアと戦後のそれとを対置させながら、共産党内部におけるヒューマニズムの問題、民主主義の問題を熱っぽく追及したものである」と評価し、また奥野健男が「日本読書新聞」（同年三月二十八日号）の書評で、「ぼくはこの小説を、この一年間ぐらいの小説のうちの最大の力作と呼んでいいように思う」と評価し、それは「ここにあらわれているのは、あきらかに悪であるものを、スターリン主義的マルキシズムを、そしてマルクス主義の本質とは似ても似つかない現実の疑似社会主義体制を日本の現実のためという既成のマルキシズムの視点から人間としての分裂、崩壊を辞せず、擁護しようとする日本の進歩的インテリゲンチャの悲喜劇である」だからであるとした。もっとも奥野の「マルクス主義の本質とは似ても似つかない現実の疑似社会主義体制を日本の現実のためという既成のマルキシズムの視点から人間としての分裂、崩壊を辞せず、擁護しようとする日本の進歩的インテリゲンチャの悲喜劇である」という文言は、主人公の共産主義者としての生き方や思想と作家の思想とを混同しているようで、評語の意味も分かりづらく、『光る聲』をどのように読んだのか分からない時評になっている。

それらの批評に対して、「新日本文学」（同年五月号）の「文芸時評　戦後派文学の荒廃（一）――『憂鬱なる党派』と『光る聲』をめぐって」において、武井昭夫は『光る聲』の創作意図は「『日本革命運動全体を批判する』ことによって、逆に今日の革命運動の意義をいっそう明確化するとともに、今日の危機的状況を明らかにすることによって、ますます、日本革命運動への批判の重要性を明らかにしなければならぬという、この相関する二重の課題の同時的遂行」にあったと喝破しながら、作中の時間設定や「極左冒険主義」などの用語の使い方などに間違いが多く、また火炎瓶闘争などの革命運動の最前線にいた者が今や創価学会の活動家になっているというような安易な人物設定などを考えると、この長編は「失敗作」「駄作」であり、「没批評的な、通俗的文体、曖昧・不正確な文章」に満ちている、と酷評した。しかし、武井昭夫のように「文体」や「用語」に問題があるからと言って、作者の「革命」への熱い思いも「文体」などと一緒に水に流してしまっていいかどうか、それこそ武井昭夫が嫌悪していた「芸術主義」に堕した批評になってしまっているのではないか。

確かに、一九四八年、東大の学生として全学連（全日本学生自治会総連合）の初代委員長に就任し、戦後の民主化運動、学生運動、革命運動の現場を歩き続けたある意味で真正な共産主義者（後に文芸評論家に転身）であった武井昭夫にしてみれば、『光る聲』における時代設定や用語の混乱・間違いは許せないことだったかもしれない。しかし、高橋和巳の『憂鬱なる党派』と共に『光る聲』もまた「転向小説なのではないか」と断じるのは、『光る聲』における真継伸彦の意図を完全に読み違っていた、と言わざる得ない。何故なら、『光る聲』はハンガリー動乱を機にそれまで信じてきた共産党の在り方に疑問を持つようになり、共産党とは別に自分が信じる共産主義思想を遵守してその後を生き抜こうと決意した人間の「倫理と論理」に、作者が自分自身の想像力と思想でどこまで迫ることができるかを実験的に追究した作品であり、「転向小説」でも、あるいは「革命文学」でもないからである。別な言い方をすれば、冷戦構造に規定された戦後世界を「乱世」と捉え、そんな「乱世」を生き抜く共産主義者の倫理と論理を追究したのが『光る聲』だったということである。

このことは、『光る聲』から必然的に導かれた物語と考えていい『光る聲』の刊行と同じ年の「文藝」

（一九六六年四月号）に発表された『石こそ語れ』を読めば、歴然とする。「三二年テーゼ」（一九三二〈昭和七〉年にコミンテルンが決定した「日本における情勢と日本共産党の任務に関する方針」――当面、日本の革命は「民主主義革命」から「プロレタリア革命」へと進むものとした、所謂「二段階革命論」の提唱）から「転向」の時代を経て、元共産党員やプロレタリア文学者の「戦争協力」が当たり前であった十五年戦争下において、それでも「内なる声」に従っていかに生きるかを模索し続けた共産主義者の生き方を描いたこの中編は、戦前に「転向」体験がありながら戦後において蘇った『光る聲』の中川教授の在り様の、あり得たかもしれない「もう一つの生」を描いた作品、と考えることもできるからである。真継伸彦は、「イデオロギーか信仰か――歴史価値喪失者の視点――」（「現代の眼」一九六七年四月号）の中で、「戦前の共産主義者」に対する関心について、次のように書いていた。

私は長い間、そう、共産党のいわゆる極左冒険主義闘争がたけなわだった学生時代に、自分が非戦闘員でしかありえないことを自覚させられてから、戦前の反戦主義者、とくに共産党員にたいする関心がずっとつづいている。いま、共産主義それじたいの当否の究明はさておこう。すくなくとも戦争に反対するのは正しい行為である。

この「戦争に反対するのは正しい行為である」という思想があってこそ、共産主義者としての孤塁を守ろうとする男への共感をモチーフとする『石こそ語れ』が書かれたと言える。そして、そのような共産主義者へのシンパシーが先か、それとも一九五〇年代初めの「学生（革命）運動」との関わりが先であったかは分からないが、「反戦」の思いが真継伸彦の創作の「原点」となっていたことは、紛れもない事実であったと言っていいだろう。というのも、同じ文藝賞の受賞者であり京都大学で同じような体験をしてきた高橋和巳の『憂鬱なる党派』に刺激されたからというわけではないだろうが、一九六〇年代後半から熾烈を極めるようになった学生叛乱＝全共闘運動が、一九七二年三月に生起した連合赤軍による「あさま山荘銃撃戦」とその後に発覚した「十四名の同志殺人」で息の根を止められるような状況に陥ってからおよそ十年経って、京大在学中に見聞（体験）した学生運動に材を取った『青空』を「毎日新聞」の夕刊に、真継伸彦は連載を始める。

しかし、京都大学入学から数えて三十五年、連合赤軍事件によって「政治の季節」＝学生叛乱の季節がほぼ息の根を止められたような状態になってから十年以上が経って、何故真継伸彦は「レッド・パージ反対闘争」や「朝鮮戦争反対」、一九五一年五月の大学文化祭における「総合原爆展」不許可問題や「京大天皇事件」といった自らも参加した総じて言えば京都大学における反戦運動（革命運動）に材を取った『青空』を書くようになったのか。『青空』は、京大天皇事件に対する大学当局の学生処分撤回のハンガー・ストライキに始まって、高橋和巳が『黄昏の橋』で書いた「荒神橋事件」や、日本共産党（所感派）の指導による火炎瓶闘争や山村工作隊運動、等々、まさに戦後の学生運動を象徴するような京都大学における「学生（革命）運動」に関わった「マツギ」と呼ばれる学生、及びその兄弟（姉妹）の活動を中心に、その都度登場人物たちの「私とは何か」の問いを中心とした内面（心理）の動きを細部にまで踏み込んで描こうとした長編である。

そこで思い出すのは、先にも少し触れたが、真継伸彦は一九七〇年代の初めに、「私とは何か」「精神の救済は可能か」を問う若者が、「仏教」信仰の跡を辿ってインドシナ半島のカンボジアやビルマ（現ミャンマー）などからセイロンを経てインド（ヒマラヤ山中）へと「彷徨」する様を、様々な「仏典」の解釈――その「解釈」が正しいか否かは浅学な評者には判断できないのだが――を織り交ぜながら描いた『樹下の仏陀』（「人間として」第二号　一九七〇年六月　単行本は一九八二年刊）を書き、小説を書くことは自分にとって「求道」であることを明らかにしたことである。この『樹下の仏陀』を発表するのとほぼ軌を一にするようにして、『鮫』や『無明』と深い関係にあった浄土真宗の開祖親鸞やその後継者蓮如の「教え」、それは真継伸彦にとって「精神の自由」を体現する宗教ということで、ますます「仏教」全般への関心を深めるようになる。このことは、先にも記した『新しい宗教を求めて――私とは何か』や『現代人と救い』（一九八三年九月　筑摩書房刊）を上梓するということで明らかだが、その『現代人と救い』の巻末に付された「計画と実現――あとがきにかえて」の中で、『青空』については次のように書くということもあった。

私が宗教と政治の関係について考えたくなった動機は、学生時代の火炎ビン闘争である。十年あまり前の、大学教員時代に体験した学生闘争も、不毛さや無残さ加減においては、同質のものである。私は現実に起こった無残な出来事を、歴史の上でも無残に忘れられたくない。そこで学生闘争を主題に『細く険しい道』を書きはじめたのだが、六百枚あまりで中断している。私自身の学生時代の体験は、目下さる新聞の連載小説で書いている。これはあと何か月かで、自動的（?!）に完結することになっているのだが、以上のほかにも、中断していたり、いちおう完結していても、原型では出版する気にならないものがある。

ここで言及している『細く険しい道』は、残念ながら終に最期まで刊行されなかったので未だに読むことはできないのだが、『青空』については、引用ではさらっと「私自身の学生時代の体験は、目下さる新聞の連載小説で書いている」と書いているだけである。しかし、果たして自分が学生時代に体験した「火炎ビン闘争（革命運動）」や大学の教員になって経験した「学生闘争＝学生叛乱・全共闘運動」は本当に「宗教と政治の関係」を考えるきっかけになったのだろうか。確かに、真継伸彦が「体験」した京大の学生（革命）運動は、広い意味で当時の日本共産党の「過激な闘争方針」や所感派と国際派との分裂といった「政治」と深く関わっており、その意味でその運動に関わった人間の「生き方」に多大な影響を与えるものだったと言えるだろう。しかし、『青空』に登場する「マツギ」兄妹やその友人である学生たちの活動を見る限り、直接的には「宗教（仏教・浄土真宗）」との関係は希薄なのではないか。もちろん、繰り返すことになるが、真継伸彦が過ごした一九五〇年代前半の時代を「乱世」と見做すならば、『青空』もまた一向一揆や浄土真宗（蓮如）の在り方をも問うた『鮫』や『無明』と同じように、「乱世における人間の生き方」を問うたものとして「宗教と政治の関係」に踏み込んだ長編作品ということもできる。

しかし、『青空』の場合、物語の初めに「在日朝鮮人」が登場し、その後も朝鮮人が数多く住む大阪の猪飼野に住む青年が活動家として「マツギ」たちと交流し、未だ日本への復帰を果たしていない「沖縄（人）」が物語の中で重要な役割を担っていることを考えると、真継伸彦が『青空』で描き出したのは、「宗教と政治の関係」というよりは、「精神の自由」と「個の自由」を求めて悪戦苦闘する「戦後」の青春群像の描出、と考えるべきなのではないか。そして、さらに言うならば、『青空』は、小田実や高橋和巳、開高健、柴田翔と一緒に創刊した「人間として」の第七号（一九七一年九月）から第十一号（一九七二年九月）までと、「文芸展望」第三号に連載した「吃音」と「寝小便」に悩まされた戦前期（少年期）の自分の在り方を自伝小説風に綴った『林檎の下の顔』（一九七四年六月　筑摩書房刊）の「続き」として読むこともでき、その意味では真継伸彦が「自己点検」意識の強い作家であったことの証となる一作、と言うこともできる。

また、真継伸彦は一九六〇年代の終わり近く、一九六八年十月八日の佐藤栄作首相のベトナム訪問を阻止する目的の「（第一次）羽田闘争」のあと、「文学の中で自己否定の内面化を進めよ」（初出不詳『破局の予兆の前で』一九七一年　河出書房新社刊所収）という評論で、自分の学生運動体験について次のように語っていた。

学生時代の私は、理想としての共産主義は十分に肯定でき、共産主義社会実現のために献身することにも異存はなかった。が、当時の指導部の情勢分析や闘争方針がどうしても承服できかねた。だから党生活のなかへの自己否定を敢行できなかったのである。私に入党を勧誘したさる先輩は、疑う前に入党せよと進めた。私たちは党生活のなかでこそ自己変革がとげられるはずだから。しかしこの論法は、実は創価学会などの新興宗教の入信をすすめる論法とおなじなのである。彼らは異口同音に、信仰生活の良さは入信しなければわからないと言う。が、ネコイラズの味も、嘗めてみないとわからないのである。

当時の共産党のでたらめきわまる指導ぶりについては、ここで語る余裕がない。私はただ、入党しなかったとはいえ、党活動を身近に見てきた自分は、敵のおそろしさと同時に、味方のおそろしさも一緒に見てしまったとだけ言っておこう。指導部に恐怖をおぼえたときに、共産主義は内面の問題になった。私は自己否定の方向を、文学のなかに求めるようになったのである。

これを読むと、真継伸彦が何故「作家」を志したのか、そして「学生運動」体験を創作の原点の一つにしたか、がよくわかるだろう。

〈4〉「全共闘（運動）」への接近と三島由紀夫批判——反戦・平和主義者として

一般的に、一九六五年末に起こった早稲田大学における「学費値上げ反対」「学生会館の管理運営を学生の手に」をスローガンとする全学スト＝全学バリケード封鎖に始まった一九六〇年代後半の学生運動は、「六〇年安保闘争」における全学連に象徴される日本共産党や共産主義者同盟などの新左翼に領導されたそれまでの学生運動とは一線を画するものであった、と言われる。理由は、六〇年代後半に全国の大学を席巻した学生運動が「全共闘」——大学によっては「学闘委（学生闘争委員会）」とか「全闘委（全学闘争委員会）」などと名乗った——と呼ばれる「無党派の活動家（ノンセクト・ラジカル）」を中核に、「新左翼」（共産主義者同盟や革命的共産主義者同盟、社会主義青年同盟解放派、第四インターナショナル、等）諸党派が党派色を前面に押し出すことなく、先の早稲田大学と同じように「学費値上げ反対」「学館の管理運営権を学生の手に」とか、「学生寮移転反対」等々の各大学個別の反権力闘争と、「ベトナム戦争反対」「原子力潜水艦寄港反対」等の世界の冷戦構造を反映した「新たな戦争」に日本が加担することへの反撥・抵抗とが混然一体となった大衆運動だったからである。この「全共闘運動」に関して、詳しい運動の経過や内容に関して論述していくことは極めて、難しい。何故なら、全共闘運動の参加者たちが後にまとめた『全共闘白書』（一九九四年　全共闘白書編集委員会編　新潮社刊）や『続全共闘白書』（二〇一九年　同　情況出版刊）を見ればわかるように、当時四百と言われていたバリケード封鎖した大学の数だけ「全共闘」は生まれ、闘争課題も大学の数だけ存在したと言われており、「全共闘（運動）」の全体を既述するためには人智を越えた「神」の視点が必要になると思われるからである。

その意味で、高橋和巳が『わが解体』で京都大学における「全共闘（運動）」との関係を中心に、「自らの死」を賭して全共闘に関わるとはどういうことなのかを問い、真継伸彦がドイツ語の教師として教鞭をとっていた芝浦工業大学及び桃山学院大学の「全共闘（学生）」との関わりから、この学生運動の戦後史的・世界史的意味について追及しようとしたのは、大いなる勇気を要する作業だったわけである。何故なら、繰り返すが、「全共闘（運動）」についてはまさに個別にしか語れないそのような性質のものなのではないか、と思われるからであり、「全共闘（学生）」は原理的には「一人一党・一派」を基本単位として成立しており、例えば「ベトナム反戦」一つとっても、全共闘学生の大半を占めていた「団塊の世代」は、別な言い方をすれば先のアジア太平洋戦争において中国大陸や朝鮮半島、アジア・太平洋地域への「日本侵略」の先兵となった男と「銃後の女」との間に生まれた「帰還兵の子女」であり、そうであったが故にそれぞれ異なる「戦争観」からベトナム反戦が叫ばれたのではないかと思うからである。それが、同時代（一九六六年春から六九年の冬）をノンセクト・ラジカルの一人として地方の国立大学に構築された貧弱なバリケードの中で過ごした者の実感、と言ったら余りにも個人的な感想に過ぎるか。

というようなことを前提に、何故真継伸彦は「全共闘（運動・学生）」と深く関係するようになったのかを考えると、周知のように真継伸彦は『鮫』で文藝賞を受賞した翌年、友人の推薦で芝浦工大の専任講師となるが、先にも記したその二年目の一九六七年一月の「現代における知識人の役割」というエッセイの中で、次のように書いていたことが大きなヒントになるのではないか。

松木氏がどうして一揆とか革命とかの前衛的な主題ととりくみ、しかもその否定面を強調して書いたかという動機のほうは、たぶん究明に価する。

話は十五年あまり前の松木氏の学生時代にさかのぼる。

彼が大学にはいったのは昭和二十五年、国際的には朝鮮戦争が突発し、国内的にはレッド・パージが強行され、同時に自衛隊の前身である警察予備隊が設立されて国家全体の右傾化、つまり対米従属の姿勢が濃厚にあらわれたころだった。

日本共産党はこれに対抗して極左冒険主義にはしり、偽の革命気分が全国に横溢していた。とくに彼が学んだ大学は、当時全学連委員長を出していて、学生運動がもっとも尖鋭な大学だった。「革命は明日きっと起こる！」指導者は毎日のようにそう叫んで、学生大衆をデモに駆りたてていたのである。
松木氏はのちに小説書きになったような男だから、きわめて内攻的な学生だった。赤面恐怖症であり、吃音もあった。（中略）
けれども国家全体の右傾化は、彼も危惧していた。革命が起こるか起こらないか、どちらが望ましいかと言えば、松木氏も共産党の勝利と社会主義政権の樹立をひそかに願っていたのである。

そんな「松木氏（真継伸彦）」は、次第に指導者の「レーニンは言った。革命的情勢は待っておれば到来するものではない。われわれ自身が積極的につくりだすのだ！」という怒号に「同感」する気持ちになっていくが、最後の所で「革命のためでも、人は殺せない」との思いから、共産党への入党を思いとどまる。知らずのうちに懐胎するようになった「人を殺してはいけない」との確信が、「革命のための殺人」を認めさせなかった、と言ったら言い過ぎか。真継伸彦の「反戦・平和主義」の原点は、先にも記したように、まさにこの引用に示されたような京大時代の学生（革命）運動体験にあったのだが、「殺すな！（殺されたくない！）」を合言葉とする「ベトナム反戦」を高らかに掲げ、同時に大学では「社会に貢献する知」を求めて立ちあがった全共闘学生へ並々ならぬシンパシーを感じ「伴走」を決意したのも、おのれの在り様を凝視するところに発語＝表現の根拠をおく作家としての当然の進み行きであった。桃山学院大学で自分の研究室を開放し、全共闘学生の溜まり場（討論・討議の場）に提供したのも、みな京大時代の経験を今に生かすことで少しでも全共闘運動に寄与したいと思ったからではなかったか。「全共闘（運動）」は、「一九六七年十月八日」の「佐藤栄作南ベトナム訪問阻止闘争」、いわゆる「一〇・八羽田闘争」に始まるとする真継伸彦は、前出の『破局の予兆の前で』（一九七一年四月　河出書房新社刊）所収の一九六九年から一九七〇年にかけて書かれたと思われる「大学革命論序説」や「全共闘運動私論」、「全共闘運動の未来」、「バリ封鎖の自己崩壊を惜しむ――桃山学院大学の全共闘運動」、「学生運動の一視点」、「文学の中で自己否定の内面化を進めよ」（いずれも初出年月、初出紙誌不詳）等、及び『内面の自由』（一九七二年七月　筑摩書房刊）所収の「全共闘運動が問いかけるもの」（「朝日ジャーナル」一九七一年四月二十三日号）、「全共闘運動が暴露したもの」（「人間として」一号　一九七〇年三月刊）、「全共闘運動と高橋和巳」（同六号　一九七一年六月刊）等、更には一九七〇年前後の「政治の季節」から少し遅れて刊行された『深淵への帰行』（一九七五年九月　筑摩書房刊）所収の長編評論「非暴力主義への意志」（「中央公論」一九七三年四月号）や「大学の知的権威確立を」（「朝日新聞」一九七三年五月）、「全共闘運動とその後にやってきたもの」（『月刊エコノミスト』一九七三年十二月号）、「〝大学革命〟にみる迫害と堕落大学」（「中央公論」一九七四年七月号）、等々の文章で「全共闘（運動・学生）」について、様々な角度から言及してきた。

それらの文章をかいつまんで要約すると、以下のようになる。

戦後の混乱から立ち直り、資本主義国家として高度経済成長政策を成功させ、その成果を「教育投資」に振り向けるという先進工業国がたどった道を闇雲に走り続けた結果、「四百」を数える程に膨張した日本の大学は、国公立、私立を問わず、どこでも学園紛争（全共闘運動）を誘引する状況にあった。そんな大学事情は「教員」の在り方にも微妙な影を落とし、一九五〇年代の大学で展開された

「学生（革命）運動」に関わりながら、「絶望」のうちに日々を過ごしていた教員たちに「夢をもう一度」との思いを抱かせるようになった、と考えても不思議ではない。しかし、そのような大学教師たちに対して、全共闘の一部は「清官教授」――京都大学の全共闘と共に歩んでいた高橋和巳に対して、文学部東洋史闘争委員会が「壁新聞」（大字報）で「〈清官教授〉は闘争を主体的に担う部分に対しては、一定程度進歩的ポーズをとる。否、とらざるを得ないのだ。（略）我々は告発する。彼らの〃清〃をふりまき、〃官〃にしがみつく思想の頽廃形式を。〈清官教授〉に訴えたい。〃官〃はそもそも〃清〃たりうるかという問を発せられんことを。〃官〃たることに訣別せられんことを。そして我々の知的誠実を求める正義の闘いに参加せられんことを。」――というような形でその存在価値を問い、論難した。

当時、「〃清〃をふりまき、〃官〃にしがみつ」いていたわけではないが、大学の学生たちへの対応や「学問」への姿勢に疑問を持ち、大学教員の職を辞した者は数多く存在した。天沢退二郎（明治学院大学）、菅谷規矩雄（都立大学）、最首悟（東京大学）、滝沢克己（九州大学）、田川建三（国際基督教大学）、松下昇（神戸大学）、等々、彼らがどのような思いで大学教師の職を辞したか、それぞれ「個別の事情」があってのことだと思うが、前記したように全共闘（運動・学生）に対して様々な論考を書き残した真継伸彦は、最後まで大学教師の職を辞さなかった（真継伸彦は、芝浦工業大学、桃山学院大学のあと、姫路獨協大学に移り定年まで勤めた）。

理由は、あくまで推測でしかないが、真継伸彦は大学時代の「学生（革命）運動」体験から、「体制変革＝革命」は早々に実現するものではなく、長いスパンで考えなければならないとの強い思いを抱くようになっていて、そのことから「自爆」（大学教師を辞する）よりも「延命」（体制に「異議申し立て」をしながら生き続ける道）を選んだからだったのではないか。言葉を換えれば、一九七〇年前後の学生叛乱（全共闘運動）の時代を『鮫』や『無明』の世界と同じように「乱世」と捉えていたと推測される真継伸彦は、「時代の在り様」と真摯に向き合いながら、何としてでも「生き抜く」ことを考えていたのではないかということである。何としても「生き抜くこと」、それこそが真継伸彦にとって「より良き生」を生きる最良の方法だったのである。真継伸彦に桃山学院大学時代の経験を基に書いた「全共闘運動私論」（初出年不詳、ただし内容からみて一九七〇年の後半から一九七一年ごろに書かれたものと思われる）という文章があり、その中で全共闘運動と「国家革命」との関係、つまり「社会変革」の可能性について、次のように書いていた。

大学革命は国家革命を前提とする。社会全体が改革されないかぎり、真の大学革命はありえない。とはいえ、それゆえに国家革命に直行する全共闘の政治主義に、私はこれまでの認識にもとづいて反対する。真の国家革命はまた、真の大学革命を有力な前提とするのである。後者こそ私たち大学構成員が、自身の人間性の回復という主体的な要求より発して、自身の救済のために行われなければならない当為である。そのための日々の忍耐づよい努力は、街頭急進主義よりはるかに困難な事業である。さきに紹介したカリキュラム改革案（全共闘の要求に応じる形で桃山学院大学教授会が提案した案——引用者注）ひとつをかえりみても、これだけでは綺麗な作文にすぎない。実践のためには大学の全構成員の、きびしい相互批判をともなう努力が必要なのである。私はそこで行われる人間性の相互錬磨が、正しい国家革命（それはおそらく、スターリニズムをともなわぬ社会主義社会の実現を目的とするだろう）の方向を具体的にさししめすものと予想する。大学はすでに、同世代の人口の二割以上が通過する巨大な社会集団である。全共闘のはげしい問いかけにあって、そこでいっせいに、私たちの阻害からの回復運動が行われるとすれば、これは資本主義国家の帝国主義化、具体的には、憲法改悪や徴兵制度の復活にたいする、最強の抵抗力ともなるだろう。

このように学生運動＝全共闘運動が資本主義社会である日本に何をもたらしたか、その「意味」と「功績」について「私論」を展開した真継伸彦だったが、全共闘運動（革命運動）の退潮期＝政治の季節の終焉期に起こった「最大の汚点」とも言うべき連合赤軍事件――一九七二年二月に連合赤軍によって引き起こされた「あさま山荘銃撃戦」とその後に発覚した山岳ベースでの「十四名の同志殺人」を総称した言い方――について、次のように書くことで、自らの立場を明らかにした。

今は「全共闘運動が暴露したもの」に関連して、ごく簡単に私見を述べる。連合赤軍の想像を絶する非人間性が暴露されたところで、むろん私の主張は変わらない。訂正はしていない。私は妊娠八か月の女性までも虐殺し、同志（殺害の指揮者森恒夫は獄中で、殺した人びとをまだそう呼んでいる）の心臓をナイフでえぐったり、体にアイスピックを打ちこんだりする姿を想って、――犠牲者のなかには苦痛に耐えきれず、舌を噛み切って死んだ者もいるという――私はこれは、革命を云々する資格のない者たちが、あえて革命運動に参加した悲劇だと思った。それゆえに最も極端な闘いの裏面に、最もすさまじい人間の否定性が暴露されてくる。彼らは狂人のようにならなければ（つまり正気のままでは）、前衛になれなかったのである。

私は「同志」の「粛清」を伝える紙面からたちのぼってくる血の匂いや、あらわれでる血まみれの顔面や、裸体や、聞こえてくる絶叫に耐えかねて嘔気をもよした。それが第一の反応だった。精神だけではない、肉体までがこの凶行を拒否する。（傍点原文）

そして、次のように自分の「主義・思想」と連合赤軍事件が明らかにした革命運動の「堕落」がいかに異なるものであるか、次のように言う。

私は革命家ではない。単なる反戦主義者にすぎないのだが、反戦運動であれ、革命運動であれ、運動の起点は右のような嘔吐感であると言ってよい。それは人を殺してはいけない、人を傷つけてはいけない、という無意識のねがいのあらわれなのだ。どのような運動形態であれ、このねがいがうしなわれてしまえば虚偽になる。頽廃し始め、このリンチ事件が暴露したような、ケダモノ以下の凶行に収斂する。

なおここで注記しておかなければならないのは、この二つの引用が「人間として」（第九号　一九七二年三月刊）掲載の全共闘に関する論考「全共闘運動が暴露したもの」を単行本『内面の自由』（一九

七二年七月　筑摩書房刊）に収録する際に書き加えたものだった、ということである。「事実の隠蔽が人間の病いの根源であるとすれば、事実の暴露が治癒の第一歩である。私がみる全共闘運動の最大の功績は、自他の偽善性の暴露である。不平等社会の深淵をのぞきみるのも、自他の魂の深淵をのぞきみるのも大変勇気の要る仕事であるが、誠実な暴露の作業が続行されなければならないだろう」（「全共闘運動が暴露したもの」）というような文章は、「象牙の塔」等と言って権威にふんぞり返ってきた日本の大学（教師たち）を震撼させるものだったことを思うと、真継伸彦がいかに「誠実」かつ「真摯」に全共闘（運動・学生）に向き合ってきたかの証と言っていいだろう。

そんな自己の体験や状況の核心部と正対するところから言葉を紡いできた真継伸彦だったからと言えばいいのか、それとも『鮫』や『無明』で最下層の「非人」が「乱世」においてどのようにして「自己救済」の道を歩むようになったかを描いたきた真継伸彦だったからと言えばいいのか、先のアジア太平洋戦争を「精神面」で支えたと言っても過言ではない日本浪漫派系の作家として出発しながら、中村真一郎や埴谷雄高、野間宏といった戦後派作家からも厚遇され、一九六〇年代に入ると『十日の菊』（一九六一年）や『憂国』（同）に続いて『英霊の声』（一九六六年）の「二・二六事件三部作」を発表し、「天皇主義者＝民族（日本）主義者」の本性をますます露わにするようになったベスト・セラー作家三島由紀夫に対して、一九六九年五月十三日に東大の駒場（教養学部）で行われたその三島と全共闘との討論集会における発言内容を知るに及んで、「憤り」を隠さない激烈な批判を展開するようになる。その最初は、真継も加盟していたべ平連（ベトナムに平和を！市民連合）が小田実を編集長として発行していた「週刊アンポ」（「週刊」と言いながら、発行は不定期だった。第二号　一九六九年十二月一日発行から第十四号　一九七〇年五月発行まで）に、八回にわたって連載した「右翼の新オピニオンリーダー　三島由紀夫批判」であり、「人間として」に連載するつもりでの創刊号（一九七〇年三月）と三号（同年九月）に書いた「自由と文化——三島由紀夫批判」、及び三島が自決した直後に書いた「三島ロマンチシズムの自己崩壊」が、その中核を成す。

これらの論考から分かる真継伸彦の「三島由紀夫批判」の基本は、三島の自決によって中断を余儀なくされたために書いた「読者へのお詫び」と副題された『『自由と文化』の休載について」（「人間として」第四号一九七〇年十二月）の、次の一文に集約できるだろう。

私がもともと、それほど関心をいだいていなかったこの作家の批判を、自分の主要な仕事にした動機は、彼のテロリズム肯定論、すなわち殺人肯定論に激怒したからである。しかしその批判は、単に私の殺人否定論を対決させることではない。彼のテロリズム肯定論は、その日本文化論および文化防衛論から帰結している。私は自身の日本文化論およびその防衛論によって、相手の錯誤を批判しなければならなかった。と同時に、三島由紀夫がなぜあやまった文化防衛論を構築しなければならなかったのか、その内的必然性をも検討する必要があった。

真継伸彦自身の「日本文化論」や「文化防衛論」については、具体的には「私にとっての文化——文化防衛論批判——」（一九七二年二月『内面の自由』所収）や「まず自分の底を掘れ、そこに泉がある」（一九七四年七月『人間の発見1』三省堂刊所収）等の諸論考に現れていると言っていいが、どのような観点から三島由紀夫の「テロリズム肯定論」「殺人肯定論」を批判しなければならなかったのか。三島の単行本『文化防衛論』（一九六九年四月　新潮社刊）には、「国家革新の原理」というテーマで、一橋大学（一九六八年六月十六日）、早稲田大学（同年十月三日）、茨城大学（同年十一月十六日）で行われた「ティーチ・イン」の記録が併催されているが、一橋大学で三島は「暗殺の美学」を強調した後、学生の「浅沼さんを暗殺した山口少年については……」という質問に答えて次のように言ったが、この「テロリズム（暗殺）肯定論」対して、「反戦・平和主義者」の真継伸彦は「激怒」したのである。

あれは立派ですよ。ぼくがいかんと思うのは、中央公論事件の小森（一孝）の場合です。女子供をやるなんてことは非常にいかん。二・二六事件もえらいのは女子供をやらなかったから、あれは実に見事だ。女子供をやるという考えは一番いかん。浅沼をやった山口二矢は非常にりっぱだ。あとでちゃんと自決しているからね。あれは日本の伝統にちゃんと従っている。

先にも記したように、『憂国』、『十日の菊』、『英霊の声』という「二・二六事件三部作」を完成させた三島は、天皇（＝国家）のために生命を投げ出す「散華の精神（特攻精神）」を異様なまでに「讃美」してきたが、学生時代に高橋和巳の『憂鬱なる党派』が見事に描き出したように、敗戦から五年以上経つのに「精神の荒廃」を隠そうとしない「特攻帰り」の級友たちの姿を見てきた「反戦主義者」真継伸彦にとって、三島の「テロリズム肯定・暗殺（殺人）肯定」はアナクロニズム剝き出しの決して許すことのできない思想であった。真継伸彦の激烈な三島批判は、次のような先の一橋大学での「テロリズム肯定論」を引いた後の、次のような言葉によく現れている。

彼の暗殺肯定論は、その独自の日本文化論ないし文化防衛論から展開されており、それは同年の『中央公論』八月号に発表されている。東大全共闘はだれもこの論文を読まず、相手が一橋大学で話したことを聞かなかったのか。諸君はどうしてこのような暗殺肯定論を批判しようとしなかったのか。全共闘運動の理念とは反戦主義、平和主義、自由主義、平等主義、要するにヒューマニズムではなかったのか。諸君はいったい十年前の安保闘争の一指導者、浅沼稲次郎を刺殺した一少年の行為を立派だと思っているのか。

私は道化が素顔をむきだした右の台詞（一橋大学での三島の「浅沼稲次郎刺殺事件」の犯人擁護の発言――引用者注）を読んで怒りにふるえた。書きうつす今も怒りにふるえる。単に右翼、左翼といったイデオロギーの問題ではない。私にとって、生の根源的な価値は生そのものだ。この一回きりの生をともかくも生きぬくということが無上のことであり、人間存在に課されている無数の問をきわめる第一の前提である。私は根源的に生への願望の持主であるがゆえに、いっさいの殺人（死刑もふくめて）を憎み、あらゆる殺人肯定論と敵対する。私は反戦主義者だが、私の反戦主義には何の論理的根拠もない。生への願望が唯一絶対の根拠である。

学生時代の「臨死」体験とそれ以前の戦時下及び戦後すぐの「強いられた死」や「自死」を身近に数多く見聞きしてきた真継伸彦であったが故の、確固たる「生への願望」＝「生き抜く」ことを至上の命題とする決意が、ここには漲っている。「人を殺してはいけない。どのような事情があろうと人に、人を殺す権利などないという私の信条、おそらく万人の信条に氏が真向から挑戦し、この信条を侮辱するがゆえに反論しなければならない義務を感じている」という三島由紀夫への批判は、まさに「殺すな！」を合言葉にベトナム反戦運動を領導したべ平連に所属していた真継伸彦の本音だった。真継伸彦は、自らの思春期から青年時代の体験や思想に材を取った「自伝的青春小説」と言われる『青空』（一九八三年　毎日新聞社刊）において、一九四五年八月一四日の大阪大空襲で出現した「理不尽な死」――小田実流に言うならば「難死」――について、友人の一人に次のように言わせているが、ここにこそ三島由紀夫の「テロリズム肯定」「暗殺（殺人）肯定」に対する反意が反映されている、と考えていいのではないかと思う。

「八月十四日やったんやで。敗戦の前日や。日本政府はすでに無条件降伏を通告しとったんや。そやのにマッカーサーか誰かが、なお大阪の空襲を命令しよったんや。ここらでは平和が訪れる前日に、仰山の人間が死んどるのや。アメリカは何んでそれほどの事までせんならんかったんや？」

「…………」

「マツギ、わしはなァ、この問題もずっと考えつづけとったんや」と万里小路君は沈黙する彼に、前方を見たまま小声で言った。「昨日、朝鮮戦争について考えとった時に、わしはふいに疑問が氷解した気がしたんや。マツギ、昭和二十年の八月十四日に、ここいらで大勢の人間が犬死したのは、米軍の命令系統の齟齬《そご》からや。それ以外に考えられへん。戦争ちゅうもんはなァ、単なる命令の行きちがいで、大勢の人間が死んでゆくニヒルなもんや」

三島由紀夫という「選良（エリート）」が「大丈夫（ますらお）ぶり」を強調して「葉隠（武士道）」を賛美し、かつ「暗殺」を肯定するその作家としての在り様を徹底的に批判（否定）した真継伸彦、ここからは文字通り「飢餓と混乱」の「焼跡＝荒廃」を生き抜いて来た者の確固たる信念を垣間見ることができる。

なお、ふと思うのは、フェミニズム（ジェンダー思想）が当たり前になっている現在に三島由紀夫がよく口にしてきた「男の美学」なるものに対して、フェミニズム批評や三島由紀夫信奉者たちはどのように考えているのだろうかということである。今では三島由紀夫が自衛隊市谷駐屯地で三島の私兵集団「楯の会」のメンバーと共に自決する直前、真継伸彦が激烈な「三島由紀夫批判」を繰り広げたことなど忘れ去られたようになっているが、真継伸彦や高橋和巳、小田実ら「焼跡世代」の作家たちが、自らの「戦争（戦時下―戦後）体験」から身に着けるようになった「反戦」思想や「生き抜く」決意、そしてそこから生まれた「批判（批評）精神」は、貴重なものであったと言わねばならない。

なお、真継伸彦は帯裏に「広島県瀬戸田町。ここに、一人の老医師がいる。彼は戦前、特高による拷問を受け、また南方の海で九死に一生を得、戦後は結核で死に直面する。しかしその都度〈禅〉が、たしかに彼を救ったのだ――。禅から発して現代人の生き方を考え、さらに心身症の治療を追求する男の、きびしくも優しい人間記録」の言葉を附した『男あり』（前編「使者」第六号　一九八〇年七月、後編同七号　一九八〇年十月　のち加筆　一九八三年十月　筑摩書房刊）以降、知る限り二〇一六年八月二十二日に亡くなるまで、『心の三つの和泉　シャーマニズム・禅仏教・親鸞浄土教』（一九八九年　河出書房新社刊）や『「救い」の構造　日本人の魂のあり方を求めて』（一九九一年　ＮＨＫブックス刊）など「宗教（仏教）関係の本は書いても、残念ながら三十年以上「小説」を発表しなかった。何が真継伸彦に「沈黙」を強いたのか。無念としか言いようがない。

第4章　「虚無」との戦い——開高健の文学

〈1〉開高健における「戦争体験」

これまで見てきたように、文芸同人誌「人間として」に集まった同人や執筆者の多くに共通していたのは、彼らが一九三〇年前後の生まれであり、そうであるが故に、最も多感な時期と言われる思春期（十代半ば、旧制中学校から高校にかけて）に、窮乏極まりない敗色濃厚な太平洋戦争下の日本で、「死」を覚悟しなければならない「生」を強いられた経験を持つということであった。そして、そのような「戦時下＝戦争」体験及び「敗戦」後の日本社会の混乱期における体験を表現＝発語の原点としている点で、皆共通していたということである。例えば、主要同人の高橋和巳、小田実、開高健の三人が、日本第二の都市「大阪」を焼け野原にした一九四五（昭和二十）年三月十三日深夜から翌十四日未明にかけての空襲を皮切りに、六月一、七、十五、二十六日、七月十、二十四日、ポツダム宣言受諾の前日になる八月十四日と続いた空襲を経験し、初期作品から晩年の作品に至るまでその「戦争（空襲）」

体験に呪縛されていたこと、これは戦後文学史において野間宏や武田泰淳などの第一次戦後派、堀田善衛や井上光晴らの第二次戦後派に次ぐ文学世代を遠藤周作や安岡章太郎らの「第三の新人」ではなく、高橋和巳ら「焼跡世代」の文学としたとき、決して無視できない要素であった。つまり、第1章で詳論した高橋和巳が『捨子物語』（一九六八年）を書き、第2章で取り上げた小田実が「難死の思想」（一九六五年）について繰り返し語り、本章の開高健が後に詳論するように『パニック』（一九五七年）や芥川賞を受賞した『裸の王様』（一九五八年）の後、長編の『日本アパッチ族』（一九五九年）、そして『ロビンソンの末裔』（一九六〇年）を相次いで刊行したことの意味を、彼らの「戦時―戦後」体験を踏まえて文学史的に改めて考究する必要があるのではないかということである。

では、改めて開高健の「戦時―戦後」体験とはどのようなものであったのか。幸い、開高健には自らの体験を基に、小田実流に言えば「タダの人＝庶民・普通の人」としか言えない「思春期」の少年が、あのアジア太平洋戦争がどのような敗北過程をたどり、そしてその「敗戦」を経ての「戦後」社会をいかに「生き延びたか」を赤裸々に綴った自伝長編『青い月曜日』（一九六九年）がある。『青い月曜日』は、敗戦間際に大阪南部の竜華（貨車）操車場に「学徒動員」された中学生の姿を描いた「一部　戦いすんで」と、敗戦後の飢餓と混乱の社会にあって「生きる」ために様々な労働に従事しなければならなかった学生の姿を丁寧に描いた「二部　日が暮れて」の二部構成になっている。「一部　戦いすんで」の最初の方に、戦時下の開高健がいかなる状況下にあったか、そのことについて次のように書かれている。

つぎの貨物列車がくるまではまだ時間があるので、みんな貨車のかげに這いこんで昼寝している。夏の稲の青い匂いと腐った魚の匂いのなかに半裸でころがり、ゲートルや、薬罐や、防空頭巾や、戦闘帽などがあたりに散らばっている。けれど、さすがに靴を脱いでいる者はいない。いつ空襲があるか知れないからだ。何度か経験したが、機銃掃射に追われて操車場を裸足で走ると、石炭ガラがナイフのさきのようにつきささってきて、うまく逃げられないのである。靴をはいて寝ると、どういうものか、あとでぐったりと疲れるけど、そんなことはとっくの昔に慣れてしまい、いまでは靴をはいたまま線路であろうと草むらであろうと溝のなかであろうと、平気で寝られるようになった。満員の汽車のなかで立ったまま眠ることさえできるようになった。もし機会があれば、中学校の校庭で三八銃をかついで不動の姿勢をとったまま寝てみてもよいと、私たちはよく話しあうのだ。やってやれないことはけっしてあるまいと思う。

「学徒動員」を描くとなるとどうしても「暗く」「陰惨」になりがちだが、開高健は動員された中学生たちが決して「悲観」的な心持ちにだけに陥っていたわけではなく、引用のような休憩中の中学生たちが、駅名から国鉄の路線名を言い当てる「遊び」で暇潰しをしている様も映し出している。読書家だった開高健だから、魯迅の「一九二五年一月一日」の日付のある『希望』(作品集『野草』所収)に書きつけられた「絶望の虚妄なることは、まさに希望と相同じい」を知っていたかもしれないが、引用のように『青い月曜日』に描かれた学徒動員中の中学生たちは、まさに文壇的な処女作『パニック』(一九五七年)や芥川賞受賞作『裸の王様』(一九五八年)等に見られる、日本近代文学の伝統と化していた自然主義（私小説）的方法を排したところに成立する「寓話性」を伴った「事実」を積み重ねることによって物語を構成したところに生まれる「ユーモア」によって支えられていたのである。例えば、級友である「尾瀬」についての次のような描写は、「飢え」と「混乱」によって窮状を強いられていた学徒動員者たちの「強さ」と「したたかさ」をユーモアでくるんで浮き彫りにし、なおかつそこに「反戦」の意を潜ませている、と読むことができる。

猫背、がに股、ぺちゃんこの戦闘帽をあみだにかぶり、牛のように大きな眼にどんよりした光を浮かべて尾瀬は歩く。すごい青ッ洟をたらし、のろのろと、あるく。三八銃や、ゲートルや、貨車や馬の魔羅などに近づくときは、きっと、こんなばかげたことはどこをどう考えても起こりようがないというような失敗をしでかして、殴られたり、罵られたり、嘲笑を浴びせられたりする。彼はじっとだまって、ただ牛のような眼を汗でパチリ、パチリさせながら、耐えしのび、なんとかやりすごす。しかし、これが一度起きなおって、のろのろと本に近づいてゆくと、不思議なことになるのである。万葉集であれ、鉄道地図であれ、微積分の教科書であれ、彼はのろのろと近よって、匂いをかいで、手で二、三頁ぱらぱらと繰ってみる。ほんとに彼は本の匂いをかぐのだ。不気味なような青ッ洟をすすりかぐのである。すると何日かがたって、その本はたちまち正体がなくなってしまうのである。（中略）

いつ見ても尾瀬はすみっこで本を読んでいる。（中略）

戸外の労働で尾瀬はゾウリムシみたいなものだけれど、本を読んでいるときの彼には私たちは無言の圧迫を感ずる。なにかしら、避けようのない、ひた押しの精力と知力を感じさせられ、たじたじとなってしまう。私たちは疎開の荷物の底から泥のようにうかびあがってくる本を手から手へまわし読みしている。

当時の中学が戦時下においてどのような生活をしていたのかを浮かび上がらせる意図を底意に秘めて、『青い月曜日』は書かれたと言っていい。別な言い方をすれば、多くの戦時下物語を「悲惨」や「犠牲」の観点、言い方を換えれば当時の子供や少年は「戦争被害者」であったという「定番」の視点への反意（反撥）があったからこそ、開高健は引用のような場面を『青い月曜日』に書き込んだのだと思われる。そして、さらに踏み込んで学徒動員中に「読書」三昧の中学生を描いたということは、それがたとえ「事実」であったとしても、深読みすれば前世代の戦後派作家たちが「断罪」や「自己探求」の側面から戦争体験を語る傾向にあったことに対する異議申し立てを底意に持っていたということを意味していたのではないか。つまり、「深刻」になることをなるべく避けたいという願望が開高健の「戦争体験」作品には底流していたと考えていいのではないかということである。

そして改めて開高健の「戦争体験」とは何であったのかを考える時、忘れてならないのが、先の引用と同じ貨車操車場での学徒動員中に遭遇した次のような「死」を身近に感じた体験である。

七月のはじめのある日、私は佐保とおなじ班に入って働いた。（中略）

いつか二人は操車場のはずれにきていた。（中略）空襲警報であった。サイレンが鳴りだすと同時に広大な操車場のあちらこちらに散らばって突放作業をしていた何台と知れぬ機関車がいっせいに甲ン高く汽笛を鳴らし、あわてて貨車をふりはなして退避をはじめた。どこかで機関銃が短くはげしく咳きこみはじめた。その音を耳にした瞬間、私の眼は機首を低くさげて肉薄してくるグラマンP51の数機をとらえた。いつもの午後の〝定期便〟であった。けれど今日は早すぎた。あまりに不意でもあった。私は遠く来すぎていた。いつも退避する地下道からずっと遠ざかりすぎていた。〝熊ン蜂〟の機関砲の火のなかをくぐって走るにはあまりに遠すぎた。崎山がとんでゆき、川田がとんでゆくのが小さく見えた。彼らの姿はたちまち消えた。機関士、機関助手、操車係などもいっせいに機関車からとびおりて走りだした。彼らの姿もたちまち消えた。

「どうしよう、どうしよう」

佐保が声をふるわせた。

この後、「トラウマ」というか「スティグマ（心の傷）」となって生涯にわたって開高健の内部から消え去らない「体験」をする。

「田ンぼに逃げよう」

私は叫んで走りだした。

枕木を蹴り、栗石を蹴り、雑草を踏みたおして私は廃線をとびこすと、土手をころがるようにして田ンぼにおりた。（中略）泥に体を埋めたらいいだろうかと、ちらっと考えたのだ。そこを佐保がかけぬけようとした。彼はよろめきながら私の体にぶつかってきた。とっさに私の手と足が反射した。私は彼を殴り、足がらみをかけ、蹴りたおした。何か声をあげながら彼は手をのばして私のベルトをつかんだ。彼の体をぶらさげて私はたたらを踏んだ。夢中で私は彼の頰を殴り、腰をふるい、怒り狂いながら足で胸や腹を殴った。靴を通して佐保のか細い肋骨がふるえるのが感じられた。

「かんにんや、かんにんや」（中略）

そして、その直後開高健は「九死に一生」と言えるような経験をする。


「お母ぁちゃん、お母ぁちゃん！……」

頰をひっぱたかれて泣きながら彼は殺到してきた。二人はもつれあったまままみずしぶきをあげて泥のなかへおちこんだ。その瞬間、頭を削るほど低く〝熊ン蜂〟は疾過した。薄い泥の膜ごしに眼が一瞬に多くのことを見た。ジェラルミンの太い胴は機械油や煤によごれ、星が描いてあり、機首には黄や赤や青のペンキでポパイが力こぶをつくっている漫画が描いてあった。機関砲がはためいて火を噴いていた。あたりいちめんに水しぶきがたった。防弾ガラスごしに操縦席の男がはっきり見えた。巨大な風防眼鏡にかくされている頰が信じられないほどの薔薇いろに輝き、快活に笑っていた。人は人を殺すときに笑ったりするのだということをはじめて知らされた。私は兎であった。革ジャンパーを着た薔薇いろの犬に追われる黄色い兎であった。眼を閉じ、息をつめて、私は生暖かい泥水のなかに顔を埋めた。

それまでどこか「対岸の火事」視しがちであったアメリカ軍機（グラマンP51）による貨車操車場における空襲（機銃掃射）が、引用のような体験をすることで実はいつでも「自分が死ぬかもしれない」という恐怖を伴う具体的な出来事であることを覚り、同時に人間（自分）はいざ「死」を前にすると、仲の良い友達さえも自分が「生きる」ためには蹴とばしたり殴ったりする動物なんだという自覚を持つようになる。「飢餓」と「権威失墜」の戦時下では普段でも「生存本能」に基づいた行動をとらざるを得ない生活を余儀なくされていたが、グラマンP51の機銃掃射に遭って、開高健は戦時下の自己を支えているのが「エゴイズム＝より本質的な生存本能」だということを知ったということである。つまり、この時の体験によって、開高健は「戦争―死」を身近なものとして捉えるようになった、と言い換えることもできる。なお、この時の体験がいかに開高健の生涯における「スティグマ」となったかについては、朝日新聞の特派員としてベトナムに赴き、その熾烈を極めたベトナム戦争に取材したルポルタージュ『ベトナム戦記』（一九六五年　写真・秋元啓一　朝日新聞社刊）の「姿なき狙撃者！ジャングル戦」の中で、次のように書いていることからもよくわかる。

少佐の〝チュンッ！　チュンッ！〟は私をおびやかした。戦争中に勤労動員で大阪の郊外にある操車場で私は働いていたが、重要目標なので毎日のようにグラマン戦闘機の機銃掃射をうけた。中学生の私は仲間といっしょに陸橋や暗渠や水田のなかを弾音に追われて逃げまわった。ある日などは水田のなかへとびこむ瞬間に泥の薄い霧をすかして、チラと、戦闘機の機首に描いてあるポパイの漫画、風防ガラスのなかで笑っているアメリカ兵のあざやかなバラ色の頬などを鼻さきに見とどけたことがあったりした。人間は人間を殺すときに笑えるのだという感想が永く私の幼い頭を支配した。いまでもしばしばその短い言葉が私をこわばらせる。もっともつよいショックをうけたのは、機銃掃射を浴びた機関車が送られてきたときである。グラマンの機関砲弾は鋼鉄板を錐がボール紙をつらぬくよりもやすやすとつらぬき、機関手の肉をやぶり、骨を砕いて床にめり込んでいた。私はおそるおそる花びらのように裂けひらいた穴に指でふれ、全身が凍りつくのをおぼえた。人間はもろいのだ。竹細工のような骨のうえにセロファンより薄い皮膚を張ってよちよちと歩きまわっているにすぎないのだという感想が私の体にしみついた。何か考えようとするたびにその感想がすべての出発点となった。（傍点引用者）

また、晩年近くに発表した『破れた繭——耳の物語1』（一九八六年　新潮社刊）に、この学徒動員中の「死ぬ思い」の体験について、開高健は次のように記していた。

そのうちに警戒警報と空襲警報がでたらめに鳴るようになった。（中略）操車場は重要軍事施設と見られているからしじゅう狙われる。爆弾は落とさないけれど機銃掃射をやられる。（中略）暗い地下道の中から外を眺めていると、戦闘機が超低空で水田をかすめていくのが見える。そのずんぐりした機体は満満たる精力にみたされ、ほとんど稲穂を腹でこすらんばかりの低さですべっていくのである。機首に牙をむきだしたサメや、吼えるトラや、ポパイなどが色鮮やかに描いてあるのが見える。窓ごしにパイロットの横顔が見えることもある。風防眼鏡にかくされたその顔は彫像のように不動で寡黙だが、頬に夕焼けのように明るい血色がある。弾丸を惜しみなく、ふんだんに、唾のように吐き散らしつつ機は飛んでいく。一回だけだったが、ある日、逃げ遅れて、水田にとびこんだことがある。警報が鳴らなかったから発見したときはすでに手遅れだったのである。機は頭をさげ、斜めに傾き、演習をすべるようにして肉薄してきた。水田にとびこんだけれど、泥が深くやわらかくて、足を呑みこみ、あせってもがいても、走ることはもちろん歩くこともおぼつかなかった。

勤労動員（学徒動員）中に多くの中学生や女学生が、アメリカ軍の空襲や機銃掃射で戦争の犠牲となった。そのような体験を表現（小説）の原点とした象徴的な例としては、兵器工場に勤労動員中長崎原爆の被害を受け必死になって逃げ惑った体験を描いた『祭りの場』（一九七五年）の林京子や、中学三年の時「建物疎開」の作業開始と共に広島原爆の被害を受けることになった『死の影』（一九六八年）の中山士朗などを挙げることができるが、開高健の場合が特異であるのは、『青い月曜日』からの引用と『ベトナム戦記』及び『破れた繭——耳の物語』からの引用を比べて見ればよく分かるように、アメリカ軍戦闘機の機銃掃射から逃げる時、「助け」を求めてすがりついてきた級友の「頰を殴り、腰をふるい、怒り狂いながら足で胸や腹を殴っ」て、本能的に自分だけが生き延びようと必死になったことを、生涯にわたって忘れられない「心の傷」として記憶し続けたことである。『青い月曜日』に付された「あとがき」によれば、「一部　戦いすんで」の原稿はベトナムへ行く前に出版社の軽井沢の別荘で缶詰めになりながら書いたもので、それは以下のような事情を裡にはらむものであった。

　この作品に着手したのは昭和三九年（一九六四年）の秋ごろだった。（中略）その七年前に私は芥川賞をもらって〝作家〟として登録されることとなったのだけど、受賞以前からひそかに思うところがあって、自身の内心によりそって作品を書くことはするまいと決心していた。だから受賞後の七年間に書いたものは出来のよしあしはべつとして、ひたすら〝外へ！〟という志向で文体を工夫すること、素材を選ぶことにふけったのだった。求心力で書く文学があるのなら遠心力で書く文学もあっていいわけだし、わが国にはその試みがなさすぎると私は感じていたのである。けれど、そろそろ私はそのことにくたびれ、飛翔ができなくなっていて、文体も素材も見つけることができず、その遠心力のこだまとしてルポを書く仕事を週刊誌に連載していた。だからこの『青い月曜日』という長編で私は求心力をつかんで、ずっとふりかえるまいと心に強いてきた自分の内心にはじめてたちむかってみようと考えたのである。蕩児の帰宅、といってもよかった。（傍点引用者）

　つまり、作家として出発してから「七年間」、開高健は日本近代文学の伝統と化していた作家の「体験」や「感覚」を基にして作品を創り上げる自然主義の創作方法に逆らって、「外へ」、つまり自身の外側で生起する「事件＝事実」や「状況＝現実」などと個（人間）との関係を重視する作品を書くことに傾注してきたが、そのような方法意識の下での創作に行き詰まり、この『青い月曜日』ではおのれの「体験」が呼び込む「内面の出来事＝心的現象」を基にする創作方法に転換したということである。

だからこそ、先に引用した『青い月曜日』と文字通り「外部」の出来事としか言いようがないルポルタージュの『ベトナム戦記』、及び晩年近くに書き下ろした『破れた繭――耳の物語』では、おなじ学徒動員中の「機銃掃射」体験を記した場面でも、「記憶」の整理、浄化というような精神作業から生じたと思われる「違い」が出来するということがあったのだろう。その意味で、『青い月曜日』こそ開高健の「生」の「戦争（戦時―戦後）」体験を記したものであり、そうであったが故に、開高健の文学が「焼跡世代」の文学として高橋和巳や小田実と同列に論じられていい理由になっているのである。

ただ、これまでに刊行された吉田春生の『開高健・旅と表現者』（一九九二年一月　彩流社刊）や浩瀚な吉岡栄一による『開高健の文学世界――交錯するオーウェルの影』（二〇一七年六月　アルファベータブックス刊）に、開高健の文学と少年時における「戦争（戦時下・戦後）体験」との関係への言及はほとんどなく、両書とも開高健が『青い月曜日』の「あとがき」で「求心力をつかんで、自分の内心に立ち向かってみようと考えた」という言葉の重要性を等閑にしているのではないか、と思わざるを得なかった。なお、一九九九年に神奈川近代文学館で開かれた「開高健展」に際して行われた講演の記録『開高健　その人と文学』（一九九九年十二月　TBSブリタニカ刊）の中で、大岡玲と川村湊が開高健の文学を論じる際に「戦争体験」は欠かせないものとして指摘しており、貴重な指摘であった。ただ残念なのは、講演だったからなのか、その「戦争体験」の詳細について踏み込んで紹介することはなく、開高健文学と「戦争体験」との関係についての説明としては不十分なものであった。

〈2〉初期作品と「戦争」体験

周知のように、開高健は大学卒業後ウイスキーメーカー寿屋のPR誌「洋酒天国」の編集者として勤務する前から、戦後文学を領導した同人制の商業誌「近代文学」に『名の無い街で』（一九五三年五月）などの作品を発表して戦後文学の領野に進出していたが、一九五七年八月『パニック』をかねてから知遇を得ていた「近代文学」創刊同人の一人佐々木基一の紹介で「新日本文学」に発表し、これが当時毎日新聞の文芸時評を担当していた佐々木基一の盟友平野謙に「快作」と激賞され、注目を集めるようになる。件の平野謙の時評は、新人作家に対するものとしては次のように「異例」であった。

今月第一等の快作は、開高健の『パニック』（新日本文学）である。すこし誇張していえば、私はこざかしい批評家根性など忘れ果てて、ただ一息にこの百枚の小説を読み終った。小説を読むおもしろさを、ひさしぶりにこの作品は味わわせてくれたのだ。

（この後、作品の内容を相当なスペースを使って紹介した後）

こういう私の読後感のうちには、現代文明における人間の不安定性に発するある種のニヒリズムがある。いつ私どもは狂犬に嚙み殺されたり、原子病にかかるか、しれたものではない。このニヒリズムの構造を論理的に明らかにし、そのことによって、そこからの脱出をはかることが現在の私どもに与えられた一般的課題だろうが、それについてはいまはふれない。

さすが「読み」上手な平野謙の評だと思うが、当時はまだ『青い月曜日』などの自伝的作品は書かれず、開高健の「履歴」もほとんど知られていなかったということもあり、『パニック』全編を覆う「ニヒリズム」がどこから生起してくるのか、「探偵」と異名を持つ平野謙とて理解できなかったものと思われ、その「ニヒリズム」が「戦争体験」に由来するものとは知る由もなかった。ただ、この平野謙の『パニック』評は、後々まで開高健文学の評価につながり、例えば先に挙げた『開高健・旅と表現者』の吉田春生は、『パニック』に現れた「寓意性」に着目して次のように書いていた。

> 作品の全体をある象徴にまでもってゆこうとするとき、あるいはもっと端的に寓話を書こうとするとき、そこで留意されねばならないのは、自身へのこだわりをすてること（＝私小説性の排除）と、全体を制御する意図を作品中に言葉として露呈しないこと（＝ものがたりそのものであるために、メタレベルで試行する文章を排除すること）である（中略）
> 『パニック』では、ササが実ったために起こるネズミの異常大量発生が人間に恐怖をもたらす様が、社会や政党の混乱現象にまでわたる緊迫した物語として書かれている。このこと自体は、さまざまな角度からの解釈を許す豊かさを秘めていた、とみることができる。伊藤整の『組織と人間』に代表される当時の論調としては、そこに組織に翻弄される個としての人間をみることもできたし、組織に対して悪意の一瞥を投げかける主人公俊介の、表面的には局長や課長のしぶとさに敗れながらも、心理的にそれに屈しないしたたかな処世術を示しているとみることもできた。（傍点原文）

ここでも開高健の「戦争体験」については言及されていない。すでにベトナム戦争に取材したルポルタージュ『ベトナム戦記』や自伝小説の『青い月曜日』は読むことができるようになっていたにもかかわらず、である。何故なのか。理由は定かではないが、吉田春生が言う『パニック』に見られる「組織と人間」の問題をもう少し広げてこの国の近代史（戦争史）にまで目配りすれば、「ネズミの暴走」は先のアジア太平洋戦争において「悲惨」な結末を迎えるまで軍部や政治指導部（権力）の「暴走」を止めることができなかった日本国民（人間）の「卑小さ」を描き出したもの、と読み替えることができたのではないか。言い換えれば、開高健独自な「ニヒリズム」から発せられた「戦争」を阻止することの出来なかった「日本人」や日本社会に対する批判が、『パニック』には込められていたと読めるということである。さらに言えば、開高健が『パニック』について発表間もない一九五八年三月に「新人作家の文学観」（「文章クラブ」）というエッセイにおいて、次のように言っていたことも忘れるわけにはいかないということである。

「パニック」は『新日本文学』の三十二年八月号に発表したもので、図式的にいうと個人の文学ではなくシチュエーション（状況）の文学というものを意図して書いた。これは野ネズミがササの実をたべにやってきて、山林、穀物、人間、家畜に大危害を与え、恐慌をまきおこしてゆくのだが、このネズミはたとえばサイパンの集団自殺とか、放射能は無害であるとかなんとかいっているアメリカの原子力委員会の情報統制活動などがイメージになっている。それをネズミの習性の特殊性と人間の官僚主義の関係でとらえようとした。ただこの小説は長編の素材であったために、ネズミは書けたが、人間の格闘までは書ききれなかった。シニシズムが強くあって、残念でならない。

果たして『パニック』が「シニシズム」に冒された作品であるかどうかは別にして、芥川賞を受賞した『裸の王様』（一九五七年）も、『パニック』と同じように開高健の日本社会に蔓延る《はびこ》「権威主義」に対する「批判」によって書かれていたことを考えると、開高健がその出発当時から「批判（批評）精神」の旺盛な作家であったことは、記憶しておく必要がある。つまり、『裸の王様』の根柢には、日本の近代社会が「近代化」の過程で醸成してきた大学制度や文壇、論壇、画壇といった「知の体系」や「権威主義」、それは最終的に「天皇制」を存続させてきた日本人のメンタリティーに収斂していくと言っていいが、戦争に敗北することによってそのような「知」や「権威」が完全に「失墜」したことの自覚がない日本社会の戦後もなお続く在り様は、笑いのめす以外に対処の方法がないことを明らかにしたということである。そしてまた、先の引用から、『裸の王様』や『パニック』に対する多くの批評が、そのような日本社会における「事実」を等閑《なおざり》にしたり無視してきたことに対する作者の根源的な批判も読みとるべきだったということである。重ねて言えば、作品から読み取れる作者のそのような「天皇制」に収斂する「知の体系」や「権威主義」に対する根源的な「批評精神」を、多くの批評が読みとれていなかったのではないかということである。例えば、開高健の初期作品に対しておおむね好意的な批評を寄せていた佐々木基一は、『パニック・裸の王様』（一九六〇年　新潮文庫刊）の「解説」で、『裸の王様』について以下のように書いていた。

『裸の王様』では、作者は打算と偽善と虚栄と迎合にみちた社会のなかで、ほとんど圧殺されかかっている生命の救出を描いている。ネズミの群の巨大なエネルギーは、こんどはフンドシ一枚の裸の王様を、松並木のある濠端を背景にして描いた子供の、深層心理のなかに移されたわけである。このテーマは別に目新しくはない。北川民次の『絵を描く子供たち』や羽仁進の同じ題名を持つ映画のなかに、類似のテーマを発見することはたやすい。しかし、ここでもまたこのテーマは一篇の現代寓話に昇化されている。そしてそのような寓話化が、再び、組織と人間とか、秩序と生命とかいった図式にあてはめて解釈される主な原因をなしているのだが、作者はおそらく、単純素朴に、それこそ文字通り単純素朴に、ただひたむきに、凶暴な野生への憧憬を語っているにすぎないように思われる。ただ、眠れる生命をよび覚まされた少年が、一枚の絵を描くほかにあのネズミのような活発な運動を起こさないため作品はとば口で終っているような観を呈している。

つくづく、「批評」というものが評者の生きていた時代の思潮に影響を受けるものだと思わざるを得ないが、自伝小説『青い月曜日』およびその「あとがき」がまだ発表されていなかったが故に、開高健の「アメリカ軍戦闘機の機銃掃射で殺されていたかもしれなかった」戦争体験について知ることができなかったとは言え、佐々木基一のこの文庫解説は当時流行っていた「組織と人間」論にあまりに依拠し過ぎているのではないか、と思わざるを得ない。繰り返すことになるが、『裸の王様』は開高健が『青い月曜日』の「あとがき」で「ひたすら〝外へ！〟という志向で文体をくふうすること、素材を選ぶことにふけった」結果であり、開高健が言う「外」とは、個人の「内面」を越えた時代（風潮）や状況（歴史）と「人間」との関係を指すものであり、さらに具体的には形骸化した「知の体系」や「権威主義」がいかに人間（個）をスポイルするか、その事実を批判的（批評的）に捉えるところに成立する概念にほかならなかったのである。時代の制約があったとは言え、佐々木基一は、そのことに全く気付かなかったのではないかと思わざるを得ない。というのも、佐々木基一の同じような開高健作品の「読み違い」は、開高健文学における最高傑作と言っていい『日本三文オペラ』（一九五九年 文藝春秋新社刊）の新潮文庫の「解説」（一九七一年）にも見られるからである。

実際、開高健の初期代表作といえる『パニック』『日本三文オペラ』およびその翌年の昭和三十五年に発表された長編『ロビンソンの末裔』の三編は、いずれも同一のモチーフに貫かれた作品であって、いわば、人間と動物が生きて行く上に必要とする最低条件である〝食べる〟ということ、あるいは食べるための条件の絶対的不足、つまり食糧的窮乏ということを基本において発想されている。（中略）

しかし、食べるということ、あるいは食べるためにだけ生きているということ、言葉をかえて言えば、最も原初的な形態において、本能的に生きているということは、文明化した人間の眼には、一箇の醜悪な行為としかうつらないこともまた事実である。どうしてこれほどまでにして人間は生きねばならぬのか——という絶望的な疑問が、とくに美的感受性の豊かな、繊細な魂のうちに生じてくることは必定である。と同時に、食べるということ、只生きるということのために発揮される動物や人間の生物的バイタリティ、その恐ろしい程のエネルギーの集中、わき眼もふらぬ一心不乱のその一途な生きざまの物凄さにもまた、こうした魂は驚嘆しないではいられないのである。

この後、佐々木基一は「この本能的な生のエネルギーが、一人の個人でなくつねに集団のかたちで受けとめられ、描きだされるところに、衣食住すべてにわたって飢餓状態が普遍的であった戦中、戦後を体験した開高健の特色があり、現代性がある」、と開高健の作品には作家の「戦争（戦時下―戦後）体験」が色濃く反映していると正しく指摘しながら、『日本三文オペラ』も、また『ロビンソンの末裔』も、そのモチーフや内容がこの国の近代における「歴史」や「戦争」と深く関わっている事実について、読み落としというか等閑視している。つまり、『日本三文オペラ』の場合、繰り返しの大阪大空襲で陸軍大阪砲兵工廠が瓦礫の山と化し、そこに残された様々な金属類を在日朝鮮人や失業者、身体障害者を中心とした「アパッチ族」と称する人々が徒党を組んで盗み、それを売りさばいて生活していたという事実、特に中心となった人物の名前が「キムさん」であることから容易に推測できるアパッチ族が在日朝鮮人を中心とした「泥棒集団」であるという、開高健がそれと具体的に指摘しないで書きこんでいた「事実」について、佐々木基一は全く気付いていないということである。

さらに言えば、アパッチ族の中心が在日朝鮮人であったことを踏まえて京都大学で高橋和巳の文学仲間であった小松左京が『日本アパッチ族』（一九六四年）を書いていたことを佐々木基一は等閑にしていたということもある。なお後のことになるが、アパッチ族の年若い一員であった在日朝鮮人作家の梁石白《ヤン・ソギル》が『夜を賭けて』（一九九四年）を書いたことの意味、それは三十六年間朝鮮半島を植民地としてきた日本の「近代史」をどう捉えるか、別な言い方をすれば戦後七十五年を過ぎた今も残る「朝鮮人差別」――この国の「右派」がこの頃振り撒いている「嫌韓」や「嫌中」の言動は、まさに関東大震災の際に六千数百人を虐殺した日本人の在り様（精神）と通底しており、それだけ朝鮮人、中国人差別は根強いものがあると言わねばならない――の問題と深く結びついているのだが、そのような文脈で『日本三文オペラ』は読まれなければならないのではないか、ということである。つまり、開高健の『日本三文オペラ』は、作者の深層の意図を超えて、この国における「朝鮮人（外国人）差別」の問題抜きに論じることができないのではないか、という問題を私たちに突きつけているということである。

なお、『日本三文オペラ』における「朝鮮人」問題とは別に、何故開高健は「アナーキー」な戦後社会を象徴する「アパッチ族」の在り様を面白おかしく描いたのかについて、一見「アパッチ族」とは関係ないように見える「完全燃焼の文体――ヘイエルダールとキャパ随想」（「季刊芸術生活」三号一九五九年三月二十五日）の中で、その「真相」について次のように書いていた。

大阪に全国の浮浪者や前科者たちが集って集団泥棒をやっていると聞いたので、行って調べてきた。警察でも新聞社でも連中の表面的活動はわかるが集落の内部事情はわからないというので、しかるべき工夫をやって、うまくもぐりこむことができた。その上、泥棒集団の班長株の男とも知りあいになり、たいへん仲がよくなって、毎月、大阪へでかけることとなった。

この集落の連中の生きかたは大変興味をそそる。（中略）彼らはひとりひとりてんでバラバラで強烈な力をふるって生きている。警察に追われて逃げるときと大仕事をするときいがいは徹底的なエゴイズム一点張りである。共同作業のときは水ももらさぬ組織をつくり、完全な分業制で能率をはかるが、いわゆるやくざでありながら親分子分の義理人情は爪の垢ほどもない。裏切り、背信は平気でやらかす。そのくせ裏切られ、だしぬかれても、たいていの場合、笑いとばしてしまう。沈滞や腐敗はみじんもない。悲惨きわまるどん底で飢えとたたかいながら、ひたすら老獪剽悍に生きまくり、権力をせせら笑っている。

ここからは、開高健が先の『青い月曜日』の「あとがき」で「外へ」と言っていたことを体現するような「アパッチ族」なる非合法的な集団を見いだし、その「アパッチ族」部落の「アナーキー」ぶりにいかに惹かれたかを窺い知ることができる。別な言い方をすれば、「生きる」あるいは「生き抜く」ことを第一義とし、「権力をせせら笑っている」アパッチ族の在り方に、旧制中学入学（一九四三年四月）とほぼ同時に父親を亡くし、以後大学を卒業するまで学校の授業にはほとんど出席せず、パン焼き見習工や旋盤見習工、トラックの荷台乗り、闇屋の倉庫番、薬草づくりの手伝い、等々で糊口をしのいできた自分の生き様を重ねたところに『日本三文オペラ』は成立した、と考えられる。

また、『日本三文オペラ』の執筆動機について、この長編が単行本になって五年余り経った頃の「私の小説作法」（「毎日新聞」一九六五年六月六日付）という短い文章の中で、次のように書いていたことも忘れるわけにはいかない。

神経衰弱からのがれようとして小説を書いたこともある。「日本三文オペラ」という作品がそうだった。そのころ私はひどい衰弱におちこんで、字が書けなかった。生来の躁鬱症と厭人癖を持てあましていた。暗く、陰惨で、冷酷、無気力だった。局面展開を計って私は対症療法的な作品を書いた。関西落語の手法を詩で支えつつ、ひたすら哄笑、嘲罵、汚濁、猥雑、狡智、悲愁、活力の歌をうたうことに没頭した。題材との幸運な出会いがあったので救われた。まったく心斎橋筋のゆきずりの偶然から私は救われた。

「心斎橋筋のゆきずりの出会い」が、妻となった牧洋子の詩人仲間であり「アパッチ族の〝番頭〟をしていた朝鮮人の詩人」（「『日本三文オペラ』――舞台再訪」三笠書房編刊『舞台再訪――私の小説から――』）金時鐘との出会いとのことを指すのか、それとも「大阪の〝アパッチ族〟」（「日本読書新聞」一九五九年六月八日号）の中で「青年行動隊長」と言っている人物との出会いを指すのかは定かではない。しかしいずれにしろ、この当時の開高健が「外」の物語を書こうとするにあたって、様々な人や資料から「情報収集＝調査」し、そこで手に入れた「情報＝素材」を組み立て、そして状況の核心を衝く物語を構築することを心掛けていたことは、変わらぬ創作方法として記憶しておく必要があるだろう。

なおついでに言っておけば、本論で取り上げている「人間として」の同人を中心とする「焼跡世代」の作家たちのうち、小田実、真継伸彦、開高健のいずれもが「朝鮮人」が重要な役割をもって登場する作品を書いている、という事実があるということである。このことは、多くの戦後文学史が見逃してきた視点と言っていいが、金達寿から始まり李恢成、金石範、金時鐘、高史明、梁石日、李良枝、柳美里、等に続く在日朝鮮人文学者の成果をどのように戦後文学史に組み込むかという課題は、近代文学―現代文学の在り様を鳥瞰する際の欠かすことのできない観点と言っていいだろう。

さて、次に敗戦間際の一九四五年七月から戦後の十一月にかけて、空襲被災者に対して行われた「苦し紛れ」と言うか、為す術もない果ての「愚策」としか言いようがない「罹災者北海道集団帰農計画＝拓北農兵隊」に取材した『ロビンソンの末裔』（一九六〇年）についてだが、最初期の開高健文学に同伴してきた先に登場した佐々木基一は、角川文庫版『ロビンソンの末裔』（一九六四年刊）の「解説」で、『『パニック』『裸の王様』以来、彼の作品は疎外からの人間の恢復という主題を一貫して追求してきた」として、この長編と「戦争」との関係について次のように結論付けていた。

戦争は政治の延長であるといわれる。してみると、戦争中から戦後にかけて行われた開拓団の政策もまた、戦争と同じ、人間の労働とエネルギーの巨大な浪費にほかならなかったのだろうか。戦争そのものと、満州開拓団の運命などを思い合わせて、開高健は、ここに、今世紀の事業の巨大な徒労性を眺めているように思われる。

人間労働の貴重な価値という価値を、みんな呑みこんでしまう、この底なし沼から、人間ははたしてはい上がることができるだろうか。そのためには、いったいどんな方策があるか。そういう大きな現代の問題に、いやおうなく人の目を向けさせるところに、この作品の隠れたモチーフがあると云っていい。

入植地の住宅は陸軍工兵隊が建ててくれ、「肥沃な」土地を十町歩から十五町歩好きなだけ貰え、大型農機具（トラクター）も貸してくれ、馬、鋤、鍬などは給付され、希望者には豚や羊などの家畜も貸してくれるという、北海道庁と東京都開拓局とが結託して作り上げた「夢のような」「バラ色」に染め上げられた「罹災者北海道集団帰農計画」、しかしそれはアメリカ軍の度重なる空襲で焼け出された人々の処遇に困った為政者が考え出した「棄民計画」としか言えない代物で、『ロビンソンの末裔』にはそのような為政者の口車に乗って北海道の原野にやってきた「罹災者」に対する「同情」と、悲惨な境遇にある罹災者を手玉に取る「理不尽」としか思えない「権力」の在り方に対する「怒り」が底流となって渦巻く作品になっている、と言える。

ただ、開高健は『ロビンソンの末裔』の執筆に関して、「『ロビンソンの末裔』その1」（「朝日新聞」一九六一年一月二十七日付）という短い文章の中で、「いままだ、頭の人間の世界ばかり描いてきたから、今度は手の人間の世界を書いてみよう」としたが、結果的には「あこがれとしての手の人間、つまり、地についた人間の活力を書くつもりが、結局インテリくさくなってしまった」と書いていた。この開高健の『ロビンソンの末裔』に向かう姿勢と先の佐々木基一の「解説」の結語を比べてみれば、両者が「戦争」をどうくぐり抜けたか（経験したか）の違いが如実に反映されている、と考えられる。つまり、そこには開高健と佐々木基一の先の太平洋戦争への対処の仕方、言い方を換えれば戦時下の在り方の違いが現れていたということである。具体的には、開高健が学徒動員中の中学生として貨車操車場で幾度かアメリカ軍機の機銃掃射（空襲）を受けていたとき、佐々木基一は東大の美学を出た後、文部省社会教育課の雇員、日伊協会の職員として戦争へ行かない（召集されない）生活の仕方を考えていた「知識人」（文芸同人誌「現代文学」の同人）として過ごすことができた、その両者の違いである。極端な言い方になるが、自分も大阪空襲の被災者として「棄民」政策の犠牲になったかもしれなかった開高健と、客観的にはその「棄民」政策を画策推進する側にいた佐々木基一という「環境（境遇）」の違いが、「戦争」への対処の仕方、「罹災者北海道集団帰農計画＝拓北農兵隊」の捉え方に違いが出た、ということになる。物語は、開墾地に入植した罹災者たちが農作物がなかなか育たない劣悪な土地に見切りをつけて次々と離農していく様を記述した後、主人公（語り手）が次のように内白するところで終わっている。


「……死ぬんじゃけれ。みんな死ぬんだ。死ぬと人が集まって来るぞ」

だみ声でいいななくのですが、もう前のようにはげしい力がその声にはありません。このきびしく荒いなかで生きてゆくにふさわしいような、さらけだしたはじしらずの言葉だとは思いますが、小屋の板戸の裏で足音といっしょに雪のなかへ消えてゆくのを聞くと、たけだけしさにもかかわらずどこか子供がおやつをせがんでいるようなふうに思えることがないではありません。

冬と夏と石ころだけの土があるきりです。

死にはしないがまったく生きていません。

来年はジャガイモを少し植えてみようかと思っています。


開高健が作家として出発しようとした時に考えた「外を描く」ことの実態は、生活人＝庶民の「日常」がベースになってその上に物語が構想されている『パニック』や『裸の王様』はともかく、『日本三文オペラ』や『ロビンソンの末裔』はまさに戦後の「飢餓」と「混乱」と「無秩序」な世界の中で人々がどのような生を送っていたかを描くことで現れてくるものであった。そしてそれは、作家自身が過酷な「戦争」を体験することで抱え込んでしまった「虚無」の深さを如実に物語るものであった、と言ってもいいだろう。

なお、これまでの批評であまり指摘されてこなかったことだが、そのタイトルを見ると開高健自身は相当意識していたであろうと思われる『ロビンソンの末裔』と白樺派を代表する作家の一人有島武郎の『カインの末裔』（一九一七〈大正六〉年）との関連だが、「生きる（生存する）こと」だけに執着することを余儀なくされた人間（小作人、開拓民、罹災者たち）が、必死に北海道の過酷な自然と闘いつつ「敗れ去る」という物語の大枠に両作の類似性を認めることができるのではないだろうか。ただ、作者の目線というか立ち位置に思いを巡らせると、小学生の時、大正天皇の「ご学友」であった履歴が如実に物語るように、「有島家」の当主であった有島武郎は、管理人から有島家が所有していた北海道の「有島農場」（『カインの末裔』の「松川農場」のモデル）の小作人「廣岡仁右衛門」の家族に関する情報を得て『カインの末裔』を執筆したのに対して、『ロビンソンの末裔』の開高健は、以下の言葉からも推察できるように、基本的には戦中―戦後の為政者による「棄民」政策への怒りと、何が何でも「生き抜こう」としながら「敗北」せざるを得なかった開拓民（罹災者）への共感があり、ここに両作の基本的な違いがあったと言える。

――よく調べられましたね。

「いや、おはずかしい。現地には春夏秋冬とそれぞれ一回ずついっただけです。北海道を旅行中、たまたま移民のひとりに会って、話をきいたことから書く気になりました。北海道の移民は、明治以降ちっとも変っていませんね。移民じゃなくて、棄民の政策です。二代目、三代目が耐えられず逃げだしたあとに、新しい移民が入れられ、また逃げだすという繰り返しでね。大半が、農林省でなくて、厚生省の保護の対象になりかけているのにはおどろかされました」（「『ロビンソンの末裔』その1」「朝日新聞」一九六一年一月二十六日付）

〈3〉「ベトナム戦争」と開高健文学

開高健は、一九六四年十一月十五日、「朝日新聞」の特派員という身分を得ていよいよアメリカが介入を本格化させたベトナム戦争を取材するため、当時の南ベトナムへと赴く。そこで過ごした「百日間」については、後に詳細に検討することになるルポルタージュ『ベトナム戦記』（一九六五年）に詳しいが、ベトナムから帰国後に取り組んだ長編『渚から来るもの』（「朝日ジャーナル」一九六六年一月二日号～同年十月三十日号〈この間四回休載〉　単行本一九八〇年二月　角川書店刊）と、この長編の「改作」と言っていい書き下ろしの小説『輝ける闇』（一九六八年　新潮社刊）を書いた後、開高健独自の「戦争文学論」である『紙の中の戦争』を「文学界」に連載する（一九六九年一月～一九七一年四月　単行本一九七二年　文藝春秋刊）。

そして、連載が終わった後の「紙の中の戦争——連載を終るにあたって」（「文学界」一九七一年四月号）の中で、「つたえられにくいすべての経験のなかでもとりわけ〝戦争〟ぐらいつたえられにくいものはないのではないか」、と本音を吐露する直前、開高健は次のように「戦争文学論」を書く際の正直な感想を書きつけていた。

いわゆる〝戦争文学論〟というものを書きたくてこういう連載をはじめたのではなかった。いちばん大きな執筆の動機を書くとなると、ペンと紙をあらためて長編を一つ書かねばならないことになるが、最近六年間のわたしにしぶとく巣喰っている一つの渇き、一つの飢餓感である。経験は超えるのが難しい。または、不可能である。そういいたくなる感想である。あらゆる文学は作者の自伝であるという説があるが、そうなれば、あらゆる作者の執筆動機はこの感想であろうと思われる。ありとあらゆる種類の経験が、少女の髪の匂いから核の一閃にいたるまで、あらゆる経験が、一定の質量を持たないで、たえまなくアミーバのようにうごめき、流れ、変形していくコトバというものでぎごちなくつたえられるしかない以上、どれくらい痛切に、深遠に、華麗に、また軽快に表現されようとも、つねに核として沈黙があるはずだと思われる。コトバはブーメランのように沈黙からとびかって何かをうち、そしてまた沈黙へ還っていくはずのものと思われる。最良の作品がどれほど雄弁であるかを問わず、コトバの隊列の背後にある沈黙をチラとでも感知させてくれ、覗かせてくれるはずのものである。

『紙の中の戦争』は、深沢七郎の戦国時代の戦を描いた『笛吹川』（一九五八年）に始まって、桜井忠温の日露戦争時の体験記でもある『肉弾』（一九〇六年）から芥川龍之介の『将軍』（一九二一年）、田山花袋の『一兵卒の銃殺』（一九一七年）、火野葦平の『土と兵隊』（一九三八年）、石川達三の『生きてゐる兵隊』（同）、今日出海の『山中放浪――私は比島戦線の浮浪人だった』（一九四九年）、大岡昇平の『野火』（一九五二年）、武田泰淳の『審判』（一九四七年）、富士正晴の『帝国軍隊に於ける学習・序』（一九六四年）、安岡章太郎の『遁走』（一九五八年）、藤枝静男の『犬の血』（一九五六年）、『イペリット眼』（一九四九年）、長谷川四郎の短編集『模範兵隊小説集』（一九六六年）、田村泰次郎の短編集『蝗』（一九六四年）、梅崎春生の『桜島』（一九四六年）、島尾敏雄の『出孤島記』（一九四九年）、原民喜の『夏の花』（一九四八年）、井伏鱒二の『黒い雨』（一九六六年）、J・ハーシーの『ヒロシマ』（一九四六年）、そして一般的に「原爆SF」と言われるネビル・シュートの『渚にて』（一九五七年）等々の「原爆」を扱った諸作品まで、日露戦争から第一次世界大戦、十五年戦争（満州事変―日中戦争―太平洋戦争）に至る「戦争」を描いた作品についての開高健独自の見解（考え）を述べたものである。中学生の頃から内外古今の小説を手始めにノンフィクションや図鑑、等々「活字」であればどんな書物も手当たり次第に読み漁ってきた「読書経験」――開高健は、「乱読、また乱読」（『新潮日本文学全集　開高健集』月報　一九七一年十二月）というエッセイの中で、「空腹、空襲、重労働、買出しと、本など読んでいる暇がないはずだが、この頃、手あたり次第の乱読で日も夜もなかった。あらゆる家庭が疎開でがらんどうになるが、本は残されるので、書店はガラガラなのに、明治、大正、昭和の三代にかけての小説、詩、戯曲、翻訳、雑誌、単行本、禅宗、さては秘密出版の春本まで、読もうと思えば何でもあった。かたっぱしから読んでいき、読んで読んで読みつづけた」と書いていた――を活かして、「戦争文学」としての特質を縦横無尽に解剖して見せてくれたものである。ただ、ここで注意しなければならないのは、前記したことだが、この『紙の中の戦争』の連載が開高健のベトナム戦争の「従軍記録」と言ってもいい『ベトナム戦記』と併せて、ベトナム戦争での「戦争（戦場）体験」を長編小説として構想した『渚から来るもの』とその「改作」と考えることもできる長編『輝ける闇』を書き下ろした直後に始まっているということである。

つまり、有体に言ってしまえば、開高健はベトナム戦争での「戦場体験」を核として『渚から来るもの』と『輝ける闇』を書いたが、二作とも自分としては十分に満足できるものではなかったが故に――それは、前記引用文中の「最近六年間のわたしにしぶとく巣喰っている一つの渇き」という言葉が示唆している精神的飢餓状態をもたらすものであった――、近現代文学の先行する作家たちはどのような「戦争文学」を残して来たのか、自らの眼で再検討し、自分の作品と比較しようとしたのではないかということである。言い換えれば、『パニック』で文壇デビューを果たした当時から、ということは開高健が創作方法として心に刻んでいた「事実性、記録性の重視」――開高健は、『パニック』を創作するにあたって、ササの実を求めて「集団暴走」するネズミの習性に関して徹底的に「文献調査」や「聞き書き」を行い、その経験から小説にとっていかに「事実性、記録性」が重要であるかを再認識した、とこの処女作の発表から半年経った「日本読書新聞」の一九五八年一月二日号の「ネズミの習性を調べて」の中で書いていた――、と創作との関係について納得いかなかったのではないか。

このことに関して、一つの傍証でしかないが、ベトナムの取材から帰国（一九六五年二月）してすぐに箱根に籠って『ベトナム戦記』を書きあげた後、四月には国会の衆議院外務委員会でベトナム問題について説明した後、同じ頃小田実を代表とする「ベトナムに平和を!市民文化団体連合」(後に正式名称から「文化団体」が抜け、「ベトナムに平和を!市民連合」、通称「べ平連」となる)に参加を求められ、呼びかけ人の一人として五月には「ニューヨーク・タイムズ」にベトナム反戦の意見広告を載せることを提案し、受け入れられるというようなことがあった。そして『渚から来るもの』の連載が一月から始まり、十月に終わりながら、単行本化は連載終了後から十五年近く経った一九八〇年二月だということ、これが何を意味するか。単純に、開高健は『渚から来るもの』の出来に満足できなかった、と考えるのが自然である。

ただ、開高健の『ベトナム戦記』が「週刊朝日」に秋元啓一カメラマンが撮った写真とともに掲載された時から「評判」となり、単行本化とともにさらに「高い評価」を受けるようになった時、新左翼の学生活動家や青年労働者から「自立する知識人」として圧倒的な支持を得ていた吉本隆明が、「戦後思想の荒廃――二十年目の思想状況」(「展望」一九六五年十月号)の中で「進歩的文化人(知識人)批判」というか、「開高健・大江健三郎批判」と言ってもいい論を展開したことは、「戦争体験」が戦後思想史にどのような形で影を落としていたのかを考え、また吉本がその後どのような歩みを刻んだのかを併せ考えると、感慨深いものがある。吉本は、同時期に刊行された大江健三郎の『ヒロシマ・ノート』(一九六五年 岩波新書)と開高健の『ベトナム戦記』を同じ俎上に挙げ、以下のように断罪した。まず吉本は「戦争」と「平和」への関係について次のように言う。

現在の世界では戦争が不可能であることは、すなわち平和が不可能だということであり、戦争が不可避であるということは、そのまま平和が不可避だということと同義であるという戦争と平和の同在性は、あらゆる情況の課題を計るための前提である。そして、人間はこの戦争＝平和の不可避的な同在性のあいだに懸垂したまま宙に浮かんでいるといった本質的な在り方をしかもちえないでいる。現在におけるすべての現実的な課題の困難さは、この懸垂の状態におかれた人間の情況に根拠をおいている。この情況をふまえないあらゆる論議は、眉につばつけて聴くべきである。

わたしのかんがえでは、現在、進歩的知識人たちをとらえているベトナム論議は、本質的に戦争＝平和の不可避的な同在性にはさまれた懸垂状態から逃亡しようとする機制に根拠をおいている。都市や農村の生活民が夏祭りや秋祭りに興じるのとまったくおなじように、かれらはベトナム祭や原水禁祭に興じているのだ。（「戦後思想の荒廃」）

「進歩的知識人」は、夏祭りや秋祭りに興じる「都市や農村の生活民」と同じように、「ベトナム祭」や「原水禁祭」に興じてだけだという吉本の物言い、一見もっともらしく「戦争と平和の同在性」などと言っているが、先のアジア太平洋戦争時に吉本自身はどのように過ごしていたのか、またこの国の「戦後復興」を後押しした朝鮮戦争に対して吉本はどのように対処したのか、更には六〇年安保闘争時において全学連主流派（新左翼の共産主義者同盟とその学生組織が主導した）と共に国会に突入したことの意味を、「戦争の不可能性＝平和の不可能性」、あるいは「戦争の不可避性＝平和の不可避性」の論理で語らない限り、「戦争と平和の同在性」論は、言葉の遊びでしかないのではないか。言葉を換えれば、先のアジア太平洋戦争で中国大陸やアジア諸地域で二千万人以上が犠牲となり、日本人の犠牲者も三百万人を超えるという「戦争」の現実をどう考えるか、そして開高健が訪れた南北に分断されたベトナムにおいて、日々多くの人々が死傷している現実に対してどういう態度が取り得るのか、「戦争と平和」などという抽象的・衒学的な論議ではなく、どのようにしたら「国家による殺人」を防げるか、具体的な解決策を吉本は提起すべきだったのではないかということである。

そのような「反戦」の提起ができないが故に、『ベトナム戦記』（開高健）に対して「見当違い」の次のような批判を浴びせることができたのである。

開高健の『ベトナム戦記』をよんでみると、わが国の進歩的知識人の思想的な「国外逃亡」がどんなものであり、どのように荒廃にさらされているかを如実に知ることができる。なぜ、なんのためにこの作家はベトナムに出かけていったのか。この著書を読みおわっても、なにもわからないのである。ある日、ジャーナリズムからベトナム問題のルポルタージュをやってみないかと勧誘されて出かけていったとでもかんがえるほかはない。もともと話体でしか作品がかけないこの作家にとって素材の軽重がそのまま作品の軽重にかかわってくる側面がある。生きているのか死んでいるのかわからないこの日本の平和情況とはちがった情況がベトナムにはあるにちがいない、なぜならそこでは内戦があり、国際勢力も陰に陽にここに集中している。一つ出かけて何でも見てやろう、とかんがえてジャーナリズムの勧誘に応じたとでも想像するより仕方がないようにこの「戦記」はかかれている。（同）

あたかも『パニック』に始まって芥川賞を受賞した『裸の王様』以降の『日本三文オペラ』や『ロビンソンの末裔』等もみな読んだ末の『ベトナム戦記』批判のように見えるが、『パニック』等の初期作品に見え隠れしている開高健の「戦争（戦時―戦後）体験」を捨象しているところを見ると、吉本の批判は開高健の初期作品に眼を通さずに行った「表層的」な批判だと言わねばならない。その証拠に、「戦争による死」について、次のような「第三者―第二者」論を持ち出して、開高健が目撃し記述したベトコン青年の「銃殺」場面を批判している。

この作家が、人間が死ぬとすれば、病気か交通事故か、やくざの強盗殺人しかなく、もしそう思いたければ平穏で卑小な出来事が昨日のように今日も続いており、また、そう思いたければ、こういう平穏さこそかつて体験したこともない深淵であり、未知の状況であるといったわが国の〈平和〉を逃れてベトナムへ取材にゆく職業記者とおなじレベルにじぶんをつきおとしたとき、すでにそれは文学者ではなく、安全な第三者にすぎなかったのだ。ベトコン少年の銃殺を、軍用トラックのかげで〈見る〉だけだったから、安全な第三者なのでもなければ、ベトコンにもベトナム政府や米軍にも加担しなかったから第三者であるでもない。また、みずからベトコンにかこまれて瀕死の体験をしたから第二者になるわけでもない。

人間の思想（幻想）のほんとうの恐ろしさは、戦闘を体験しても第三者、書斎に寝ころんでいても第二者であるという思想と現実の事件（素材）との不関性のなかに根拠をおいている。（同）

このような批評（批判）を、「思い込み」たっぷりの「勇ましい」独断的批評と言うのだろうが、何故そのように言えるかというと、開高健が何故ベトコン（南ベトナム解放戦線）と南ベトナム政府とが「内戦」状態にあったベトナムを訪問することになったのか、言葉を換えれば開高健はどのような「戦争体験」があって内戦で人々が生き死にするベトナムを長期にわたって取材することになったのか、その開高健の内的動機を探らない限り、どのような「批判」も独りよがりのものになってしまうからにほかならない。具体的には、前にも引用したが、開高健はベトナムを訪れる直前に、それまでの作風――「ひたすら〝外へ！〟という志向」の下での創作方法を転換して「求心力をつかんで、ずっとふりかえるまいと心に強いてきた自分の内心にはじめてたちむかってみよう考えた」自伝小説『青い月曜日』の「連載五回分」の原稿を「文学界」編集部に渡し、連載は開高健がベトナムに滞在していた一九六五年一月から始まり、帰国した年の七月に連載を再開して、第一部「戦いすんで」を同年九月に終了する――第二部「日が暮れて」は、同年十月から再開、断続的に連載され一九六七年四月の「第二十三回」が最終回となる――という経緯があり、この「自伝」を読まずに『ベトナム戦記』批判はできないのではないか、と思うからにほかならない。

というのも、『青い月曜日』には前記したように「死」を戦時下の現実として受け止めざるを得なかった開高健の「戦争体験」がつぶさに描き出されており、そのような「戦争体験」があったからこそ開高健は「戦争と死」について考えるため、「内戦」状態にあったベトナムの地を歩き回り、南ベトナム政府軍に従って顧問団の米軍将校らと共に「内心の欲求」に従って最前線に出掛けて行かざるを得なかったと思うからである。そのことを完全に見落としたところで書かれたのが、吉本隆明の「戦後思想の荒廃」＝開高健・大江健三郎批判にほかならない。つまり、吉本は開高健がどのような「戦争（戦時下―戦後）体験」を持っていたかについて顧慮することなく、開高健の「ベトナム戦」取材をあたかも「物見遊山」であるかのごとく見なし、そしてその成果である『ベトナム戦記』を批判したのである。さらに言えば、そのような「杜撰」な開高健作品の読みによって構築された「高邁」な吉本の「第三者―第二者（当事者）」論では、開高健がベトコン青年の公開処刑（銃殺）に驚愕し、次のように書かざるを得なかった「内心の戦き」はついに理解できなかったのではないか、と言わざるを得ない。

銃音がとどろいたとき、私のなかの何かが粉砕された。膝がふるえ、熱い汗が全身を浸し、むかむかと吐気がこみあげた。たっていられなかったので、よろよろと歩いて足をたしかめた。もしこの少年が逮捕されていなければ彼の運んでいた地雷と手榴弾はかならず人を殺す。五人か一〇人かは知らぬ。アメリカ兵を殺すかもしれず、ベトナム兵を殺すかもしれぬ。（中略）彼の信念を支持するかしないかで、彼は《英雄》にもなれば《殺人鬼》にもなる。それが《戦争》だ。しかし、この広場には、何かしら《絶対の悪》と呼んでよいものがひしめいている。あとで私はジャングルの戦闘で何人も死者を見ることとなった。ベトナム兵は、何故か、どんな傷をうけても、ひとことも呻めかない。まるで神経がないみたいだ。ただびっくりしたように眼をみはるだけである。呻きも、もだえもせず、ピンに刺されたイナゴのように死んでいった。ひっそりと死んでいった。けれど私は鼻さきで目撃しながら、けっして汗もかかねば、吐気も起さなかった。兵。銃。密林。空。風。背後からおそう弾音。まわりではすべてのものがうごいていた。私は《見る》と同時に走らねばならなかった。体力と精神力はことごとく自分一人を防衛することに消費されたのだ。しかし、この広場では、私は《見る》ことだけを強制された。私は軍用トラックのかげに佇む安全な第三者であった。（中略）私は目撃者にすぎず、特権者であった。私を圧倒した説明し難いなにものかはこの儀式化された蛮行を佇んで《見る》よりほかない立場から生まれたのだ。安堵が私を粉砕したのだ。

（『ベトナム戦記』）

長い引用になったが、ここからは吉本隆明の言う「第三者」と、「見る」ことだけを強いられた開高健の言う「第三者」では、その意味合いが異なることがよく分かるだろう。このことは、開高健の文章と秋元啓一カメラマンの写真によってベトコン少年の「公開処刑」を自分の日常生活と重ね合わせることを余儀なくされた『ベトナム戦記』の読者が、そのようなベトコン少年の「死」と直接関係ない、と果たして思えるだろうか。つまり、ベトコン少年の銃殺刑は、思想（幻想）の問題として処理すべきであり、自分と「無関係」＝第三者でも第二者（当事者）でもないから放置しておいてよいなどということは、それこそ「生きる」ことの本質に関わる問題に繋がるということである。

そして、この「第三者（と第二者）」問題は、開高健と吉本隆明がどのような「戦時下」を過ごして来たのか、という本質的な問題とも関係してくる。開高健が中学生の時「学徒動員＝勤労動員」中にアメリカ軍機の機銃掃射を受け九死に一生を得るような経験をし、同時にそれは一緒に逃げた同級生がすがりついて来たのを「殴る・蹴る」の暴行を加えるという、文字通り「必死の思い」で生きたいという思いを行動で表したことであり、そのことは繰り返すが吉本隆明が読まなかったと思われる自伝小説『青い月曜日』の「第一部　戦いすんで」に詳しく書かれている。一方、一九二四（大正十三）年生まれの吉本は、戦時下において理工系学生は兵役免除の特典があったからか、東京府立工業学校から米沢高等工業学校（現・山形大学工学部）を経て、一九四五年四月には東京工業大学の化学科に入学するという一貫して「戦争」から一定の距離を置く理工系学生として青春時代を過ごして来た。もっとも米沢高等工業を卒業し東工大へ入る前に富山県にある日本カーバイドという化学会社に勤労動員で働くということはあったが、大著『〈民主〉と〈愛国〉』（二〇〇二年）の著者小熊英二に言わせると、吉本は理工系学生として「徴兵」を免れたことに「罪悪感」を持っていて、それが「進歩的知識人」や「平和運動家」への悪罵の因になっていたのではないかと推論されているが、小熊英二の指摘は正鵠を射ているのではないかと思う。

なお、ついでに「戦後思想の荒廃」で吉本に開高健と共に批判されている大江健三郎の『ヒロシマ・ノート』に関してであるが、以下のような『ヒロシマ・ノート』批判がいかに「的外れ」ものであるか、それは吉本の「核（原水爆・原発）」認識の基底となっている「科学信仰」がいかに歪められているかということでもあるのだが――吉本の「核」認識の矮小性については、一九八〇年代の初めに起こった「文学者の反核運動」に対する異常とも思える反撥に対する私の批判「反・反核の思想的構造――文学者の言説から」（「文学的立場」七号、八号　一九八二年秋号、一九八三年春号『原爆文学論――核時代と想像力』彩流社刊所収）や、二〇一一年三月十一日のフクシマに関わる吉本の言説批判『文学者の「核・

フクシマ論」』（二〇一三年　同）を見てもらえばよく分かるが、原水禁運動（反核運動）に対してそれまでどんな対応もしてこなかった吉本の『ヒロシマ・ノート』批判のヒステリックとも思えるような反応（言説）は、開高健の『ベトナム戦記』批判と瓜二つの、「大衆の原像」という在りもしない「幻像」を根拠とした批判で、批判のための批判と言われても仕方のないものであった。

大江の『ヒロシマ・ノート』も、何故どんな理由から広島へ出かけてゆき、被爆者にあい、原水禁大会を見物し、病院をおとずれ、医者にあいといったことを繰りかえすようになったかは明瞭ではない。ただ雑誌「世界」の編集部から広島の原爆体験者のその後の情況をルポしてみないか、原水禁大会を見物にいってみないかと勧誘されてでかけていったというモチーフを推察できるだけである。現地へ出かけてみると被爆者の現状はいまも生々しく戦争の惨禍をとどめており、政党に主導された原水禁大会がいずれも茶番劇にしかすぎないという現状をまざまざと見せつけられる。

被爆者のうえに、時間は二十年前の戦争から停止したままであることを大江は感受する。彼の文学方法は、この時間の停止にひかれてのめりこんでいくのである。そして、はじめはジャーナリズムの依頼で職業作家意識からルポに応じたにすぎない大江は、しまいには「われわれがこの世界の終焉の光景への正当な想像力をもつとき、金井論説委員のいわゆる《被爆者の同志》たることは、すでに任意の選択ではない。われわれには《被爆者の同志》であるよりほかに、正気の人間としての生き様がない。」というふざけきった居直りをかくまでに到るのである。（傍点原文「戦後思想の荒廃」）

大江健三郎がその作家的出発を成したころからヒロシマ・ナガサキの惨劇や「被爆者」、あるいは「世界最終戦争」である「核戦争」に関心を寄せていたことは、大江の文学にいくらかでも興味を持っていた者には周知のことに属する。しかし、吉本は開高健の『ベトナム戦記』批判において開高健のそれ以前の文学的成果を無視したのと同じように、大江の「核」や「被爆者」に対する『ヒロシマ・ノート』以前の言説を点検する作業をサボって、いかに大江が「世界」（岩波書店刊）編集部の「甘い誘い」に乗って『ヒロシマ・ノート』を執筆したかというような、六〇年安保闘争や六〇年代後半に始まる学園紛争時における「進歩的知識人」の言動に嫌気を覚え辟易していた若者や学生に受けるような言説を振りまいただけであった。吉本は、そのことで旧左翼からも新左翼からも一定の距離を置いたように見える自分たち「自立」派の立場を際だたせることに成功したと思ったかも知れないが、戦後文学史の中で吉本の言説を点検した時、果たして吉本の開高健批判、大江健三郎批判は「有効」であったかどうか。以下のような「託宣」を読むと、そのような思いを強くする。

　正常な想像力をもち、正常な論理力を持っているかぎり、核戦争は不可能であり、この核戦争の不可能は背中合わせに平和の不可能と同在しているとかんがえるのが、もっとも正気な世界に対する現状認識である。（同）

　もっともらしいことを言っているが、ここでも吉本は自らの「不勉強ぶり」（というか、意図的な論理操作）を発揮している。ヒロシマ・ナガサキから一九六〇年代半ばまでの「冷戦」構造に規定された戦後の世界史を振り返ってみれば、朝鮮戦争時に連合軍最高司令官（国連軍司令官）であったダグラス・マッカーサーによる北朝鮮及び中朝国境・ソ朝国境付近での「原爆使用」のトルーマン大統領への進言、あるいは一九六二年の「キューバ危機」――ソ連がキューバにミサイル基地を建設しようとしたため、全世界が第三次世界大戦＝核戦争が起こるのではないか、と危機感を抱いた――、など何度か核戦争の危機は存在し、最近でインドとパキスタンによる核開発競争、二〇一七年の北朝鮮危機、直近のロシアの「ウクライナ侵略戦争」におけるロシア大統領プーチンの「核兵器使用の可能性」発言など、決して「核戦争は不可能」等と言っていられない世界史の現実がある。

では何故、吉本は殊更「戦後思想の荒廃」と称して開高健の『ベトナム戦記』批判や大江健三郎の『ヒロシマ・ノート』批判を繰り広げたのだろうか。そこには、文学論から思想論、政治論、経済論に至る所謂「吉本思想」と言われるものの核となる「大衆の原像」なる概念が影を落としている。「大衆の原像」論は、吉本の「転向論」等にもその典型を見ることもできるのだが、具体的には「戦後思想の荒廃」の直後に、「日本の心と歴史を語り、日本の在り方を考える月刊誌」と名打った保守系の月刊誌「日本」の一九六五年の二月号から七月号まで連載した「情況とはなにか」のⅠからⅥまで、就中第一回の「知識人と大衆」と副題された文章にその考え方はよく現れている。

現在にいたるまで、知識人あるいはその政治的集団である前衛によって大衆の名が語られるとき、それは倫理的かあるいは現実的な拠りどころとして語られている。大衆はそのとき現に存在しているもの自体ではなく、かくあらねばならぬという当為か、かくなりうるはずだという可能性としての水準にすべりこむ。大衆は平和を愛好するはずだ、大衆は戦争に反対しているはずだ、大衆は未来の担い手であるはずだ、大衆は権力に抗するはずだ、そして最後にはずである大衆は、まだ真に覚醒をしめしていない存在であるということになるのだ。もちろん、こういう発想はまったく無意味である。「否」の構造をとって、大衆は平和を好まないはずだ、大衆は戦争に反対しないはずだ、大衆は未来の担い手ではないはずだ、大衆は権力に抗しないはずだ、といってもおなじだからである。あらゆる啓蒙的な思考法の動と反動はこのはずである存在を未覚醒の状態とむすびつけることによって成立する。

　しかし、わたしが大衆という名について語るとき、倫理的なあるいは政治的な拠りどころとして語っているのでもなければ、啓蒙的な思考法によって語っているのでもない。あるがままに現に存在する大衆を、あるがままとしてとらえるために、幻想として大衆の名を語るのである。（傍点原文）

　この論が分かりづらいのは、吉本の「あるがままに現に存在する大衆を、あるがままとしてとらえるために、幻想として大衆の名を語る」というフレーズが具体的には何を意味するのか、言葉を換えれば、果たして「あるがままの大衆」などというものが存在するのか、そのような曖昧な（抽象的な）概念が指し示す「大衆の原像」というものが本当にあり得るのか、その辺が曖昧模糊としている、というような疑念が次々と湧出してくるからにほかならない。つまり、「大衆の原像」というものはまさに吉本の頭の中に「幻像」としてしか存在しないものなのではないか、という疑念を最後まで拭い去ることができないということである。吉本が亡くなった直後、週刊誌にコメントを求められた評論家の呉智英が、「学生時代、吉本の『大衆の原像』というのを理解するのに一週間かかった」と言っていたが、吉本の自分だけが理解していた「大衆の原像（幻像）」なる概念で、現に内戦状態にある「ベトナム」で「戦争」やそれに伴う「民衆の死」について考え、また自らもジャングルの中で太平洋戦争中に経験したのと同じ「死の恐怖」に感じたことの報告でもある『ベトナム戦記』について、「知識人の国外逃亡だ」として非難された開高健（と『ヒロシマ・ノート』の大江健三郎）、開高も大江も吉本の「批判（非難）」に応じる気配を見せなかったが、吉本の批判は応じるに値しない、と思ったからではなかったか。

さらに言えば、開高健が「内戦」最中のベトナムへ行って気付かされたのは、吉本が言うような「戦争と平和の同在性」などという抽象的な論理で片付くことではなく、「戦場」から遥か遠くにあるように見えるどんな国も、例えば日本も沖縄や本土の米軍基地からベトナム人を「殺す」ために爆撃機や戦闘機が飛び立ち、また米軍兵士たちが日本各地の米軍基地から派兵されるという現実があり、「経済」的には米軍がベトナムで使用する兵器の一部、あるいは食料、車両など「戦争」に関わる物資が日本で調達されるということもあり、表面的には「平和」に見えながら、実は「戦争」に深く加担しているということがあった。「平和」など何処にもないというのが、太平洋戦争下で学徒動員中に米軍機の機銃掃射を受け「死」を意識し、以後「生き抜く」ことを至上命題としてきた開高健の認識だったということである。

なお、開高健のベトナム行きについて、亡くなった後に「未完」のまま残された「闇三部作」の最後を飾る遺作の一つ『花終る闇』（一九九〇年　新潮社刊）の中で次のように述懐していることは、意識していたか否かは別にして、吉本の「批判」に対する開高健なりの「答え」と見なすこともできるのではないだろうか。

あの年の夏、新聞社の調査部から回されてくる資料は単行本も記事もことごとくアメリカ人かフランス人かオーストラリア人の書いたもので日本人の書いたものは一つもなかった。各新聞社の支局は香港かバンコックにあり、何か事件があれば記者たちはサイゴンにかけつけ、一週間ほど取材して引揚げるだけで、田舎を歩いたものはなかったし、戦場へいったものもなかった。新聞の読者にはあの国はいつも何か膿んでもめているのだという遠くておぼろな感触があるだけだった。弓子（語り手＝開高の当時の「恋人」と見なされていた女性――引用者注）がサイゴンとマニラをまちがえたのも無理はなく、むしろそれは正確な表現だといえた。だから私は日本人としてはじめてアジアの戦争を交戦国の人間としてではない立場から報道するのだという名目に心を託することができた。それは事実である。作家は生涯に少なくとも一度は現場に立ちあわさねばならないと考えたのも事実であった。生活を変えたくなったのも事実であった。このままだと立ったまま腐ってしまう。自身の内面をカタツムリのようにのろのろ這いまわっているのに飽いたというのも事実である。すべて動機としてあげられる事実であった。しかし、いきたくなったからいったのだといってしまっても過ちではなかった。

いずれにしろ、『ベトナム戦記』に始まり、『渚から来るもの』、『輝ける闇』へと続く一連の「ベトナム戦争」体験を基にした開高健の作品が明らかにしたのは、太平洋戦争の「戦時下」から「戦後」にかけて自分が「生き抜く」ことに執着しながら、その一方で内に湧出してくる「虚無（感）」を絶えず認識せざるを得ない現実であった。この開高健の「虚無（感）」は、明確な輪郭を与えられないまま「戦争」がもたらす「闇」としか言いようのないものであった。そしてそれは、戦争最中のベトナムへ行くことでますます色濃いものになっていった、と言っていいかも知れない。『ベトナム戦記』の朝日文庫版に解説を寄せた開高健と共に読売新聞の記者として同時期をベトナムで過ごし、後に作家に転じた日野啓三はサイゴンでの開高健の在り方について次のように書いていた。

彼はよく笑った。それは精神的にとてもつらかったからである。（中略）日毎夜毎に実際に兵士も民衆も殺され傷つき、農村は村を焼かれ、サイゴン市内のテロで子供たちの腕が吹きとび、貧しい戦争未亡人たちは身を売る以外に生きる術のない事実を否応なく見続けねばならなかったのである。

私たちの世代は空襲や飢えや引揚げなどの戦争体験はあるが、戦場体験はない。一九六四年は東京オリンピックの年である。高度成長中の東京からいきなり、全土全市が最前線ともいえるゲリラ戦争の戦場に来たのだった。

戦場はもちろん血まみれのテロ現場も公開銃殺も、私たちの神経を震え上がらせ、戦後ヒューマニズム的感性を戦慄させた。これが政治の、歴史の裸形なのか、と連日、私たちの魂はうめき続けた。

〈4〉「闇」の行方

ここで考えなければならないのは、開高健がベトナムから帰って『ベトナム戦記』を書き上げて以降の「ベトナム反戦」活動についてである。つまり、開高は一九六五年五月、「べ平連」の呼びかけ人の一人として「ニューヨーク・タイムズ」に「ベトナム反戦広告」の掲載を提案し（十一月に実現）、八月には「八・一五徹夜討論集会（ティーチ・イン）」で発言し、翌一九六六年十月にはフランスの哲学者サルトルとボーヴォワールを迎えての「ベトナム戦争と反戦の原理・討論集会」に主宰者の一人として参加し、更に翌一九六七年一月にはアメリカの反戦歌手ジョーン・バエズを招いて「みんなでベトナム反戦を！」集会に参加し、その年の十一月にはアメリカ海軍の空母イントレピッドの「四人の脱走米兵」と共に記者会見用の映画を撮影するという矢継ぎ早の熱心な「ベトナム反戦」の活動と、その後のべ平連から離脱、という問題である。つまり、『輝ける闇』の執筆に約一年間の月日を費やした（一九六八年八月～十月）開高健が、その後べ平連から離脱したのは何故か、ということである。

この間の「狂騒」的とも言っていい「ベトナム反戦」運動への関わりとそこからの「離脱」について、後の『夜と陽炎——耳の物語＊＊』（一九八六年八月　新潮社刊）の中で次のように書いていた。

罐詰（『ベトナム戦記』を書くための——引用者注）を終って箱根から東京へもどると、狂ったみたいに自身を開放した。週刊誌のインタヴュー。対談。座談会。文学雑誌の随筆。インタヴュー。座談会。テレビの討論会。反戦運動の街頭デモ。講演会。ニューヨーク・タイムスに反戦広告を出すための街頭募金。電話のかかるまま、誘われるままに、何でも書き、何でも語り、何でもやった。国会の外務委員会に出頭して証人としての立場で見聞と意見を述べたこともある。ニューヨーク・タイムスに反戦広告を出すための運動をしたときは数寄屋橋に箱を首からぶらさげてたったり、メガフォンで呼びかけたり、日頃なら愧死してしまいたいような行為であった。

このような開高健の「ベトナム反戦」運動、特にニューヨーク・タイムズへの反戦広告掲載について、小田実は『「ベ平連」・回顧録でない回顧』（一九九五年一月　第三書館刊）の中の「2　私は〝私たち〟になった」で、開高健の「金ある人は金を　知恵ある人は知恵を——ベトナム募金で街頭に立って——」（「東京新聞」一九六五年八月二十八日夕刊）の以下のような文章の一部を引いて、「開高自身、『ニューヨーク・タイムズ』へ『反戦広告』を出すため、書きまくり、走りまくっていた。彼はなかなかしたたかな作家だったが、そのときの彼を支えていたのは、抽象的な理屈ではなかった」と書いて高く評価していた。

あるとき何人かいるところで「ニューヨーク・タイムズ」の広告ページを買いとってヴェトナム戦争について日本人の考えていることを発表してはどうだろうと、フト、口に出した。するとその場の人々は、みんな賛成した。（中略）

八月一五日を記念して坊主刈りになった鶴見俊輔氏は堂々と声あげて訴えていた。日本人もオラ

ンダ人もお金をくれた。スイス人の学生は大賛成だがカネがないといって去った。マア、よろし、金がはいったら、くれ。（中略）

反響があった。ひどく反響があった。高校生、大学生、主婦、有名人、無名人、さまざまな人びとが手紙や現金書き留めを送ってきはじめた。〃イイコトダガ無益ナコトダ〃としばしばおそいかかる虚無の穴の内省に私はたたずみつくしていることができなくなった。

私は〃私たち〃になった。私たちはできることなら全頁を買いきって思うさま書きたい。アメリカ人にいいたいのだ。君たちはフランス植民地主義の遺産のゴミ箱に何十億ドルの血税をつぎこみ、死んでゆくのだ。

しかし、徹頭徹尾「作家」であった開高健の「ベトナム反戦」への思いと行動は、当時の新左翼系の学生運動――「三派（革共同中核派・社青同解放派・共産同）全学連」を中心とする過激な反戦運動――に引きずられるようにしてベ平連が「政治」色を強めていったからなのか、それとも「そこで、いつだったかおぼえていないが、ある日、いっさいの活動をやめることにした。インタヴュー、講演、デモ、いっさいをことわって書斎にたてこもることにした。誰にも会わず、何も喋らず、無益ということならこれ以上ない仕事に没頭することにした」というようなことがあったからなのか、急速に萎えていったように思われる。

そもそも自分が内戦状態にあったベトナムへ行ったのも、元を質せば自分の「戦争（戦時下―戦後）体験」から否応なく内在化させてきた「生き抜く」ことの本当の意味を、ベトナム戦争下の人々がどのように体現しているのか、そのことを「切実」かつ「実際」に知りたかったからではなかったか。言い方を換えれば、自分が文学（作家）を志した時から自身を突き動かしてきた「戦争（戦時下―戦後）体験」に促されて、内戦状態のベトナムへ赴いていったが、そこで連日生起していた「生き死に」に関わる問題に直面して、ベトナム反戦活動に加わっていったのではないか、ということである。しかし、自分はあくまでも「作家」であり、「政治」的には振る舞えないという思いが湧出し、ベ平連活動にのめり込んだ自分に「嫌気」が差した、というのが事の真相だったのではないかと思われる。本質的には「政治」も「文学」も、「より良き豊かな生活」を求める人間の在り様を基盤として成立するはずのものなのに、「政治」が「文学（思想）」を圧するようになる、それは社会運動（反戦運動や学生運動）へ参加した人間を襲う宿命的な感覚でもあるのだが、開高健はその時に起こった「混乱」や「自己嫌悪」から逃れることにひたすら自分の意識を集中させた、と考えられる。ベトナム反戦運動への「政治」の有無を言わせないような介入（あるいは浸食）について、開高健は先の引用に続けて次のように書いていた。

しかし、いつからともなく、急速に、避けようなく、この人たちはヴェトナムで反米闘争をしている。顔の見えないグループだけをヴェトナム人と見なすようになり、その人びとを支持し、その人びとを勝たせるためだけの言動に没頭するようになった。そして、アメリカの軍事政策の過熱の一途のままに、それにつれて偏執狂的にいよいよヴェトコン支持になり、それ以外のことをヴェトナム人について考えるのは、〝非人間〟であるかのような不寛容にいきいきと潑溂と凝縮していった。

サイゴン政府とアメリカの軍事的努力は無益であるという立場だけでは話にならなくなった。アメリカの軍事活動の残虐だけが糾弾され、ヴェトコン、もしくは北ヴェトナム正規軍のそれは無視された。ソンミの虐殺は記事になり本になったが、ユエで北ヴェトナム軍がやった集団テロの行動は無視された。また、ためしに、アメリカがいると戦争があるから困る、しかしアメリカがいなくなるとホー・チ・ミンがくるからこれも困る、といった仏僧の言葉を伝えてみると、誰も聞くものがなかった。（中略）ヴェトコンもしくはその同調者だけがヴェトナム人であるかのような言説が一般となり、大勢になった。無邪気な残酷である。（『夜と陽炎』）

このような開高健のベトナム反戦運動に関する「回想」から透けて見えてくるのは、小田実が言うベ平連を構成していたのは「純然たる市民」「文化人（知識人）」「日本共産党から排除された左翼（共産主義者）」という三勢力のうち、もっとも「政治」に長けていた者たちによってベ平連の活動が支配されるようになり、自分が戦時下から戦後にかけて体験した「戦争」及びベトナムの地で否応なく血肉化された「戦争」、それは常に「生死」と背中合わせになっているようなものであったが、その「戦争」とは別なものに変質してしまったと感受したことへの何とも「苦い思い」を味わったことではなかったか。言い方を換えれば、『ベトナム戦記』で詳述した「九死に一生」の経験から得た自分の「ベトナム戦争」観とは異質なものがベ平連の反戦運動において展開されるようになったことへの「苛立ち」「危惧」「不信」が、ベ平連運動からの離脱を促したのではないかということである。南ベトナム政府軍（とアメリカ軍事顧問団）と南ベトナム解放民族戦線（ベトコン・北ベトナム軍）とがしのぎを削っていたベトナム戦争の最前線に身を晒して来た開高健が見たものは、戦争下にあってどちらの兵士たちも「生きる」ことに必死でありながら、日本における「政治」談義とは遠く離れた場所で「死」を従容として受け入れざるを得ない現実であった。ましてや、「戦争」の本質を見極めようとして参加したジャングルの最前線で、自分も「死」を覚悟せざるを得ないような体験をしてきたのである。生白い「政治」談義を拒絶したい思いを強く持ったとしても、それは自然なことではなかったか。

ただ、開高健がベトナム反戦運動（ベ平連）に関わることになった「小田実からの呼びかけ」にどのように対応したかの一端に触れているエッセイ「ヴェトナム戦争反対の広告」（「文藝」一九六五年七月号）の中で、「政治」について次のように書いていたことも忘れてはならない。

某日、小田実が電話してきた。ヴェトナムの戦争に反対するかと聞くから、反対すると答えた。すると彼は、ぶらぶら歩きのデモをやろうと思うのだが参加しないかという。アメリカの学生代表も参加するという。何月何日、清水谷公園に何時に来てくれという。これはどんな政党や組織にも入っていない、いわば街路上の通行人に呼びかける行進である。個人的行動ではある場合私はトコトンまでやりぬく習性と衝動を持っているが集団的行動はテレくさくて苦手だし、煽動家の演説もできぬ。けれど、本質的に私は政治を膨大な官僚と書類と儀礼のかなたにあるものと眺めていない。私にとっては恋愛や食事や放浪とおなじ日常なるものの一つでしかない。それ以上でもなく、それ以下でもない。ハッキリとそうである。それに私は、いわゆる〝進歩派〟なるものの四分五裂、内紛、暗闘、陋劣なる退歩的心性、アンフェア・プレイの感性、アメーバじみた〝黒か白か〟論法、茫漠とした〝革命願望〟気分（ただの気分である！）からくる神秘不可解な議論、その他の属性にすっかり嫌気がさしているところなので、でてゆくことにした。（、点原文、・点引用者）

この引用部だけを読むと、開高健の「べ平連」への参加は小田実からの誘いに応じたもののように思えるが、同じエッセイの中で「①南ヴェトナムの戦争に反対する。②いっさいの外国勢力は南から去るべきである。（アメリカも北ヴェトナムも）③南ヴェトナムは南ヴェトナム人の選択によって運命を選ばれるべきである。④いわゆる〝民族自決権〟は南ヴェトナム人がコミュニズム（どのような形と質のものにもせよ）を選ぶことをも含めている」と書いていることを見ると、当たり前と言えば当たり前のことだが、『ベトナム戦記』を著した開高健は心の底からベトナム戦争反対であったことが知れる。因みに、小田実が先の『「べ平連」・回顧録でない回顧』の中で「開高自身、書きまくり、走りまくっていた」とするベトナム反戦に関する引用以外のエッセイや対談をタイトルだけだが列記すると、以下のようになる。

（一）ヴェトナム戦争反対の広告（「文藝」一九六五年七月号）
（二）きのうの戦争きょうの戦争――武田泰淳氏との対談（「毎日新聞」同年八月十～十七日付）
（三）金ある人は金を知恵ある人は知恵を（「東京新聞」同年八月二十八日付）
（四）ヴェトナム知識人の幻滅（「展望」同年九月号）
（五）東京からの忠告――わが「べ平連」アピールに力を（「朝日ジャーナル」同年九月十九日号）
（六）福田恒存氏への反論――「アメリカを孤立させるな」について（「文藝」同年九月号）

（七）訴えようヴェトナム戦争反対（「神戸新聞」同年九月三十日付）
（八）もう一度質問する（「文藝」臨時増刊号　同年九月）
（九）ティーチ・イン（「中央公論」同年九月号）
（十）ヴェトナム反戦広告の決算（「東京新聞」同年十一月十八日付）

これら十篇の文章の中で最も興味を覚えるのは「福田恒存氏への反論」である。事実認識も論理の整合性も粗く、ただただ典拠（根拠）も示さず勝手に「事実」や「常識」、「現実主義」と思い込んだものを振りかざして、「アメリカのベトナム政策（とそれに追随する日本政府の態度）は間違っていない」と主張する福田恒存に対して、開高健は自分がベトナム（サイゴンや南ベトナム政府軍の前線基地）で体験し見聞しことを基に、完膚なきまでに相手の「杜撰」な論理を批判する態度は、見事としか言いようがない。学生時代から亡くなるまで親交を深めてきた谷沢永一などと違って争いごとを好まない開高健にしては珍しい、「怒り」に満ちた文章だからである。穿った見方をすれば、いかにも「論理的・原理的」であるかのように見せながら、実は「大衆の原像」などという曖昧模糊とした概念で『ベトナム戦記』を批判した吉本隆明を含む「反・ベトナム反戦」派の論壇人を、この福田恒存とひとくくりにして批判する底意があったのではないか、と思いたくなるような激しさを内に秘めていた。先の太平洋戦争中もアメリカ軍の空襲によって「死ぬ思い」をし、またベトナムでもそれこそ「九死に一生」の経験をした開高健にしてみれば、インドシナ半島の共産主義化を防ぐというアメリカのベトナム戦争への介入理由が、いかに机上の空論かがよく分かっていたからこそ、福田恒存の日米両政府に忖度したような文章が許せなかったのだと思われる。

では、開高健が経験した最前線——開高健によれば、ベトコンが潜むジャングルも首都サイゴンも変わらず「最前線」であったのだが——のジャングルでの「死ぬ思い」とは、どんなものであったのか。ルポルタージュ（ノンフィクション）である『ベトナム戦記』に、以下のように記されている。

五分後。
とつぜん木漏れ陽の斑点と午後の白熱と汗の匂いにみちた森のなかで銃音がひびいた。マシン・ガンと、ライフル銃と、カービン銃である。正面と右から浴びせてきたのだ。ドドドドッという すさまじい連発音にまじって、ビシッ、バチッ、チュンッ！……という単発音がひびいた。ラスが パッとしゃがんだ。そのお尻のかげに私はとびこんだ。それから肘で這って倒木のかげへころがり こんだ。鉄兜をおさえ、右に左に枯葉の上をころげまわった。短い、乾いた無数の弾音が肉薄して きた。頭上数センチをかすめられる瞬間があった。秋元キャパは、カメラのバグをひきずって一メ ートルほどの高さのアリ塚のかげにとびこんだ。枝がとび、葉が散り、銃音の叫び、トウ中佐の号 令、砲兵隊士官が後方の砲兵隊に連絡する叫びなどのほかは何も聞こえなかった。私は倒木のかげ に頭をつっこみ、顔で土を掘った。（中略）
ふたたび猛射が起った。森そのものが猛射しているとしか思えなかった。ベトコン兵士の姿は黒 シャツの閃きひとつ見えなかった。潰走がはじまった。トウ中佐が先頭にたって逃げだした。私た ちはふらつく足を踏みしめ踏みしめ彼らのあとを追って右に走ったり左へ走ったりした。東へ走っ たときにはトウ中佐がまっ青になって走りもどる姿が見えた。汗のふきだす眼のなかで何を見たのだろうと思った瞬間、四方八方からいままでにない至近距離の乱射がはじまった。ころげこんで倒木の幹の上を弾丸が木の皮をはねとばしつつ走ってゆくのが一度見えた。掃射が終った瞬間みんなは木のなかをかけだした。ころんだり、ぶつかったり、肘で這ったりしながら私はあとを追った。背後でふたたび乱射が起った。カートリッジをつめかえおわったのだ。ガクガクする膝で夢中で走った。（中略）

二〇〇人の第一大隊はあちらこちらの木の眼もとに放心している兵士を数えてみると、たった一七人になってしまった。私はしゃがんだまま小便を一回やり、バグを整理した。

このような経験がいかに苛烈なものであったか。戦闘による「死者」は南ベトナム政府軍側にだけ生じたのではなく、時と場所が違えばベトコン側にも日常的に生じていたものであり、それが「戦争」というものだということは重々知りながら、それでも「生き延びた」という実感を嚙みしめざるを得なかった開高健、このことは先の引用に示されたベトコンの攻撃について、その後の小説の中でも「消すことのできない記憶」として繰り返し書き綴っていることを思うと、その「痛ましさ」は想像に難くない。具体的には、『渚から来るもの』、「闇三部作」の『輝ける闇』と没後に刊行された「未完」の『花終る闇』（一九九〇年　新潮社刊）、及び短編集『歩く影たち』（一九七九年　同）のうち「洗面器の唄」（一九七九年）などに、先に引用した最前線のジャングルからの逃走劇は詳細に描き出されている。

まず、『渚から来るもの』、この長編は『開高健全作品』（全十二巻　一九七三年一月〜一九七四年十月新潮社刊）にも『開高健全集』（全二十二巻　一九九一年一月〜一九九三年九月　同）にも収録されなかった作品で、ベトナムでの体験を基に東西に分断された架空の「アゴネシア」なるインドシナ半島の国を舞台に「民族解放」とは何か、「生きるとは、死ぬとは」を根源から問う作品である。何故これが『作品集』にも『全集』にも収録されなかったか、開高自身が『輝ける闇』について書いた「私の近況」（「新刊ニュース」一九六八年六月一日）の中で、次のように書いていた。

今度の小説のまえに私は『朝日ジャーナル』に「渚から来るもの」と題した小説を連載している。東西に分裂した「アゴネシア」（苦しむアジア）という架空の国を設定し、そこを旅人が縦断する物語である。私としてはオーウェルの名作「動物農場」にせまる寓話を書いてやろうという意気込みであった。しかし、約一年、九百枚書いてみると、それが寓話から比喩に転落してしまったことを認めないわけにはいかなかった。イマージュが発酵不全だったのである。惨敗であった。（傍点引用者）

「寓話から比喩に転落する」とは具体的にどういうことなのか、その真意は作家自身にしかわからないことかも知れないが、作品のプロットや主人公の心理や行動などがあまりに『ベトナム戦記』の内容、つまり開高自身のベトナムでの体験に付き過ぎている感は否めない。また、「戦争」に関わる「死」を肯定するような書き方をしている「私（作家）」の姿勢は、太平洋戦争下の空襲で「死ぬ思い」をした開高健にしては「軽すぎる」のではないか、という印象も免れない。

ただ、西側国の将兵及びそれを支援するアメリカ軍将校たちと出かけて行った「ゲリラ掃討作戦」

でゲリラに猛攻撃を受け命からがら逃げ惑う場面の迫力は、「創作＝虚構」であるが故なのか、『ベトナム戦記』よりも『渚から来るもの』の方が圧倒的である。特に、ゲリラに攻撃されて逃げ惑う政府軍大隊や顧問団、そして「私」の描写については、例えば次のような最終部分のゲリラ（ベトコン）の攻撃を受け潰走する場面など、『輝ける闇』は『渚から来るもの』と全く同じ表現を使っているのである――『輝ける闇』に『渚から来るもの』と同じような場面が多分に存在するが故に、開高健は『渚から来るもの』を『全作品』や『全集』に収録したくなかったのかも知れない。表現＝言葉の使用に厳密・厳格な開高健故の処置だったと言えばいいか――。

　右、左、そして背後からいっせいに銃弾がとんできた。私は藺草のなかに体を投げた。生温かい泥の匂いがむッと顔を蔽った。兵たちは甲ン高い声をあげて藺草のなかをころげまわった。無数の銃弾がヒュンヒュンと唸りつつ走り、一波、二波、三波と息つくひまもなかった。私は泥水のなかを手で這ってすすみ、カービン銃に足をとられてもがいている一人の兵士の体をのりこえようとしたとき髪を波にかすめられ、全身の力を失った。私と兵は腰まで水に浸り、手や足をぐにゃぐにゃからみあわせてあらそいあった。兵の眼は若く、いらだって小さく光り、疲れきっていた。私は子供を水のなかへ沈めようとしているかのようであった。その小さな、やせたからだがまるで巨大な壁のように感じられた。よじては落ち、よじては落ち、とめどない苦役であった。口いっぱいにつまった甘い泥の匂いにむせ、卑劣の感触に半ばしびれ、ふいに空が昏《く》れて額におちかかってきて、いやだと思った。つくづく戦争はいやだと思った。凶暴なまでの孤独が胸へつきあげてきた。何もかもやめて泥のなかにうずくまり、声をあげたくなった。ふとこのまま眠ってしまえたらと思った。おびただしい疲労がこみあげ、死の蠱惑《こわく》が髪をかすめた。この柔らかい藺草のしとねに体をのびのびとよこたえ、穴という穴から温かい泥がしみこんできて、とろりとした水をミルクのように体いっぱいにたたえて寝ていたらどんなにいいだろう。鼠や蟹があちらこちらの肉を食いちぎるときは古い腫物《はれもの》の蓋を剝《は》がすようであるかもしれない。とけたい、とけてしまいたい。この藺草の沼にとけこんで、ひろがって、薄い波となって漂っていたい。

弾音が切れた。

ただ、『渚から来るもの』には書かれていなくて、『輝ける闇』に新たに書き加えられたものもある。それは、最初のベトナム行きの直前に書き始めた自伝小説『青い月曜日』に詳しく書かれいる学徒動員中にアメリカ軍機による機銃掃射を受け、「九死に一生」の体験をしたことについてである。戦時下から敗戦を経て戦後に至る時期に経験した「戦争体験」、開高健にとってそれはまさに「死ぬ思い」の経験であった。その経験とベトナムの最前線やサイゴン市内で経験した太平洋戦争時と同じ「死ぬ思い」や「混沌＝無秩序」を重ねることで、人間がいかに「生」に執着する動物であるか、言葉を換えれば人間は本能的に「生＝生き抜く」ことを選びながら日々を過ごす動物であるかを、開高健は『輝ける闇』を書くことで、理屈ではなく自身の身体において確認しようとしたと言っていいのかも知れない。そのように考えないと、ベトナムでの経験を基にして「絶望」的な人間の在り様を描いた『輝ける闇』に、何故戦後すぐに「赤茶けた瓦礫」の街と化した大阪の街に出現した次のような「闇市」

の様子を書き込んだのかが理解できない。

大自然のふちに男や女たちは群れて掘っ立て小屋を建て、闇市を作り、足や拳《こぶし》や匕首《あいくち》で白昼たたかいあった。機関銃の乱射される市もあり、ペスト菌の上陸した港市もあった。夜になると広場のあちらこちらにかがり火が焚かれ、大鍋で肉や米が煮られ、昨日までの帝国臣民、陛下の赤子たちは氷雨のなかでドンブリ鉢を胸に抱いてビシャビシャずるずる洟汁といっしょに残飯シチューをすった。米軍払下げのその残飯にはタバコの吸いがらや使用済みのコンドームがまぎれこんでいるという噂があったが、誰も気にしなかった。半切りにしたドラム缶でカレーを煮る少女はゴム長で石油缶からはみだそうとする札を踏みしめ踏みしめ、苛烈、爽快に笑っていた。市場というよりはそれは民族の野営地であった。アリューシャン列島からインドネシア群島にまでおよぶ放浪のあげく人びとは赤い砂漠の野営地へ帰ってきたのだった。男たちはボロをひきずって影のように歩きまわり、おずおずと火に手をかざし、メチールを飲んであっけなく悶死したり、地下鉄の暗い水たまりに顔を浸して餓死したり、電車の連結器からふりおとされて顔をブリキ缶のようにひしゃげたりした。貨車にのせられて復員兵たちは故郷へ帰っていったが、有蓋貨車の屋根にのった連中はトンネルに列車が突入するのを知らないでいるために一瞬、頭蓋骨を粉砕されて、米俵のように灌木林へころげおちた。

他にもアジア太平洋戦争中の日本（軍）による中国大陸をはじめとするアジア太平洋地域への「侵略」

行為と、戦前から戦後にかけてのフランスやアメリカの東南アジア諸地域への植民地支配とを重ねることによって、いかに「民族解放」が正当な政治的主張であり、そこで生活する人びとの「生きる」権利に基づいた本質的な欲求であるかが、さりげない歴史的事実の叙述によって示されている。そこが『輝ける闇』と『渚から来るもの』の根本的な違いであった。

さらに言えば、物語のプロットや展開がほとんど同じでありながら、タイトルに「闇」という言葉を使わざるを得なかった開高健の「内心」に思いを馳せると、そこには開高健という作家の「生（精神）」が内包してきた「痛ましさ」を感受せざるを得ないということもある。その「痛ましさ」は、『輝ける闇』の新潮文庫版に「解説」を寄せている秋山駿が、以下に言うことと真逆の精神のように思われる。

ばら撒く――どうか開高氏の読者は、誇張なく私の言を信じてほしい――生まれてきてからこの時まで、現実に生きてきた個人としての開高氏は、ここで死のうとしたのである。実際、もしこの作品が出来なければ、そんな自分なぞ勝手に死んでしまえ、と彼は思っていただろう。そこが、賭けである。

どういう賭けか。まず自分の生を寸断する。そのことによって、これらの生の断片を統括していた昔の主人公――つまり個人的に現実を生きてきた開高健を、死に至らしめる。そして、それらの生の断片を、見えざる中心を求めて渦巻く、新しい生の磁場のごときものへと再編成すること。いわば、個人的な生の経験を持ち、またそれを描くところの小説家開高健であることを、捨てて、もはや名前などの要らぬ、一個の、ただ真正の作家であるという存在へと生まれ変わること、賭けはそれだった。

この秋山駿の「解説」が書かれたのは、文末に記されているが「昭和五十七年九月」。すでに「解説」でも触れている自伝小説『青い月曜日』（一九六九年）も、また「闇三部作」の二作目『夏の闇』（一九七二年）も、ベトナム戦争体験から生まれた諸短編を集めた『歩く影たち』（一九七九年）も、また開高健自身が「失敗作」とした『渚から来るもの』も単行本になっていた（一九八〇年）。にもかかわらず、秋山駿は「（開高健の）新しい生の磁場」から生まれた『夏の闇』以下の作品と『輝ける闇』との関連について触れていない。言い方を換えれば、開高健が少年時代における「戦争（戦時下―戦後）体験」からベトナム戦争への関わりに至るまで、その間一度たりともおのれの内部から消滅することのなかった「虚無感（ニヒリズム）」、それはまた自身の内部が抱えてしまった「闇」と言ってもいいが、その「闇」に開高健はどのように向き合い続けたのか、その過程について秋山駿の批評の眼は届いていなかったのではないか、ということである。

何故なら、開高健が「酒」と「性愛（セックス）」と「食」にしか興味・関心がないような「怠惰」な外国での永遠に続くような毎日を描いた『夏の闇』において、時々語り手の「私」に起こる「奈落におちこんでいくような」「人格剝離」、それについては秋山駿がいうところの「開高健の死」を意味するものと言っていいが、それが「現実の死」を体験した「ベトナム行き」の後頻繁に起こる、と次のように書いているのだが、秋山駿はそのことも見過ごしていたのではないかと思えるからである。

瞬間は私がひとりでいるときにも、人といっしょにいるときにも、雑踏のなかにいるときにもやってくる。東京の地下鉄の構内でも外国の裏町でもやってくる。食事のさいちゅうにも情事のさいちゅうにもやってくる。気まぐれで、苛酷で、容赦なく、選り好みということがない。一瞬襲いかかると、圧倒的にのしかかってきて、すべてを粉砕してさっていく。会話、冗談、機智、微笑、言葉という言葉、すべてが一瞬にさらわれてダスト・シュートにさらいこまれてしまうのである。

そして、次のように「私」が述懐することについても、である。

この十年間、私は旅ばかりしていたが、こうしてソファによこになって火酒をだらしなく海綿のように吸いとりつつ考えてみると、只あの瞬間に追いつ追われつして逃げまどい、しょっちゅうさきを越しているつもりでいながらいつも待伏せしてたたきのめされ、ひとたまりもなく降伏して、あてどない渇望とおびえのなかでうろうろしていただけのように思えてくる。（中略）旅はとどのつまり異国を触媒として、動機として静機として、自身の内部を旅することであるように思われるが、自身をめざすしかない旅はやがて、遅かれ早かれ、ひどい空虚に到達する。空虚の袋に毎日々々私は肉やパンや酒をつぎこんでいるにすぎないのではないか。

このような開高健の「虚無＝闇」の在り様とその行方を考えると、「闇三部作」の第三作目『花終る闇』(未完)が、「私」と三人の愛人との「性愛」に終始しているのも理解できる。また、「失敗作」を自認していた『渚から来るもの』の刊行(一九八〇年)以降は、まさに「自身をめざすしかない旅」がもたらす「空虚＝虚無＝闇」が何であるから明らかにするため、『青い月曜日』以後の自身の「過去」を点検する『破れた繭　耳の物語1』(一九八六年)と『夜と陽炎　耳の物語2』を同時出版した以外、創作は「遺稿」として残された『花終る闇』と『珠玉』(一九九〇年)があるだけという状態であった。その他の著作物は、世界を股にかけた「釣り」行の記録でもある『オーパ』(一九七八年刊)や『もっと遠く!　南北両アメリカ大陸縦断記・北米篇』(一九八一年)、『もっと広く!　南北両アメリカ大陸縦断記・南米篇』(同)などのルポルタージュ、及び『食卓は笑う』(一九八二年)や『生物としての静物』(一九八四年)等に収められたエッセイ集ということになる。

そこで考えなければならないのは、開高健が『輝ける闇』の刊行後、同人の一人として参加した「人間として」(一九七〇年三月創刊　全十二巻　筑摩書房刊)の創刊号から第四号まで「オセアニア周遊紀行」(ただし、第三号は連載を続けようとして書けなかった弁明「政治宣伝とコトバ――又は『オセアニア周遊紀行』にかえて」)を連載していたことの意味である。何故なら、開高健が抱えた「闇＝虚無」がどのようなものであったか、つまりまたその「闇」が『花終る闇』に示されているような先が見えない「セックス」がもたらす「快楽」に収斂してしまうようなものであったとしたら、まさに私たちの「生きる」意味は「悲惨」の一言に尽きてしまうことになるからにほかならない。具体的には、開高健が「オセアニア周遊紀行」で展開しているのは、ジョージ・オーウェルの近未来(ディストピア)小説『一九八四年』(一九四九年)とその前の『動物農場』(一九四五年)などの作品を素材にして、中国の「文化大革命」や「ロシア革命」、インドネシアの「スカルノ革命」、そして「東欧革命」、ナチ（ヒットラー）のユダヤ人虐殺、一九六八年五月に起こったパリの「五月革命」、そして自分が見聞した「ベトナム戦争」等々、「理想」を掲げて「革命」を目指した運動、つまり「ユートピア」の実現を希求した民衆や学生の運動が、ことごとくオーウェルの『一九八四年』のような「ディストピア（開高健は「デトピア」と言っている）＝ユートピアとは真逆な個の自由を圧殺した超監視管理社会」に転化してしまう「絶望」的な状況について、「コトバ」を操ることを仕事としてきた人間のひとりとして、「コトバ」というものが「政治宣伝」の道具でもあることにもっと自覚的であるべきだと力説しつつ、論じたものである。

開高健はこの「オセアニア周遊紀行」で、近代における「政治」というものが人間を「幸福」にも「不幸」にもする「魔物」であると言おうとしているのだと思うが、ここで思い出すのが自伝小説の『青い月曜日』とは違った形でおのれの過ぎ越し方を客観的に綴った「耳の物語」の2である『夜と陽炎』の中で書いていた「ベトナム反戦運動」からの離脱についてである。先にも指摘したが、開高健は運動の場（ベ平連）に持ち込まれた「政治」（「党派」的な振る舞い）に対して、ベトナムで起こっていること＝事実について「何も分かっていない」と嫌悪感を隠そうとせず、ベトナム反戦運動に「政治」を持ち込もうとした「無邪気さ」を断罪し、ベ平連運動から「離脱」したのである。

「オセアニア周遊紀行」の第三回（最終回）は、以下のような「パブロフの犬」の比喩と「全体主義」体制の致命的欠陥を指摘する結語になっている。

イヌを縛っておいてベルを鳴らすたびに食事をやると、しまいには食事ぬきで、ただベルを鳴らすだけでイヌはツバを分泌するようになる。これが全体主義化の政治的生活の本質だとされている。ところが、餌ぬきでベルばかりだと、どれくらい訓練されたイヌでも、やがて反応がにぶくなり、ツバの分量が減ったり、とどこおったりしはじめる。それを元通りに回復させるためには、ベルを鳴らしながらもときどき本物の餌をあたえなければならない。全体主義体制を主題としたデトピア物語はいかにイヌが飼いならされ、ベルづけられているかを徹底的に描いていくのだが、それが〝物語〟となるためには異端者を登場させなければならない。怠けているイヌ、そっぽを向いているイヌ、ツバをださなくなったイヌを登場させなければならない。このイヌの怠惰のなかにこそついにいかなる手段をもってしても不服従、不屈なあるものが存在するのだと作者たちは証明しなければならないわけである。デトピア物語は完全の悪と不完全の善との闘争だという点では古典的な二元論からでられない宿命を帯びているかのようであるが、現実の地上のあちらこちらにいつまでも性こりもなく惨苦が発生するので、そのたびごとに物語は蘇生する。われらの世紀はとめどなくわれらに問いつづけてくる。

この「オセアニア周遊紀行」に現れた開高健の「革命」とか「ユートピア」とかの「理想」を掲げる「政治」への不信や幻滅は、具体的な作品としては『輝ける闇』以降の『青い月曜日』とは違った形の自伝小説である『破れた繭　耳の物語＊』（一九八六年）や『夜と陽炎　耳の物語＊＊』（同）ということになるが、遺稿となった『珠玉』（一九九〇年刊）や先にも触れた「闇三部作」の『花終る闇』（未完）にも色濃く前面に押し出されている。つまり、少年時の「戦争（戦時下―戦後）体験」によっても たらされ、ベトナム戦争をはじめとする「戦場」体験によって強められることになった「虚無＝闇」の意識と感覚をどのように処理するか、そこに開高健の思索と行動の大半は費やされるようになるが、最終的には抜き差しならぬところまで突き進むようになったということである。

先にも記したように「未完」のまま筐底に収められていた「闇三部作」の第三作目『花終る闇』は、開高健と思しき「私」が三人の愛人と目くるめくような、それでいてどこか冷めたような「性愛」を繰り広げる様が、ポルノ小説を思わせるような筆致で描かれたものである。しかし、この「未完」小説にもベトナム戦争が影を落としていたように、『掌のなかの海』、『玩物喪志』、『一滴の光』という小説家の「私」を語り手とする三つの短編から成る『珠玉』にもベトナム戦争体験は影を落としていた。例えば、『玩物喪志』には次のような記述がある。

どこでも市場のまえにはちょっとした広場があるものだが、サイゴン市場にも小さな〝ロン・ポアン（丸い点）〟があった。日頃はここにむっちりとうるんだ日光がみなぎり、バナナの皮や魚の尾などが散らばり、あらゆる種類の果実、野菜、肉などが塩漬けの魚の匂いにまじってうごく、にぎやかな小広場である。しかし、学生や僧侶のデモがあると、その隊はきっとここになだれこみ習慣があって、そうなると野戦警察が出動して催涙弾、機関銃、棍棒が行使され、悲鳴と叫びの渦となる。（中略）

ある朝の未明、五時すぎ、ここで一人のヴェトコンの学生が銃殺された。学生は地雷、手榴弾、指令書、宣伝ビラなどを自転車ではこんでいるところを警察に逮捕され、軍事法廷の即決裁判で死刑と決まったのだった。（中略）トラックの屋根におかれた投光器からギラギラと光が走るなかで十人の正装した憲兵が銃をかまえる。引金がひかれると学生の首、胸、腹などにいくつもの小さな黒い穴があき、血がひくひくしながらいっせいに流れだして、腿を浸し、膝を浸す。学生はうなだれたままゆっくりと頭を二度か三度ふる。将校が、拳銃を一発、こめかみを射つ。学生は静止する。

このような場面に遭遇して、「私」は「おびただしい疲労が空から落ちてくるのを感じた。熱い汗が全身に吹きだし、膝がふるえ、むかむかと嘔気におそわれた」、というような思いをしたと述懐するのだが、このベトコン少年のサイゴン広場（ベンタン広場）での「公開処刑＝銃殺」というのは、ルポルタージュ『ベトナム戦記』における最も衝撃的な場面である。このような体験から三十年以上が経っても「玩物喪志」についての物語の中に「挿話」として書き込まれざるを得ない開高健の心的状況を考えると、「戦争」体験というものの重さや恐ろしさを思わないわけにはいかない。いかに開高健が「ベトナム戦争」体験から逃れられなかったか、『玩物喪志』の中に挟み込まれたこの「ベトコン少年の銃殺刑場面＝ベトナム体験」の記述は、如実に物語っている。

繰り返すが、『珠玉』には「私」が最終的に「性愛」にしか今の自分を「救う」道がないと思うような日々を送っていることが、どんな気負いもなく描き出されている。それは、各短編に出て来る「アクアマリン」「ガーネット」「ムーン・ストン」という三種の、決して高価ではないが「珠玉」としか言いようがない石（宝石）が、初老になった「私」に「過去」を思い出すきっかけを作る仕掛けになっているが、前から欲しかった文献を買いに新潟へ行った帰りに寄った昔馴染の山峡の掘立小屋のような温泉宿で、新聞社勤めの若い女性との「性愛」を堪能した後、「（自分がこれまでずっと追い求めていたのは）女だった」としみじみと思い至るのは、開高健の抱えた「闇＝虚無」が文字通り「闇」のまま内部に留まり続けていたことを明かすことだったのではないか。

ただ、「アクアマリン」や「ガーネット」といった宝石類に異常とも思える執着を示す『珠玉』の開高健からは、『パニック』や『裸の王様』、あるいは『日本三文オペラ』、『ロビンソンの末裔』などに見られた「過剰」と言ってもいいぐらいの「日本（社会・状況）」への批判・皮肉を感受することができず、それだけ開高健独特の「批評精神」が劣化したのではないか、との思いを消すことができない。というのも、開高健が「すばる」（一九七九年七月号）誌上で「衣食足りて文学は忘れられた!?」と題して、次のように挑発的な文章を書いた五年後にまた、「『衣食足りて文学を忘る』ふたたび!!――〈発言〉文学の現状について」（同誌一九八四年六月号）を書いた頃の「批評精神」を、『珠玉』や『花終る闇』からは感受できないからに他ならない。

昼寝のあくびのはずみに質問を一つします。近頃のわが国の文学。創作、批評。短文、匿名欄、投書、いっさいがっさい冷めた雑炊のようにしか感じられないのですが、私が老化したせいでしょうか。純文学も濁文学も、老も若も、男も女も、よくこれで大きな顔してゼニがとれると感嘆したくなるようなお粗末のメッキ物ばかり。自分の書くものはナイショ、ナイショで棚上げにしといて口幅ったく罵るのでありますが、これほどの活字の氾濫にもかかわらず、右も左も、感じられるのは枯渇だけです。

それから五年、「『衣食足りて文学を忘る』ふたたび!!」における開高健の筆は、更に辛らつを極める。

純文学は何故にことほど読まれぬのか。明白な答え一つ。おもしろくないからである。当然ながら、これは困る、これでは嫌だという拒否反応に遭遇する。新宿や銀座の大書店は今日も若者達でこれ又殷賑を極めているが、彼らの目は純文学の棚に走ることは、あまりない。読みたがってはいるが、読めるものがない。かくして彼らの足も目も心も興味も別なものへと向かうのである。(中略)文学は、そもそも初めから社会に無用のもの。無用のものであるからして貴重なのである。それゆえ、文学はそれがなければ暮らしていけないという程のものでなければ、なに程かの意味もない。しかるに。

小説家は敵を見失い、ヒーローを忘れ、嘘をつく気力を失い、物語りする才能を捨ててしまった。残るは身辺雑記のみ。嗚呼《ああ》!(中略)

外的な条件の中に敵が見つからぬので、無重力状態で空中遊泳だと言われているが、敵は自らの中に発見されるものである。文学が敵を見失ったと言う時は、作家が自分の内部に敵を見失ったという訳だ。無限に敵を再生産しつづけていくのが芸術家の創造意欲なのであって、敵を再生産しつづける最大のきっかけである外的条件が、ソフト・オープン・リッチに軟かくなったのなら、自己の中に敵を再生産しつづけるべきである。

文学者が内外の「敵」を見失ったというのは、文学者が「何故書くのか」という内的なモチーフを喪失し、また「何を書くのか」というテーマをも失ってしまったということである。このような開高健の現代文学に対する「批評（批判）」は、戦後文学史において「第三の新人」や「内向の世代」が現代文学の中心としてもてはやされるようになり、同時に高度経済成長社会に似合った「中間小説（大衆小説）」が書店の棚を独占するようになってきた文学状況と無縁ではなかった、と言えるだろう。具体的には、「衣食足りて文学は忘れられた」という開高健の「批評」は、まさに村上春樹や吉本ばななに象徴される「軽チャー小説」と言われるような作品が現代文学の中心を占めるようになった一九七〇年代末から一九八〇年代にかけての文学状況――一九七九年『風の歌を聴け』でデビューした村上春樹の『ノルウェーの森』（一九八七年）が一千万部を超える空前のベスト・セラーとなり、吉本ばななの『キッチン』（同年）や『ＴＵＧＵＭＩ』（一九八九年）がベスト・セラーになり、各種の文学賞が挙って村上春樹風、吉本ばなな風の作品であふれかえったような文学状況――を「先取り」するようなものだったのである。

本書の「序」でも触れたことで繰り返しになるが、『高橋和巳全小説』（一九七五年）や『高橋和巳全集』（一九七七～八〇年）を編集するなど、高橋和巳に寄り添うことで批評家として登場してきた川西政明が、本来なら「敵」を見つける武器になるはずの「自分の身に沁みこんだ、セカイとか、ジダイとか、セイジとか、シソウとか、シャカイとか、ニンゲンとかの像を払い棄てるのに、三年かかった」と書いたのは、開高健の批評が出てから三年後の一九八七年四月（「すばる」「磯田光一氏の死ののちに」）であった。そんな現代文学の情況を考えると、この川西政明の紛れもない「転向声明」は、開高健の「内部の敵」つまり「戦争」がもたらした「虚無感＝闇」が捉えどころのないものへと変質し、どこかへ霧散してしまったことの自戒を込めての現代文学への警告「衣食足りて文学は忘れられた!?」を受けてのものだった、と言っていいかも知れない。

人は何故「歴史」から学ばない？

本書のゲラ校正は、ロシアがウクライナに軍事侵攻（侵略）し、ちょうど一ヵ月半が過ぎようとしていた時と重なった。新聞やテレビのニュース、ワイドショーなどメディアは、破壊された都市の街並みや燃え上る病院や教会、あるいは殺害された市民の遺体を画面に流しつつ、連日専門家（識者）と称する人たちを動員して、主にアメリカからの「情報」を手掛かりに、プーチン大統領の「無謀な作戦」や「ロシア軍の蛮行・残虐行為」を非難している（論《あげつら》っている）言説を垂れ流している。しかし、彼ら・彼女らの言説（解説）に共通して欠けていると思われるものは、「戦争」というものは敵味方に関係なく兵士や市民の「死」を招来するものであり、「戦争は絶対悪である」が故に、直ちに「戦争は止めるべきだ」という強いメッセージである。換言すれば、「人を殺す戦争をどうしたら止めさせることができるのか」という、「戦争阻止・反戦・非戦」への思いが専門家（識者）やコメンテーターたちの言説から感受できないということである。

さらに言えば、彼らは「戦争」を当たり前のようにして展開してきた近現代史から何を学んできたのかという疑念が払拭されないまま、「プーチン＝悪、ゼレンスキー・ウクライナ大統領＝善・正義」という情報が垂れ流されていく「不自然」で「歪み」としか思えないマスコミ・ジャーナリズムに囲まれた私たちの「現在＝日常」。具体的には、二〇〇三年、アメリカ（有志連合）が「イラクは大量破壊兵器を保有している」というフェイク情報（偽情報）を基にイラクに攻め込んで、多くの兵士や女子供を含む民間人を殺戮し、フセイン大統領を捕まえ裁判にかけ、首都バクダッドの市街を瓦礫の山にした「イラク戦争」において、「正義」を体現していたのはアメリカ（有志連合）だったのか、それともイラク（フセイン大統領）だったのか。あるいは、「九・一一テロ」の報復――「イスラム国の壊滅」という大義名分を掲げてアフガニスタンに進駐していったアメリカ軍が、アフガニスタンやパキスタンとの国境で使用したトンネル攻撃用の「大規模爆風爆弾（MOAB）」や「クラスター爆弾」の「誤爆」で何人のアフガニスタン人が殺されたか。あの時、出現した夥しい「犠牲者」に対して、今ロシアを非難している専門家（識者）やコメンテーターは、どれほどの声を上げたか。

遡って「アジアを共産主義から守る」ということで介入していったベトナム戦争においてアメリカが行った「北爆」でどれほどのベトナム市民が犠牲になったか、さらにはベトコン（南ベトナム解放戦線）が隠れているということでベトナムのジャングルにナパーム弾や「枯葉剤」を投下し、戦争終結後五十年近く経つのにベトナムでは未だに枯葉剤（ダイオキシン）による「異常児」の発生が絶えない現状について、ロシア軍の蛮行（残虐）のみを論う専門家（識者）やコメンテーターたちは、バイデン大統領が必死になってロシア非難の先頭に立っているのも、アメリカが「世界の警察」として世界中で行ってきた「蛮行」を隠蔽するためでもあるのではないか、と想像力を何故働かせないのか。

そして、「歴史の忘却」ということでは、一九三一（昭和六）年に起こった「満州事変」以来の「十五年戦争（アジア太平洋戦争）」で、日本軍が中国東北部（旧満州）を中心に行った「三光作戦（焼き・

殺し・奪う)」、就中三十万人とも十万人とも言われる犠牲者を生み出した「南京攻略戦」における「大虐殺」――保守派の政治家やイデオローグたちは「虐殺はなかった、その有無については歴史家に委ねるべきだ」などと言って南京大虐殺を否定しようとしているが――について、南京はじめ中国各地で日本軍将兵が、中国軍兵士を含む「無辜の民=住民・農民」を大量に虐殺した事実は、石川達三の『生きてゐる兵隊』(一九三八年作)や百万部という当時としては異例の大ベストセラーとなった火野葦平の『麦と兵隊』(同)や『土と兵隊』(同)などの戦争小説を読めば明らかである。また、マレー半島やシンガポール、あるいはマニラ(フィリピン)でも日本軍が侵攻(進駐)に伴って多くの華人(中国系市民)や現地の住民を虐殺したのも、井伏鱒二が「徴用」でシンガポールに派遣された時の見聞を基にして書いた小説『花の町』(一九四三年)や、マニラに再上陸したアメリカ軍が市民から聞き取りをした記録『マニラの火刑(虐殺事件)』――ナガサキで被爆した医師永井隆の記録『長崎の鐘』が刊行された際に、GHQ(連合軍総司令部)によって強制的に併載された日本軍のマニラ市民虐殺の記録、連合軍総司令部諜報課編 一九四九年刊――などを読めば、日本近代の「負の歴史」として記憶されるはずである。つまり、私たちの父・祖父の世代が戦時下において中国大陸や朝鮮半島、アジア・太平洋諸地域で「日本軍」兵士として行ってきた「蛮行」を思えば、ロシア兵(プーチン大統領)がウクライナで行っている数々の「蛮行=残虐行為」に対して、「侵略戦争絶対反対」の立場から「違った見方」ができるはずなのに、アジア太平洋戦争下における日本軍の「蛮行」との関係について触れた専門家(識者)やコメンテーターにこれまで出会ったことがない。

なお、先のアジア太平洋戦争における攻撃側の「蛮行=残虐行為」に関して、絶対忘れてならないのが、戦争の末期にアメリカが沖縄に対して行った「皆殺し作戦」において、日本軍兵士や沖縄県民が併せて約十六万人も犠牲になった事実、及びアメリカ軍が広島・長崎の両都市に投下した二発の原爆で「ヒロシマ・ナガサキ」の惨劇が出現し、それぞれ十六万人、七万人の犠牲者とそれを上回る被爆者が生み出されたことも、「ウクライナ侵略戦争」におけるロシア軍の「蛮行」を非難するのであれば、「戦争＝絶対悪」の言説と共に触れる必要があるだろう。さらに、プーチン大統領が「ウクライナ侵略戦争」の初期、自分たちは強力な核兵器を所有しているとして「核兵器の使用」をほのめかしたことに対して、ここぞとばかりに（火事場泥棒的に）自衛隊の装備拡充や「核武装化」を画策してきた保守派の元首相を含む政治家たちが「核共有論」――日本が国是としてきた「非核三原則」を変更してアメリカの「核」を日本各地の自衛隊基地に配備して、何時でも使用できるようにするというもの――を唱えたり、自衛隊はロシアや中国、北朝鮮を想定した「敵基地攻撃能力」を持つべきだなどと声高に主張するようになったが、「ヒロシマ・ナガサキ」のことを思えば、それら保守派の政治家たちの言動がいかに「核抑止論」を単純に信奉した「危険」なものであるか、チェルノブイリの原発事故に匹敵する「フクシマ」を経験した日本人が口にすべきことではない。爆弾（核兵器）が投下されたどんな街にも多くの市民（無辜の民）が生活していることを、努々《ゆめゆめ》忘れてはならない。

というようなことを考えながら、苛立ち泡立つ心を鎮めながら本書の校正を行っていたのだが、テレビの映像や新聞の写真が伝える破壊された病院や幼稚園、学校といった施設や市街を見させられる度に想起されたのは、本書で取り上げた高橋和巳や小田実、開高健らが七十六年前、小学校高学年か中学生の時、それはアジア太平洋戦争の末期であったが、大阪の街に出現した「赤茶けた焼跡（廃墟）」

や「難死」（理不尽な死）を目の前にして、茫然自失し、しかし「生き抜くため」に「飢餓」と闘いながら必死に「混乱」の時代を疾駆する姿であり、朝鮮戦争やベトナム戦争に際して果敢に反戦運動に参画していったことである。そしてさらに個人的なことを言えば、八十二歳で昨年癌死した義兄は、家族や親戚が集まった席で、度々自分が小学生の時に開高健と同じように低空で襲ってきたアメリカのグラマン戦闘機に田んぼの畦道で機銃掃射された経験を話したが、校正している間ずっと、生前の義兄と焼けただれ破壊しつくされたマリウポリなどウクライナの都市を「怯えた眼」をして歩く市民や子供の姿が二重写しになって、困惑せざるを得なかった。

また、校正中に私の胸に去来して去らなかったのは、「歴史は繰り返す」という残酷な事実の前でいかに人間が「無力」であるかということであり、人間の「叡智」はどこへ行ったのか、私たちは何もできないのか、という「無念さ」であった。

本書は、「序」にも書いたが、前々著『「団塊世代」の文学』（二〇二〇年　アーツアンドクラフツ刊）を書いている時に、かねがね思っていた一九七〇年前後の「政治の季節」（学生叛乱の時代・全共闘時代）を体験した中上健次や立松和平、桐山襲、宮内勝典、津島佑子らの文学世代に「先行」する作家は、一般的な戦後文学史が伝える「内向の世代」ではなく、ノーベル賞を受賞した大江健三郎や一九七〇年代の初めに筑摩書房が刊行していた同人制文芸誌「人間として」に集まった高橋和巳や小田実、真継伸彦、開高健らなのではないかとの思いを確認する作業として執筆されたものである。一年半、学生時代から買い集めていた該当する作家たちの膨大な作品や参考文献（資料）を「読み直し」、コロナ禍を「好機」と捉え既成の戦後文学史に新たな「知見」を加えることができるかを考えに考え、パソコンに向かい続けた結果でもある。執筆は、「苦」もあったが充実した時間を過ごせて楽しかった。

なお、本書を執筆して改めて思い知らされたのは、「文学作品」というのは「時代（情況）」との関係抜きには考えられないということである。つまり、高橋和巳や小田実の文学はもちろん、全ての近現代文学の作品は「時代（情況）を色濃く刻印し、かつ時代（情況）を超えようと苦闘するところに成立する」ということを、本書を校正する過程で改めて思い知らされたということである。

最後に、前々著『「団塊世代」の文学』と同様、版元（アーツアンドクラフツ）の社長小島雄氏の励ましと叱咤があって初めて本書は成ったと言っても過言ではない。草稿段階で本書を読んだ小島社長から、さらに戦後文学史を組み替えるような論稿の執筆を提案された。明日からまた新たな「挑戦」が始まると思うと、小島社長には感謝の気持ちしかない。

後は本書を手に取ってくれた読者が私の批評（文学観）をどう判断してくれるか。結果を待ちたいと思う。

二〇二二年四月四日　五一回目の結婚記念日に二階の窓から堤上の満開の桜を見ながら

著　者

黒古一夫（くろこ・かずお）
1945年12月、群馬県に生まれる。群馬大学教育学部卒業。法政大学大学院で、小田切秀雄に師事。1979年、修士論文を書き直した『北村透谷論』（冬樹社）を刊行、批評家の仕事を始める。文芸評論家、筑波大学名誉教授。
主な著書に『立松和平伝説』『大江健三郎伝説』（河出書房新社）、『林京子論』（日本図書センター）、『村上春樹』（勉誠出版）、『増補 三浦綾子論』（柏艪社）、『『1Q84』批判と現代作家論』『葦の髄より中国を覗く』『村上春樹批判』『立松和平の文学』『「団塊世代」の文学』『黒古一夫　近現代作家論集』全6巻（アーツアンドクラフツ）、『辻井喬論』（論創社）、『祝祭と修羅―全共闘文学論』『大江健三郎論』『原爆文学論』『文学者の「核・フクシマ論」』『井伏鱒二と戦争』（彩流社）、『原発文学史・論』（社会評論社）、『蓬州宮嶋資夫の軌跡』（佼成出版社）他多数。

「焼跡《やけあと》世代《せだい》」の文学《ぶんがく》
――高橋和巳　小田実　真継伸彦　開高健――

2022年5月25日　第1版第1刷発行

著者◆黒古《くろこ》一夫《かずお》
発行人◆小島　雄
発行所◆有限会社アーツアンドクラフツ
東京都千代田区神田神保町2-7-17
〒101-0051
TEL. 03-6272-5207　FAX. 03-6272-5208
http://www.webarts.co.jp/
印刷　シナノ書籍印刷株式会社

落丁・乱丁本はお取り替えいたします。
ISBN978-4-908028-73-1　C0095